公元787年，唐封疆大吏马总集诸子精华，编著成《意林》一书6卷，流传至今
意林：始于公元787年，距今1200余年

意林®轻文库

青春最美，梦想出发
中国式好看轻小说优鲜品牌

图书在版编目（CIP）数据

后天男神.1 / 七日霜飞著. -- 长春：吉林摄影出版社, 2015.2
（意林轻文库.恋之水晶系列009.王子篇）
ISBN 978-7-5498-2091-7

Ⅰ.①后… Ⅱ.①七… Ⅲ.①长篇小说–中国–当代 Ⅳ.①I247.5

中国版本图书馆CIP数据核字(2015)第011952号

后天男神 ①
Houtian Nan Shen ①

著　　者	七日霜飞
出版人	孙洪军
总策划	安雅 张星
责任编辑	朱薏楠
图书统筹	凉小葵
特约编辑	杨宁
绘　　图	Tendy
书籍装帧	胡静梅
美术编辑	刘静
开　　本	700mm×1000mm　1/16
字　　数	260千字
印　　张	15
版　　次	2015年2月第1版
印　　次	2017年5月第3次印刷

出　　版	吉林摄影出版社
发　　行	吉林摄影出版社
地　　址	长春市泰来街1825号
	邮编：130062
电　　话	总编办：0431-86012616
	发行科：0431-86012602
网　　址	www.jlsycbs.net
经　　销	全国各地新华书店
印　　刷	北京市兆成印刷有限责任公司

书　　号	ISBN 978-7-5498-2091-7	定价：25.00元

版权所有　　侵权必究

如发现印装质量问题，请与印务部联系退换，电话：010-51908584

目录
Contents

- **001** 第一章　命中注定遇见你
- **031** 第二章　巨星的爆炸新闻
- **061** 第三章　想要靠近，如细菌般蔓延
- **091** 第四章　杂草和男神没有交集
- **123** 第五章　夜幕下黎家的神秘人
- **157** 第六章　这不是巧合
- **195** 第七章　糟糕，被设计了

第一章 Chapter 01
命中注定遇见你

Chapter 1

　　一辆油黑锃亮的GMC（汽车品牌）保姆车在夜幕中徐徐停到了国立新高的校门口。这辆保姆车若是放在平时，一定会引得路人多看几眼，可偏偏这是国立新高的校门口，于是再新奇、再昂贵的车，也都见怪不怪了。

　　这所以学术领先而闻名海内外的学校，百年来一直保持着择最优录取生源的原则，只是这些年一些有钱有势的家长为了给孩子镀层金，硬是挤破头地把孩子送进来。

　　于是校长便立了规矩，富家子弟想入学，就必须要为学校做贡献，而且必须要高于正常学分才可以毕业。

　　一时间众家长都看到了希望，国立新高的校园里三年里建起了十几座崭新的馆所，实验楼、活动楼、网球楼、天文楼……以前陈旧的教学设备和实验器材都在一夜之间达到了国际领先水平。

　　为回馈各位家长的慷慨，校长提议将新建的楼馆以捐资者的姓氏命名。

　　结果校园指示牌上就出现了梁氏体育场、李氏游泳馆、汪氏天文楼、高氏化学实验楼，等等。

　　新建的餐厅有八座，从白氏一号餐厅到马氏七号餐厅……还有最后一座便是传说中神秘的地中海风情的八号餐厅，没有姓氏，没人知道是何人捐资。学校里的学生只是听说有这座餐厅存在，却连它在什么地方都不知道，听说能去里边用餐的人全校不超过十个，且只有最显贵的子弟才能拿到那里的用餐卡。

　　一所百年老校变成今日的华丽模样，所有人都认定国立新高的校风一定会被这帮富家子带坏时，家长们却意外地发现原本一个个不学无术的孩子竟然都开始废寝忘食地投入了学业之中。

　　国立新高从此更加声名远扬，真正成了一个奇迹般的存在。

　　夜色渐浓，校园门口的这辆保姆车却一动不动。

　　车里坐着三个人，一位说话从来不会超过三个字的男司机，一位除了睡觉其他时间都会戴着墨镜疑似盲人的男生，还有一位头上顶着鸡冠状烫发的奇葩男子。

　　打从车子停在校门口，鸡冠男的嘴巴就没有停止过。

　　"不能喝碳酸饮料，你知道一瓶可乐会让你多做多少个俯卧撑吗？减肥药的广告马上就快到期了，你不能撑过这三个月吗？"

　　戴墨镜的男生不爽地把可乐扔到一旁，转手又拿起了旁边的一盒牛奶。

　　"喂！陆铭熙，你是文盲吗？这牛奶上面连'脱脂'都没有写，你胆敢给我喝一口

Chapter 01 第一章
命中注定遇见你

试试！"鸡冠男再次咆哮。

这个叫陆铭熙的男生转过脸直视着他，墨镜下白嫩的皮肤在微弱的光亮中散发着瓷器般的光芒，即便是生气时，嘴角都呈现一个优美的弧儿，让人分不清他是真的生气还是佯装的。

司机许真从后视镜中看着后面两个人，他跟了陆铭熙三年，早就吃透了他的脾气，照这么僵持下去，不出一分钟，鸡冠男一定吃不了兜着走。他假装咳了两声，然后声音淡淡地说："下课了。"

陆铭熙手指握紧牛奶盒，马上就要捏爆时，车外响起了一阵铃声。他看了看窗外，重重地将牛奶放回原位，语气冷得让车内的空气都快冻住了："现在我可以下车了吧？"

"去吧去吧。要小心哦，碰到大批女学生的时候，记得一定要躲起来……"鸡冠男的絮叨声还在响着，陆铭熙已经拉开车门走了出去。

"我怎么就给这么个祖宗当了经纪人啊！"鸡冠男看着陆铭熙的背影长叹了一口气，"一定是家乡的祖坟出了问题，这星期一定要回去拜拜，你说是不是，许真？"

许真依然冷冷的，只答了三个字："不知道。"

"真是……反正说话这么少，干吗不生成哑巴啊！"鸡冠男气急败坏地转回头，陆铭熙早已没了踪影，"你是有多急切地想离开我啊？不过，这教学楼刚才不是还亮着灯吗？怎么一转眼的工夫就全黑了呢？"

陆铭熙从车里下来后，便深深地吸了一口气。江城夜晚的潮湿空气中带着些海水的味道，让人觉得很舒服。

他这一整天都被鸡冠男谢阿吉在片场盯着，明明只有两场戏三个小时就能完成的活儿，偏因为谢阿吉足足待了十一个小时。谢阿吉的话说得比基督赞歌还有说服力，他说："就算你是三岁就出道，五岁就拿新星奖，但是在这种大牌剧组里，你还是要显得谦卑才行。自己没戏的时候，也要看着前辈们拍，样子也要装得乖巧，星路才能畅通。"

陆铭熙当然明白这些，只不过今天是他报到的日子，要知道他这十几年都长在剧组里，对于校园生活实在太向往了。好不容易陆爸爸顺了人情给他要来了一个高三的插班名额，而且同样享受本校的免试直升本校大学待遇，他简直欣喜若狂。可偏偏就是一个再普通不过的入学报到，都被谢阿吉阻止了。

谢阿吉的道理依然是一套又一套："你还真是不怕乱啊？那学校里除了男生就是什么？是女生啊！你缺新闻吗？缺曝光吗？左脸没有右脸好看，低头没有正脸好看的事实

你不知道吗？以前被偷拍的那些相片是谁苦口婆心劝媒体给你撤下来的！你就行行好，让我多活几年行不行？大不了让你妈咪给校董打个电话，晚上九点学校放学后你享受VIP（贵宾）待遇直接去报到还不行吗？"

为了耳根清净，陆铭熙最终还是选择了妥协。

此时国立新高里一片寂静，铃声已经响过三巡，却没有一名学生从教学楼里走出来。难道来错了地方？他停下步子望望四周，果然方圆百米内连一个人影都没有。他突然有些不安，连忙摘下墨镜再看，然后整个人就怔在那里了。

几万平方米的国立新高此刻完全笼罩在一片漆黑之中，几十座大大小小的建筑竟然都没有一丝光亮，只有校外街道上的路灯影影绰绰地照进来一些微光。

这场景，像极了陆铭熙小时候拍的一部校园恐怖片！这时，一阵微风吹来，陆铭熙后背一凉，肚子莫名地拧痛了一下。

他赶忙拿出手机打给谢阿吉："喂，真的说好了吗？怎么校园里一个人都没有啊？"

谢阿吉那边车内音响震耳欲聋，他对着电话大喊："反正就这一次机会，你要是今天不报到，以后就再也没机会重返校园了。"

谢阿吉以为这位祖宗又犯了懒，不愿意自己去报到，于是威胁他两句后就直接把电话挂掉了。

好吧，为了能够重回校园，他决定把恐怖片后遗症什么的，统统抛到脑后！

他转了转肩膀，踢了踢腿，大步流星地向着校园深处走去。

Chapter 2

夜晚十点十分，国立新高游泳馆。

一个披头散发的女生正用浑身力气一次次冲撞着场馆的电动玻璃门，巨大的声响回荡在整个场馆中，漆黑的四周弥漫着一种极度诡异的气氛。

撞门的女生看样子不过十五六岁，光脚，凌乱的发丝上还滴着水珠，披着一条浴巾，里边是一件粉色碎花裙式泳衣。

江城九月的夜晚已经有些许凉意，这女生此刻却浑身冒着热汗，在地上蹦跳着做热身运动，准备再一次撞击。

"啊——"一声被撕裂般的惨叫从游泳馆内传了出来。正走在林荫小路上的陆铭熙猛地打了个哆嗦。

什么情况？怎么会有女生的惨叫声？他脑海里瞬间又浮过了恐怖片的画面。

"这所学校的风水肯定有问题！不行，我还是不要报到了。"陆铭熙双拳握紧在胸前做防守状，目光机警地扫视着四周，自言自语，"千万不要小瞧你身边的男神，因为你永远不知道你的男神除了恐怖片还拍过多少动作片！"陆铭熙的嘴唇有点儿发抖，腿像注了铅一样完全迈不开步子。

四周重归寂静，月光洒下，风吹过树林，叶子发出"哗哗"的声响，陆铭熙紧张的神经缓解了一下，他微微松了一口气，放松身子继续向前走。从小路转出来之后，呈现在他眼前的是一座水滴状的建筑。

"这个，应该是游泳馆吧，看来方向不对。"陆铭熙刚要转方向，突然身后又传来一声惨叫！

"我就不信这个邪了！"陆铭熙瞬间被惨叫声惹怒了，从林子里捡了一根树枝就冲着声音的方向跑了过去，"是谁！不要装神弄鬼，给我出来！"他站在游泳馆的台阶上刚喊完，结果一扭头，就被眼前的一幕吓呆了。

这是……这是当今最新款的女鬼吗？穿……穿着比基尼吗？陆铭熙整个人像被雷劈过一样，一动不动地看着游泳馆电动门里的那个女鬼。她光着脚，披着浴巾，头发散乱到完全看不见脸，手里拿着一只鞋正在用力地撬着电动门的门缝……与此同时，她也看到了从树林里跑出来的他，穿着清朝时的阿哥服，手里提着一根树枝，正一脸惨白地看着她……

"啊！"

"啊！"

两声惨叫同时响起来。

"你是……鬼吗？"

"你是古代人吗？"

两个声音再次同时响起来。

女生拨开脸上的散乱头发，深呼吸，再深呼吸，然后突然意识到什么似的，飞快地用浴巾裹好了身子。

之后，她才打量起门外这个男生，一米八几的个子，白皙的脸颊在月光下仿佛瓷器般有光芒，双眸深邃而冷峻，鼻梁高挺，唇形绝美，戴着顶金色镶玉石的王爷帽，穿着一身深蓝色的清朝阿哥服，周身散发着一种迷雾般的气场，却衬得整个人俊美无比，光是这张脸就已经完爆古装剧里的所有男一号！

与此同时，陆铭熙也端详着门里边的那个女生，双脚没有浮起，眼角没有流血，面色也很红润……

好像，不是鬼。

陆铭熙呼了一口气，刚才那一幕真是吓得他都快翻白眼了，确认之后，他这才放心地走到门前，双手撑着胯："我说姑娘，刚才是你在惨叫吗？"

刚从古装戏片场出来，他的用词一时半会儿还没改回来。但是经由他这么一问，里边女生的表情瞬间由花痴转为惊喜，她把脸猛地贴在了电动门玻璃上，像中了五百万彩头一样狂喜："四……你难道是四阿哥吗？"

他被这女生迅雷般的表情过渡吓了一跳，然后低头看了看自己的装扮，瞬间就懂了。他不过是从片场出来的时候着急，没换掉这身阿哥服。但是现在的女生也太懂行情了吧，就凭这身衣服就能猜中他的角色。

不对，一定是他超强的角色气场让她感受到的，于是陆铭熙带着些小得意点了点头："嗯，我是少年时期的四阿哥……"

"哇！原来真的有时光机啊！"女生已经完全忘记了她用生命去撞门是为了什么，仿佛今晚这一切都只是为了遇见四阿哥。

在她狂喜到快要晕过去的时候，陆铭熙已经满脸黑线。

这女生是因为神经病才被锁在游泳馆里的吧？放出来没准儿会咬人，还是不要多管闲事了。

陆铭熙看着女生还在抽搐的脸，挤出一个笑容，然后转身就打算闪。

"喂！四爷！"女生的声音又响起。

终于知道求救了吗？智商重新上线了吗？陆铭熙转回身。

"可以……给我画张画吗？"

Chapter 01
第一章
命中注定遇见你

陆铭熙彻底被这个神经病打败了，她是打算讨张雍正爷的画当古董去卖吗？

他重新走回来，修长而白皙的手指按在玻璃门上："我说，你病得这么重，你家里人知道吗？"

女生好像没听懂，继续眨眼睛。一头长发乱糟糟地用毛巾包住，浴巾也围得潦草，陆铭熙生平就算见过一千款女生，也绝对没见过这款。只是脸蛋还算不错，皮肤细腻，双眼有神，嘴唇如樱，有股子民国学生妹的清纯劲儿，拿到任何学校里也算是出彩的小美女一枚，可惜了，是个神经病。

此时女生正一脸期待地看着他。

陆铭熙看着那张漂亮的小脸蛋，没来由地就心软了一下：罢了罢了，就当是关爱病人了！

陆铭熙敲敲玻璃："我救你出来。你往后退一下。"那女生脸上顿时出现惊喜的表情，非常机灵地向后一跳。

陆铭熙用刚捡来的树枝对准电动门上方的控制盒，用力一敲，电动门"哗"地就自己打开了。

"哇！你是怎么做到的？"女生一脸错愕地跑出来。

"紧急情况下敲一下控制器，门就能打开了。"陆铭熙扔掉树枝，转身打算离开。

"你要回去了？"女生的声音在后面响起来。

"对，回清朝！我还得抢皇位呢。"陆铭熙脑子都没转，直接回了这么一句。

"你少来了！古代的男人才不会画眼线呢。"身后突然传来这么一句。

眼线？陆铭熙停了下来，原来他不仅穿了戏服，竟然连妆都忘记卸了……等等，意思是这女生一开始就是玩他的？他猛地转回身。

"傻瓜。"女生哈哈大笑起来，笑得上气不接下气，竟然还捂起了肚子。

该死，为什么要救她！他恼火地看着她。

"喂，你带手机了吗？"女生终于笑够了，拉了拉身上的浴巾，光着脚冲他走过来，"借我用一下。"

"打给你的主治医生吗？你忘吃药了吗？不对，你是偷跑出来的吧？"陆铭熙虽有一万个不愿意，但是也不想和一个小女生一般见识，顺从地掏出了手机。

"哇，是新款啊！好像很贵吧！"女生接过手机就忍不住赞叹起来。

"不知道价钱，商家赞助的，其实也没什么好的……"陆铭熙做无所谓状。

"喊，不就是个群众演员，跑跑龙套嘛，还说什么赞助手机？鬼才信你。"女生说完便打开手机光源，向游泳馆里面走去。

龙……套？她竟然说我是跑龙套的！

陆铭熙一口气差点儿没喘上来，他大步追上去，胳膊一伸把她拦了下来。

"我说，你见过龙套的戏服这么讲究吗？这是剧组从国内最知名的设计师那里为我量身定做的，就这个扣子，这个扣子你知道多少钱吗？"陆铭熙抓着自己领子上的扣子零距离地贴到女生脸上去，"你知道这是几十名工匠一针一线日夜赶工多少天才做出来的吗……喂，我说，你上哪儿去，你爸妈没教过你别人说话的时候不准离开吗？喂，你个神经病，拿着我的手机瞎摁什么呢！"

Chapter 01
第一章
命中注定遇见你

Chapter 3

就算没来过国立新高，陆铭熙也知道游泳馆旁边的两个房间是干什么用的。

几百米的走廊里只有两盏应急灯亮着，刺眼的白光把长廊照得跟医院太平间似的。陆铭熙靠在女更衣间门口，闷热又潮湿的空气让他浑身不舒服，于是摘下王爷帽在脸前扇着风，隔几分钟就敲敲门："我说，你还不出来吗？不是让水鬼带走了吧？怎么一点儿声音都没有？"

里边传出一阵笑声："你别怕，我马上就出去了。"

怕？开什么玩笑！陆铭熙提高了声音："我连比基尼女鬼都见过了，还有什么更可怕的？"

话音刚落，女更衣室的门开了，女生已经换好了一身翠绿色的运动衣，头发也整齐地扎起来，跟刚才的女鬼造型完全两个样，此时的她有种说不出的清纯和俏丽，让一边的陆铭熙突然恍惚了一下。

女生抱着书包走到了陆铭熙面前，这才注意到他额头上已经出了层细密的汗，亚麻色的头发蓬松地堆在头顶，细碎的刘海儿自然地落在眉间，一双褐色的深邃双眸，在白色灯光的照映下，有种异国风情的俊美。狭小的走廊里，两个人面对面站着，突然就同时不说话了。

过了几秒钟，女生才回过神来，赶紧将目光从他脸上移开，伸手指向他的鼻头，语调瞬间转变成威胁道："警告你哦，今晚的事要是敢说出去半个字，我就把你手机里的相片通通发到网上去！"说完她把他的手机举在他眼前，屏幕上陆铭熙正躺在浴缸里泡着澡，雪白的泡沫上漂着一池子的小黄鸭……

还真别说，不论何时何地来看，我陆铭熙都真是帅得空前绝后啊。这是陆铭熙看到相片时闪过的第一个想法。一秒钟后，他意识到自己被敲诈了。刚要抢回手机，结果眼前就有了另一部手机，那手机的壁纸已然是他的泡澡照了。

"删了！快给我删了！"陆铭熙几乎抓狂了，这个女生到底偷走了他多少相片！

"一千三百四十七张！啧啧，作为一个龙套你可真够自恋的，我手机内存都被你的相片占满了。"女生摇摇头，把书包搭在肩上从他面前大摇大摆地走了过去。

"好了，我同意！今天晚上的事我一个字都不会说出去！你的手机多少钱？我出原价的双倍价钱买。"陆铭熙的声音在走廊里响起来。

双倍！哇，那不是赚大发了！女生强忍着快要跳起来的冲动，但还是决定来次大冒险。"才双倍？万一你以后从龙套变成主演呢？我手里的这些相片可就更值钱了。"她说完就屏住呼吸听他反应。

"五倍。"陆铭熙迈开两条修长的腿走到她面前来,"我的经纪人告诉我,千万不要因为钱跟任何女生联系到一起。给我卡号,我现在转给你。"陆铭熙一手插在口袋里,一手用手机打算转钱给她。

"我还得想想。"女生吐了下舌头,正准备开溜,就见陆铭熙长腿向前一伸撑到了对面的墙上,直接封死了她的出路。

"喂,这里有监控的!"女生突然加大声音。

"监控?全校停电,你还指望有监控吗?"女生被陆铭熙一拦,表情明显慌乱了,陆铭熙也就气焰嚣张起来,"卡号。"

"少装腔作势了,我还有两年才满十八岁,哪里有什么卡号啊?你要是有诚意,就写张欠条给我,实在凑不上钱,就分期付给我。"女生说着就从书包里找出纸笔,熟练地写出了"欠条"两个字,然后在下面"哗啦哗啦"写了一堆,之后举在陆铭熙面前,"给,签字!"

她竟然真的写了一张欠条。陆铭熙被她惊得目瞪口呆。这女生家里做什么的?放高利贷的?十六岁就会写欠条吗?他接过纸笔签下了名字,然后递到她脸前。

"钱到了我自然会把手机给你。"女生看了看下面那签名,突然惊讶地抬起了头,上上下下打量了一圈眼前的男生,这个帅到全宇宙没朋友的美少年,他的名字竟然是——陆,有,地!

见女生的眼神有些不对,陆铭熙便凑过去偷瞄了一眼自己的签名,然后他就感觉自己被雷劈了一下……

他一不留神竟然把户口本上的曾用名写了出来!要知道这个名字在他三岁成名之后就再也没有人提起过,他的脑子里刚才到底糊了什么东西,会把这三个字写出来!

"错了!拿来我重签!"陆铭熙伸手要抢纸,却被女生灵巧地躲过,直接叠好塞进了书包里。

"好了,有地兄。认识你很开心。虽然不知道你是在哪个剧组跑龙套,但是,我看好你。改改名字,你总有一天会当上男一号的!"女生说罢拍了拍他的肩膀,因为身高差,女生甚至小踮了一下脚,然后在陆铭熙快要崩溃的时候从他那条大长腿上轻轻跃了过去,消失在走廊尽头。

有地兄。陆铭熙回想起刚才那个称呼,只觉得全身突然像脱水一样无力,他赶紧用手撑着墙壁,这才没让自己一米八三的高大身躯倒下去。

五分钟以后,他拨响了谢阿吉的电话,不等对方出声,他就猛地咆哮起来:"给我找到那个人,就算把国立新高翻过来也要给我找到她!"

Chapter 01 第一章
命中注定遇见你

谢阿吉的声音在几秒钟后才颤抖着响起来:"找……找谁啊?叫什么啊?男的女的啊?老的小的啊?"

陆铭熙的脑子突然就进入了一片白屏。

折腾了一晚上,被羞辱了一晚上,可是……那个女的,她叫什么啊?

陆铭熙的意志力已经彻底崩盘了,他对着电话吼:"我哪知道她叫什么啊!"

钱小芙一路狂奔终于出了校门,站在路灯下大口地喘着气,边喘边回头张望着。"这世道真是太乱了,前一分钟还看着人模人样的,后一分钟就本性暴露了,幸好我跑得快啊,这大晚上穿着古装到处跑的人,就算是龙套,也肯定是扮演失心疯的龙套!"她脑海中闪过一下那男生的脸,不由得又叹惜了一声,"真是可惜了那张漂亮的脸啊!"

她从包里拿出那张欠条:手机是两千块,如果真的以五倍的这个价格卖给他,那么这一学期的学费就够了。想到这里,她微微地叹了口气:一万块,能给爸爸的养殖场买多少只小羊啊?

想当初她就不应该好胜心作祟填报国立新高,等收到录取通知书,她才知道这里的学费有多高昂。可老爸一听说这里是百年名校,并且高中毕业就能直升本校大学,就砸锅卖铁都要支持她来读。

为了减轻爸爸的负担,她在开学第一天就去申请了游泳馆的有偿兼职,可万万没想到,竟然会遇上全校断电这回事。

她站在路边正发着呆,一辆货运车缓缓驶到了她面前,车窗滑下,一个白白胖胖的中年男子冲她笑了起来:"小芙,爸爸来了,上车吧。"

在看到爸爸的一瞬间里,钱小芙的怨言全部吞回去了。她上了车,然后把头轻轻靠在了爸爸肩上:"不是说好十点吗?你晚了一个小时。"

"其实早来了,但是看着路上打车的人特别多,心想着时间还早,就又拉了几趟车,多赚一点儿是一点儿嘛。"爸爸一手开车一手摸摸女儿的头,"怎么头发潮潮的?"

"今天在学校报名做兼职清扫员了,打扫完之后想着游几圈,结果刚下水,学校就停电了,连晚自习也提前结束了。"钱小芙没有说自己从泳池里出来后被锁到了电动门里的事,她知道说出来的话,爸爸又要自责了。

"今天报名没人为难你吧?学费晚交一个月的事和学校申请了吗?爸爸再凑一凑,下个月一定就够了。"

"还没申请,今天只是报到,学费是一周后统一打到学校账户里。不过老爸,这所

学校真的很奇怪呀。今天填入学表，填到父亲职业的时候，我填了养殖业，可一位学长说我笨，这么填一定交不到朋友，偏让我改成庄园主。"

"庄园主？哈哈哈！也不算错，咱们家是有十几亩地嘛，在国外那就叫庄园了。"钱爸爸乐得连嘴巴都合不上。

钱小芙看着爸爸开心，也跟着笑了起来，好像只是这一串笑声就已经把一天里遇到的所有不愉快都驱散了。

车子在公路上飞快地行驶着，一直走出了市区，向着城郊的小镇前进着。

钱小芙倚在爸爸的肩膀上不知不觉就睡着了。

Chapter 4

谢阿吉在学校里找到陆铭熙的时候，已经深夜十一点多了。

陆铭熙正坐在游泳馆走廊的地上，在手机上写着什么。谢阿吉怕吓着他，就蹑手蹑脚地走了过去，凑过头去一看，陆铭熙竟然在手机上画画。

"喂，我说祖宗，你知道现在几点了吗？"谢阿吉为了找他，几乎把全校都找了一遍，接完刚才那个电话之后，他的手机也再没打通，急得他快要报警了，结果这位祖宗却在这里悠闲地画着画。

"基本就是这样了。"陆铭熙把画发给谢阿吉，"明天起你开始给我找这个人，剧组那边给我请假。一天找不到她，我就一天不回演艺圈！"

"什……什么？"谢阿吉简直不相信自己的耳朵。就在半个月前，这位祖宗的十八岁生日宴会上，他还对着所有的媒体和粉丝说，他深爱着演艺事业，他将用生命的全部来回报粉丝的热爱，永远不会退出。可就在这短短一个小时里，到底发生了什么事？

陆铭熙从地上站起来，捶了捶胳膊，扭了扭腰，然后拍了拍谢阿吉的肩："好好欣赏我的画。唉，我有时候觉得做演员真是浪费了老天给我的其他天赋，可有什么办法呢？唉……"陆铭熙迈开大步从长廊里走了出去。谢阿吉点开他发来的那张图，然后呆在了那里。

一张标准的日本动漫美少女：圆圈圈眼，三角形鼻子，樱桃小嘴，梳着两根朝天的长马尾，穿着一件比基尼……

如果手里再拿根法棒什么的，这就是魔法美少女战士了吧？

谢阿吉眼睛放空了几秒，陆铭熙要他找的这个人，是水冰月吗？

陆铭熙果然说到做到，整整一个星期都没有去剧组一趟。

四爷的少年戏被放了鸽子，扮演成年版四爷的演员被从别的剧中抢了过来，没头没尾地开始和少年版的女主角对起了戏。

少年女主演说："四爷，你不记得那日大雨中对我的承诺了吗？"

成年男主演想了想，说："哪天？"

导演喊了"咔"。打板重来。

少年版女主拿着一支玉钗说："四爷，这支钗是你当日送我的，那日你说的话感动天地，难道你全忘了吗？"

成年男主演埋头酝酿感情，酝酿一番之后，终于还是问了句："我小时候和你到底都说过些啥？"

全剧组崩溃。导演想发火都没理由，男主角是硬从别的剧组抢回来的，没有温习前

面的剧本，不在状态。

导演过去拍了拍男演员的肩膀，说："没关系，你的底子好，补看两眼剧本戏就圆上了。"然后一回头就看到了坐在躺椅上乘凉的谢阿吉，他大步跑过去，一把提起他的衣领："你家祖宗到底要找那该死的魔法美少女到什么时候？"

谢阿吉摊手："我有什么办法？你看给我化化妆我能上吗？我们家四爷离家出走不算，现在连手机号都换了。"

换了手机号的陆铭熙为了彻底躲开谢阿吉，直接住进了江城唯一的一家七星级酒店——钜豪。钱不够花，就让许真找陆妈妈去拿。穿戴不够，就让许真去商场买，许真那边挑一件，拍照，他满意，许真就把每款的每个颜色都给他打包。

除此之外他还从网上雇了几名学生，把自己画的那幅肖像图给每人都发去了一份，然后吩咐他们就算把国立新高翻过来，都要给他找到这个人。为了表达自己找人的诚意，他把薪水都提前发放了。

就算再紧急，他也总不能抛头露面地自己去找吧！

之后他就舒舒服服地在酒店里泡着温泉，喝着红酒，等待着胜利的好消息。实在闲得无聊，就上网把自己这些年来所有的新闻一一看过，连论坛和贴吧都没放过。一是看看他的相片有没有外泄，二是确认一下自己的人气是否还那么爆棚。

然后这两项的结果都让他非常满意。

看来那个女神经病还没有任何行动，但是这也不代表接下来她不会突然间丧心病狂地发作！就从她拿着他的欠条却在几天里都不主动出现这一点来看，此女就极有心机，她一定后悔敲诈得太少，从而玩起了失踪，吊他胃口。虽然那些自拍照就算都流传出去，也不会让他人气有所减退，但他还真不至于把泡澡照公布出来。陆铭熙摇了摇红酒杯，不行，他做不到。他又不是那些需要争头条上版面的小明星，露肉这种事太考验他的承受力了。

陆铭熙回忆着那一张张自拍照，有北海道的赏雪照，马尔代夫的浮潜照，还有……陆铭熙的脑子突然停了一下，马尔代夫浮潜照！那不是他给一个婚纱摄影集团做的广告小样吗？而且好像签了保密合约吧？陆铭熙赶紧跑到书桌前翻了一下自己的合同书，如果小样外泄，将要赔偿的违约金是……

八……八位数！

陆铭熙一把抓起手机，开始挨着个儿给雇来的学生打电话，已经一个星期过去了，总应该向他报告结果吧。

陆铭熙在酒店里来回转圈，可是几个人的手机就像约好了似的，全都不在服务区。

他……设置为黑名单了吗？

"这帮浑球！"陆铭熙一生气直接把酒杯从窗户扔了出去，就算没找到也要给我提供点儿有用的线索吧？收了钱不做事不怕被雷劈吗！

陆铭熙又赶紧拨通了电子银行的电话，查了查自己的账户，然后他惊奇地发现，他在演艺圈混了十几年，存下来的钱竟然连违约金都不够付。

所以……所以他的巨星之路要就此画上句号了吗？不对，他还有一位身为地产巨商的老爸！他还可以滚回家去求老爸。可是想到老爸那张脸，陆铭熙一头栽倒在酒店的大床上，双手揪扯着头发，他还是宁愿结束自己的巨星之路。

其实陆铭熙小时候和他爸还是很亲的。他记得那时候爸爸的生意还没有做得这么大，没有开不完的会、出不完的差。在他儿时的记忆里老爸虽然不爱笑，但也绝对和蔼可亲。那时候老爸干什么都带着他，烧烤、钓鱼、骑马，但是这样的好光景也只持续到他十岁。之后陆氏地产成功上市，接着业务开始向海外扩张，爸爸就彻底成了空中飞人，有时候半年都见不到他一面。父子间的沟通也就越来越少，老爸偶尔会打电话给他，也一定是在机场或商场外墙上看到了他的广告牌，声音淡淡地说："再玩两年，找个机会就退出来吧。你那行太浮夸了。"

他的一句话，就能让打了鸡血冲刺在成名道路上的陆铭熙偃旗息鼓好一阵子。他儿时的理想就是想做个让家人骄傲的儿子。如今连他的化妆师、服装师都因他而骄傲，而他最亲、最仰慕的老爸却说他浮夸。

想到这里，陆铭熙一翻身从床上坐了起来，不行，他绝不能违约，绝不能让老爸看到他人生失败的一幕！

因此，他必须要找到那个比基尼女神经病！

虽然派出去的人已经石沉大海了，但既然他们在国立新高遇见，那么就算是守株待兔也一定能等到她！陆铭熙翻身下床，套好了衣服就冲出了房间。

坐电梯一路下行，电梯门刚一开，两名警察走了进来："现在的有钱人真是道德败坏，住这么高级的酒店，竟然大清早地冲着打太极的老太太们扔酒杯，真是太没人性了。"

陆铭熙一听这事，正义感瞬间爆棚，都已经下了电梯，又把头伸回了电梯里："竟然有这种事？冲老太太们扔酒杯！这种人就算有多少钱都会遭报应的！"

陆铭熙刚说完，他的头就被电梯门夹住了。

Chapter 5

一个小时后,一个脖子上戴着支架的黑墨镜少年出现在了国立新高的校园里,在一片错愕的目光下,少年扶着脖子一拧一拧地走进了教导处,然后把入学手续放到教导主任面前:"我来报到!"

"哦,陆铭熙。"教导主任是个四十多岁的中年男人,对于明星什么的压根不了解,只看到这手续上是校长签了字的,于是也就没多问,按程序给他办了入学登记,然后指了指对面那座楼,"三楼左边,高三理科五班,去吧。"

"理科五班?理科班不都是男生吗?"陆铭熙扶着脖子凑近了男老师,耳语道,"能换个女生多的班吗?"

"同学!想早恋请到别的学校去,这里是百年名校国立新高!"这男生打着支架一进门,男老师就看他不爽了。

"行。我自己想办法。"他抽走了桌上自己那张入学登记表,揉成一团丢进了垃圾桶,"退学申请表有吗?给我来一张。"

"不惯你们这坏毛病,想退学,给!"男老师的暴脾气也发作了,直接扔给他一张退学申请表,"不服气,出门右转,找校长去。"

陆铭熙也没客气,拿起退学申请表扶着脖子就走了出去,门都没敲就直接闯进了校长室。

校长正品着一杯热茶,突然房门被一把推开,一个高高大大的歪脖子男生就横在了他面前:"理科班我不去,我要退学。"

陆铭熙!校长一口茶差点儿喷出来,且不说陆云溪为国立新高慷慨地捐助了多少楼,就说他和陆云溪近二十年深厚的感情,也不能让这个孩子受委屈啊。

"世侄你说,你想去哪个班?你随便提,我给你添套桌椅放进去。"

陆铭熙往沙发上一坐,给脖子找了个舒服的角度,然后把显示着他画的那张图的手机推在了校长面前:"我要和这个女生一个班。"

校长的表情如同把那天晚上谢阿吉的表情复制粘贴过来一般,之后他摸摸快要秃顶的脑袋,心里想:我懂,不就是想和长得漂亮的女生一个班吗?然后他心领神会地走回桌子前,按响了电话:"吴秘书,你去趟文科二班,在最好的位置上给我加一套桌椅。"

陆铭熙的嘴巴张了半天都没合上,原来真的有人懂他耶!画成这样也可以找到真人啊!他把那张退学申请表揉皱了塞到口袋里,然后冲校长微微一笑:"学校缺什么,记得给我爸打电话哦。"

Chapter 01
第一章
命中注定遇见你

歪脖子的陆铭熙在一道道惊诧的目光中终于找到了传说中的文科二班。他鬼鬼祟祟地把脸贴在了教室中窗上,教室里一共坐着四五十个人,一半以上是女生,集合了各型各款,甚至有一个黄头发的女生,也扎着朝天双马尾,就像活生生地从他的画里走出来的。陆铭熙目光对焦,以最快的速度将班里所有的女生扫了一遍,然后他失望地发现竟然没有一个是他眼熟的人。

这校长什么眼神,看着肖像画还是给他安排错了班级。他一早上积累起来的劲头在几秒钟里就涣散无形了。他扶着脖子慢慢往前走,突然就看到了教室的门牌。

高三组文科二班。他猛地就明白了一切!他分明记得那天在游泳馆时,那女生说自己还有两年才满十八岁,那么就是说……她现在还在读高一!

简直搞了个大乌龙嘛!他正想折回到高一组,突然意识到放学的时间快要到了,不一会儿楼里就会有铺天盖地的女生拥出来,万一被认出,他就是长了翅膀也飞不出去。

今天就先找到这里吧,反正已经缩小了范围,等明天睡醒了再说吧。陆铭熙扶了扶支架,经过这一番折腾,他的脖子好像没那么痛了。

他走进卫生间里把支架解了下来,活动了两下,果然已经好了。

他看着镜子里的自己,不由得咂咂嘴,陆铭熙啊陆铭熙,你说老天得多宠爱你啊,赐给你这么完美的脸蛋也就罢了,竟然还给了你这么顽强的脖子,你说但凡是个人被电梯门夹过,哪可能一个小时就复原啊?光这一点你绝对是古今第一人啊。

陆铭熙活动了几下筋骨,然后冲着镜子亮了个招牌笑容,便满意地离开了。

在他走出卫生间的同时,楼下阶梯教室里,一个女生迷迷糊糊地从桌上爬了起来。

"我睡了多久啊?这是第几节课了?"钱小芙睡得脑子有些短路,连现在是早上还是下午都一时没反应过来。这几天里她真的是要累死了。

因为入学表上"庄园主"那三个字,引得班上好几个好奇的人来向她提问。可是在这样的学校里,她努力地想当个真空人。

课间坐在位置上,午饭时间总是最晚去,就算兼职做游泳馆的清扫员,她也只是在十点多晚自习下了之后,磨蹭到所有人都走光了,才匆忙跑去做清洁。每天这么赶,明明就已经很累了,结果爸爸养殖的小羊突然又得了皮肤病,她昨天夜里整宿没睡,跟着爸爸给小羊们上药,今天早上才会一来教室就睡得人事不省。

"你睡了四节课,还有两分钟就放学了。"一个男声响起来。

钱小芙吓了一跳,怎么会真的有人回答她啊?她揉揉眼睛一扭头,坐在旁边的一个男生正对着她微笑。

钱小芙顿时有些不知所措。

"马上点名了,醒醒吧。"男生声音很低地提醒她。

"哦。"钱小芙用力地拍拍睡麻木的脸,还没怎么回过神,老师就已经点到了她的名字。

"到!"钱小芙赶紧应了一声。

老师念到了下一位同学,她回头感激地冲刚才的男生笑笑,这时候她才注意到这男生的长相,眼睛明亮,鼻子挺立,嘴唇自然向上,头发在阳光下呈浅棕色,笑起来有两个浅浅的酒窝,是个标准的俊美型暖男。

"你好,我是黎阳。"男生笑着说,嘴唇呈现出绝美的弧形,在桌下伸出了手掌。

钱小芙赶紧在衣服上擦擦手心的汗,轻轻握了上去,正想自报姓名,男生又笑了:"钱小芙,庄园主的女儿。"

钱小芙差点儿"噗"一下喷出声,这个庄园到底有多少人关注啊?

下课铃声适时响起来,所有人都站起来向外走,钱小芙整理好东西准备再次睡过去的时候,肩膀被轻轻拍了一下。

"一起吃饭?"这个有着模特般长腿的暖男黎阳又冲着她笑了。

"不用了,我还不饿……"

"每次都是最后一个出教室,不是藏了什么秘密吧?"暖男作势要打开她的书包探究真相。

"好好好!一起走吧。"钱小芙一把抱起书包站了起来。她书包里还放着好几本《养羊实用手册》,怎么能让别人看到啊!

看她紧张地抱着书包,黎阳便赶紧将双手背在身后,一副肯定不会再侵犯她的表情,然后问她:"八餐厅怎么样?有什么特别爱吃的吗?"

八餐厅?钱小芙惊讶地看着黎阳,这个坐在自己身边的温暖男生,他竟然拿着那个传说中八餐厅的用餐卡吗?

Chapter 6

陆铭熙从教学楼里晃出来的时候，肚子突然就"咕咕"叫了。

掏出手机正打算让许真来接他，突然看到学校大门口有一个熟悉的身影。

谢阿吉！陆铭熙像被电击了一样，原地愣了几秒钟之后，拔腿就往教学楼里跑。

陆铭熙已经失踪一周了，也已经到了谢阿吉纵容他的底限。于是谢阿吉跟剧组借了七八个身强体壮的小伙子，把陆铭熙的相片给每人发了一张，之后就杀到了学校。

"分头找！必要的时候可以给我捆回来！"谢阿吉手掌一挥，七八个小伙子就向着各个方向散开了，他突然又想到了什么，大喊了一声，"千万不要打脸！"

陆铭熙猫着腰躲在教学楼一层的大笨钟后面，急得像热锅上的蚂蚁一样，眼见着谢阿吉一步步上了台阶，越来越逼近自己，大脑里已然一片空白。

突然一只手拍上了他的肩膀，陆铭熙边回头边喊着："别打脸！"

"有地兄？真的是你啊？"钱小芙和黎阳一起走下楼，正要出楼门就看到大笨钟后窝着一个人，戴着棒球帽和墨镜，行迹很可疑。她忍不住就多看了一眼，发现很眼熟，便走过来看个究竟。

钱小芙没想到，竟然真的是陆有地。一时间里，她又惊又喜：惊的是有地兄竟然会出现在国立新高，而且衣冠整齐，搭配得新潮有型；喜的是，有地兄如果神志恢复了正常，她的欠条不就有用处了吗？

想到这里，她赶紧从书包里找到欠条，摊到他面前："这个……这个你还记得吗？"

果然是她。因为那天夜里看得不够清楚，陆铭熙在刚看到她的一瞬间还有些怀疑，如今欠条一出，就确认无误了！陆铭熙一把握住了钱小芙的手："不准走，可算抓到你了！"

"同学……"黎阳一看这个陌生的男生抓住了钱小芙的手，便伸手也擒住了陆铭熙的手。

"没事，我认识他。"钱小芙感激地对黎阳一笑，然后重新看向陆铭熙，目光猛地就瞥到了正在教学楼里转悠的谢阿吉，"那个人，他是在找你吗？"

完了，他差点儿忘了自己还在逃难中，他更低地窝下身子，把声音压到最低："这里还有门吗？带我出去！"

"可这张欠条……"钱小芙生怕他跑了就不认账。

"十倍！十倍行不行？"

"行！"钱小芙这次答得异常爽快，她把陆铭熙的帽子压得更低一些，然后对着黎阳轻轻一笑，"我去引开那位大叔，你带着他到后门等我。记住，此人很狡猾，千万别让他跑掉。"

黎阳笑笑:"跆拳道我也略懂一些,跑不了的。"

这么嚣张!陆铭熙不爽地看了黎阳一眼,压低了声音:"懂跆拳道又怎样啊?我还拍过动作片呢,要不要切磋几下啊?"

"够了啊你。"钱小芙不满地伸手敲了一下他的脑袋,"你机灵点儿,我先出去了。"说罢,她就向黎阳使了个眼色,冲着谢阿吉跑了过去。

"叔叔,你是在找人吗?用不用我帮你找啊?"钱小芙直接握住谢阿吉的胳膊,把他整个人转了个方向,然后冲这边眨了眨眼。

黎阳拍了下陆铭熙的肩膀:"跟我走吧。"

"喊,知道后门了不起啊?这楼是你家盖的吗?"陆铭熙半蹲着身子小跑着超过黎阳,边走还边冲后面看。

黎阳看着他踮着脚小跑,不由得笑了出来:"喂,你的粉丝知道你私下里是这样的吗?"

陆铭熙半蹲着停下来,回头白了黎阳一眼:"原来你认识我啊?挺有眼力的嘛。对了,我和刚才那个女生没关系,你不要胡乱猜想,知道吗?所有绯闻对我都是负担。"话音刚落,他的肚子又响起了一阵"咕咕"声。

黎阳忍不住又笑了起来,早就听说陆铭熙办了入学手续,没想到今天会以这样的方式遇见他,不知道为什么,他对于这个臭屁又暴脾气的小子没有半丝反感,反而觉得他更像被宠坏的孩子,可爱又率真。于是他快走了几步,轻提起陆铭熙的衣领:"走吧,带你吃饭去。"

"不用,我家有八星级主厨,我为什么要在这所破学校吃……"陆铭熙话还没说完,就被黎阳打断,"八餐厅。"

"八……餐厅?"陆铭熙顿了一下,然后直起腰来快步追了上去,"是电视上都报道过的那个VVVIP的八餐厅吗?不是说只是传说吗?是真的有吗?"

两个人正说到这里,钱小芙就小跑过来了:"搞定了,把大叔骗到图书馆去了。"

陆铭熙不屑地看了她一眼,嘴角轻哼了一声:"别这么骄傲,骗了个经纪人就以为自己天生有演技吗?我告诉你,我也是通过这么多年历练才红到今天的……"

"黎阳,我们走吧。"钱小芙直接无视他,大步从他面前走了过去,和黎阳有说有笑地走开了。

"这女生真是,总打断别人说话的毛病什么时候能改改啊!"陆铭熙嘴角一歪,看着两个人越走越远,这才加快了步子追了上去,"我说你们俩,就不能等等我啊!"

刚走到一餐厅门口时,钱小芙突然改变了主意,她扭头看向黎阳,晃了晃手里的用餐卡:"黎阳,今天你帮了我两次,我们在一餐厅吃饭吧,我请你好不好?"

黎阳点头:"在哪吃都可以。"

"我不可以!"陆铭熙把脸堆到了钱小芙的面前,"有人答应了我去八餐厅,我才跟来的!"

"你家里不是有八星级主厨吗?反正你已经安全了,你回家吃去。"说罢钱小芙对着他伸出手掌,"十倍钱先付我。"

"喂,我说你对我说话能不能有点儿礼貌,你真的不知道我是谁吗?"

"陆有地啊。"钱小芙流利作答。话音刚落,陆铭熙的大手掌就已经一把捂住了钱小芙的嘴。他警惕地看了看黎阳:"我先和她谈谈,你回避一下。"

黎阳耸耸肩,顺从地走开了。

"陆有地这事天知地知你知我知,如果你想拿到十倍的钱,就不要再叫这个名字。"陆铭熙盯着钱小芙的脸。

"那你还有别的名字吗?"钱小芙真心诚意地问。

"我……"陆铭熙被她一脸的真诚彻底伤到了,她是真的不认识他。

陆铭熙捂着胸口缓了缓:"那个,娱乐报纸你从来不看的吗?就在……就在今年年初,全城所有的报纸都有一整版是为我庆生的,这个你总有印象吧?"这件事当时在江城的轰动简直无法表述,到现今都还让一些明星羡慕不已,陆铭熙也第一次被自己粉丝的真心与财力所折服。

"哦,是吗?没看到。"

陆铭熙彻底败了。

"新闻,那么新闻呢?娱乐新闻,有时候换台,也总能看到吧?"陆铭熙努力做出招牌笑容,脸都快要笑僵了。

"我家电视播放的永远是农业台啊。"钱小芙无辜地掰着手指头。

他真的要吐血了。还有什么,还有什么是可以看到他这张脸的?陆铭熙努力回忆着,对!广告牌!

"那个,你总会逛街的吧?商场里,地铁里,公共汽车,有那种巨型的广告牌……"

"哦,你说上面是明星代言的那些广告牌啊?不关注啦,又买不起。"钱小芙答完之后就摸了摸肚子,"好饿。"

陆铭熙手指捏着鼻子,紧咬着嘴唇,以他今时今日的地位,关于我就是那个谁谁谁这句话,已经不能随便说出来了,太掉身价。

　　而此时此刻他却多么想把我就是陆铭熙这句话说出来，他发觉人这一生里总会遇到几个像鱼刺一样的人，而眼前这个女生，她绝对不仅仅是根鱼刺，简直就是一根鱼叉，一把叉中了他的命门。

　　就在陆铭熙绞尽脑汁想要说明自己是位巨星的时候，钱小芙已经没什么耐心了，她吞了吞口水拍了拍他的胳膊："有地兄，我真的好饿，咱们可以边吃边说吗？"

　　陆铭熙被她这么一说，突然就明白了自己为什么会智商下降，对，从清晨起来就一直在国立新高里转悠，四个小时过去了，他滴水未进，一定是因为太饿才影响了脑袋运转。于是面对钱小芙如此真诚的建议，这次他爽快地点了点头。

　　"好，就边吃边说！说好了，我不用你们请。"

Chapter 7

十分钟后，钱小芙和黎阳已经坐在食堂里开吃了。

"怎么样，一餐厅也不错吧？"钱小芙舔回唇边的米粒看向黎阳。

"我对饭菜没什么要求。"黎阳看起来也吃得很可口，还真是暖男呢。钱小芙看着他餐盘里的炒蘑菇和一只鸡腿，拥有八餐厅用餐卡的孩子，吃着这些家常便饭，竟然还能笑得这么可亲。有一个人可就不那么好伺候了，分明是一起走进来的，可这几分钟里人就完全没踪影了。

"我吃好了，我去找找他。"钱小芙抹了抹嘴巴站起来，那位有少爷病的孩子一时找不到，她也确实没心思吃，要知道他刚才已经把赎金涨到十倍了呢！

"好，正好稍后我还有别的事，吃完就先走了。"黎阳冲她微笑，"以后会常常见到你的。"

钱小芙点头。想到两个人是同班同学，自然会天天见到了。她挥挥手后，便转身走开，开始在餐厅里寻找起陆铭熙来。

用餐高峰期已经过去，吃饭的同学已经少了许多，可钱小芙愣是在餐厅绕了一大圈都没有看到陆铭熙的影子，刚想放弃的时候，就听到收银台那边传来一阵嘈杂的声音。

"同学，充饭卡真的不能刷卡啊。"是餐厅收银台大妈的声音。

钱小芙原本不想理会这些，结果细一想，刷卡？突然眼前就闪现出一个人，没错，是他的风格！钱小芙快走了几步，向着收银台冲过去。

已经有不少同学在那里围观，钱小芙踮起脚努力往里瞧，却什么都看不到，只能听到里边一个男生的声音响了起来："为什么不能刷卡？大妈，你也看看这个世界吧，现在连买菜都能刷VISA（信用卡品牌）了，凭什么食堂不能刷？银联有没有？VISA呢？万事达呢？"

完了，果然是陆有地在这里捣乱呢。钱小芙奋力向人群里挤去，边挤边说着："借过借过，里边那个人我认识，请让我进去。"

收银大妈的声音再次响起来："同学，食堂这边真的不能刷卡。你要是没有现钱吃饭，可以去找同学借一张先用着。"这大妈真是好有耐心。

"借一张？"男生突然发出几声干笑，他重新把身子压向收银窗口，手里的卡片快要被他捏碎了，"我说大妈，你真的不知道我是谁吗？听声音听不出来吗？从来不看报纸吗？娱乐新闻呢？坐车的时候也看不到广告牌吗？"说到这里，陆铭熙突然想到了刚才也是同样的话问过钱小芙，结果被通通毙了回来，看来这世界真的有不关注明星的人。于是也不等大妈说话，就补了几句，"就算是这样，你家的孩子也吃过华旗牌奶粉

吧？婴儿美的米粉呢？酷加的纸尿裤呢？"男生如开启了"机关枪"模式一般，"突突突"一阵反问加补枪终于把收银大妈问傻眼了。

"同学，你说的这几样……都是什……什么？"大妈被"机关枪"轰凌乱了。

"喂！陆有地！"钱小芙终于挤到了最前面，也顾不得四周同学们的议论声，一把就握住了他的胳膊，"同学都散散吧，这个孩子脑子有问题，都别看了。"

"我说……谁脑子有问题，这么大的学校不能刷卡像话吗？"陆铭熙刚喊出一声，就发觉围观的女生里好像有人听到"陆有地"这三个字，突然就安静了，赶紧用袖子捂住了半边脸，"还有，我有没有说过不准再叫出这三个字！"

"跟我出来。"眼见着围观的同学不减反增，钱小芙最受不了被人瞩目，就强行扯着陆铭熙的衣领把他从人群里拽了出来，一些眼尖的女生似乎发现了什么，一个劲儿地用手机对着陆铭熙拍照。

"挡成这样都能被识破？"陆铭熙拉高了衣领，把下巴缩了进去，我的巨星气场真是越来越掩盖不住了，想到这里他就戳了戳钱小芙，"哎，你就看不出些什么来吗？"

钱小芙以前没见过明星，更想不到明星会孤身跑到学校里，在她的印象里，明星不都是后面乌泱泱跟着一堆人才对吗？

刚才看到有女生拍照，她也压根没往那方面想，她虽然对眼前这男生有些异议，但还是承认他这张脸是绝对无可挑剔的，她也知道他当龙套只不过是暂时的，以他的外在条件，总有一天绝对能红。

可眼下更让她好奇的是，陆有地都已经全副武装成这副熊样了，她们还能看出他是美少年？

可眼下餐厅马上就要打烊了，她也顾不上想那么多，拉着陆铭熙就走到了窗口前："想吃哪个？我买给你。"

原本看不到饭菜，陆铭熙也还能坚持一会儿，如今看着窗口这一盘盘的菜，陆铭熙再也扛不住了，他看向窗口里的大叔，搓了搓手指："那个，给我一份鱼子酱。"

鱼子酱？陆有地，你是在搞笑吗？

"叔叔，把那块鱼头给我吧，谢谢。"

陆铭熙握了握拳头："鱼头？我为什么要吃鱼头，那上面除了眼珠就是嘴，让我吃哪里啊？"

"再给我一份'荷塘月色'。"钱小芙指着一盘青花翠绿的菜。

荷塘月色？陆铭熙对这个词的理解在一秒钟之内颠覆了，藕片炒芹菜？"喂，我是鱼吗？我为什么要吃藕片！你是在给那个鱼头选菜吗？"

Chapter 01
第一章
命中注定遇见你

钱小芙不理他,从窗口里接过菜,又把他领到了主食窗口:"米饭还是馒头?"

"我要吃鱼翅捞饭。"

"谢谢您,给我一个馒头。"

"钱小芙,你!"陆铭熙几乎咆哮了,他长这么大对馒头的了解,也只是知道它是圆的,仅此而已啊。

"原来你知道我的名字啊?不要记太久,我是那种能走到男人心里的女生哦!"钱小芙霸气地从他脸前飘过,坐到旁边的位置上。

这女生是疯了吧?

"过来,吃饭。"

"我才不吃鱼头。"陆铭熙坐了下来。

"看来你爸妈一定不够宠爱你。知道鱼头是整条鱼最精华的部分吗?宠爱孩子的爸妈通常会把鱼头留给孩子,因为真的很好吃。"

"哪里?"陆铭熙拿起筷子指着鱼头,"眼睛?嘴巴?还是鳞?"

钱小芙从他手里拿过筷子,认真地把鱼头夹开,然后把里边鱼脑的部分夹起来递到他嘴边:"吸一下,试试看。"

"我为什么要……"陆铭熙刚张开嘴巴,钱小芙就已经把筷子伸进了嘴里,香滑的鱼脑汁液流进了陆铭熙的嘴里,他突然就不说话了。

然后嘴巴做啜吸状,他吸啊吸,瞬间把一块鱼脑吸得干干净净,吐出鱼骨的时候,指了指剩下的半块鱼头:"再给我喂一块儿。"

钱小芙把筷子扔还给他:"看吧,有钱人又怎么样啊?父母赚的钱比给你的爱多,连个共同回忆都没有,我看到最后能想起来的只有大把的遗产了吧?"

这个女生竟然……竟然敢说他没有父母的爱。真是……是他给她太多好脸色了?他把盘子推开:"不吃了。"

"那就还钱吧。"钱小芙从口袋里掏出欠条,"十倍是有点儿多了,你也只是个跑龙套的,大家都不容易,所以你还是按照欠条上写的给我五倍的钱吧。"

大家……都不容易?陆铭熙被她的洞察能力彻底打败了。他压低了身子,冲她勾勾手:"你知道我赚钱是按分钟算的吗?还有还有……"他尽最大努力把自己的脸贴到了钱小芙面前,"你知道这副墨镜全世界只有五千副吗?贝克汉姆你知道吗?他有一副……"

"哦。我从来不买淘宝同款的。"钱小芙认真地回答他。

陆铭熙的眼泪都快掉下来了,他决定放弃自己高贵的自尊心,从此时此刻起,任她

把他当作什么，龙套也好，买十块钱淘宝同款潮货的也好。

都……都随她去吧。陆铭熙咬紧嘴唇，从钱包里拿出一沓钱放在她面前，声音都虚弱了："把手机给我。"

钱小芙接过那沓钱，认认真真数了一遍，把多出来的部分推给了他，之后又数了两千元出来："有地兄，这两千块可以当作我把手机买回来的钱吗？手机是爸爸送我的，我现在当着你的面把它格式化就行了吧？"

钱小芙掏出手机，手指飞快地操作着，在点还原出厂设置的时候，她犹豫了一下：早知道今天会见到他，就应该把和爸爸的相片都先转存的。

看到钱小芙说删又不删，陆铭熙以为钱小芙要反悔，于是他一把抢过了手机，看也没看就塞进了口袋里。

"喂，那里边还有很多我的私人东西啊！"钱小芙急了。

"抱歉，现在它是我的了。"陆铭熙狠了心要将把柄拿回来，谁知道钱小芙一下删，一下又不删，到底要搞什么鬼？他把桌上所有的钱统统推回到她面前："关于你的通讯录和相册什么的，我会帮你拷贝出来，改天叫人带给你。现在交易完成，咱们两清。"

"你说话算话吗？真的会把相册拷回来给我吗？"钱小芙看着面前这个人，觉得很不靠谱。

陆铭熙从身上掏出一张名片放在桌上："这是我经纪人的电话，你明天联系他吧。"

"经纪人……"钱小芙拿起那张纸片，难不成这个陆有地真的是小名人吗？不过从现在起，他是谁也跟她没关系了。她拿着名片站了起来："明天我会找他的。好了，那我回去了，再见，陆有地。"

这个人！她竟然把这三个字叫顺口了！

钱小芙推开椅子站了起来，对他轻浅一笑，然后转身就走开了。

刚走了两步，胳膊就被人从后面用力握住，钱小芙猛地转身，与一脸认真模样的陆铭熙正好碰了个四目相对。

这是……要干什么？

"我先走！"陆铭熙非常认真地看着钱小芙，"从来都是我和女生说再见，凭什么让我看着你的背影啊！"

原来……钱小芙又一次被他的逻辑打败了，她轻甩开他的手："问你个问题。"

"怎样？"陆铭熙一脸没耐心的样儿，而脚下丝毫没动。

"为什么你叫陆有地?"钱小芙问得一脸真诚。

"我干吗回答你这么隐私的问题啊?"陆铭熙声音放大一倍。

"那就算喽。"钱小芙转身走。

"谁家的父母对孩子没期许啊?如果你也有个做地产的爸爸,你也会有一个这么充满爱意的名字。"陆铭熙大步超过了她,双手插在口袋里头都没有回,声音却还飘在空中,"鱼头了不起啊,有地才是真的了不起啊!"

钱小芙停了下来,一秒钟之后她"噗"的一声笑了起来,对啊对啊,有地真的好了不起啊。

Chapter 8

陆铭熙从学校里走出来时,黑色的保姆车就已经停到了门口,他拉开车门坐进去,仰着头本想睡一会儿,结果不知道为什么满眼浮现的全是大鱼头。

许真在前排认真开着车,依旧一言不发,他早习惯了陆铭熙来去如风的个性,所以他从哪里来,又要到哪去,他不说,许真便一直不问。就像此刻,陆铭熙微闭着眼睛,手指绕着墨镜慢慢转着圈,也没说要去哪里,许真就沿着街道一直开。

过了半晌,陆铭熙睁开了眼,从后排爬到许真跟前,表情是前所未有的严肃:"我说,小时候你妈喂你吃过鱼头吗?"

"鱼头很好吃。"许真少见地说了五个字,他从后视镜看了一眼陆铭熙,"应该是喂鱼肉更多吧。"

"是吧?真的是,我就知道,我被这个女生骗了。"陆铭熙一拳砸在自己腿上,他差点儿因为妈妈没有给他吃过鱼头而误会这段母爱,如今许真的回答才让他的心重新落回了肚子里。

许真一见陆铭熙这状态,就知道他这句是回答对了,看来他对于如何伺候这位主子已经得心应手了。

"我想问你一件事。"恢复了正常的陆铭熙坐在后座上,从后视镜里看着许真。

"嗯?"

"你这是要带我去哪儿啊?你怎么也不问问我去哪儿啊?你拉着我这是满大街瞎转悠什么呢?"陆铭熙坐直了身子,一脸不解地追问道。

许真感到心里"咯噔"一声,有什么东西"哗啦啦"地碎了一片。他到底还是猜不透他啊。

下午,陆铭熙回到了片场。他带着谢阿吉向导演及其他工作人员挨个儿道歉,并特意叫了一车丰盛的外卖请全组饱餐一顿。导演拍着他的肩膀说:"年轻人有点儿私事是应该的。哎,谁让你长得帅呢,没关系没关系。"

然后,拍摄继续。果然,长得帅才是万能又不能抗拒的理由啊。

谢阿吉一直强忍着火气,在陆铭熙化好妆后,把他从影棚里一把拉了出来,语气像他已故的外婆一样:"你倒是给我说说看,你这几天都干什么去了?"

"赎相片啊。"陆铭熙边说边对着镜子整理着戏服。

"你被人偷拍了?那赎回来了没有?对方要了多少钱啊?"谢阿吉心里再不满,一听到相片什么的,就立马紧张起来。

"当然赎回来了。"

Chapter 01 第一章
命中注定遇见你

"第七场戏，陆铭熙，到你了。"谢阿吉正想再详细问问，就听着场记冲这边喊了一声。

"我过去了。"陆铭熙拍了拍谢阿吉的胳膊，"相信我，真的已经解决了。不过有别的事交给你。"陆铭熙从口袋里掏出了钱小芙的手机，"帮我把这里所有的东西都拷贝一份。"

"这是谁的手机啊？干吗要拷贝啊！我的祖宗啊，你到底是被什么人敲诈了啊……"谢阿吉刚一问完，就赶紧捂上了自己的嘴巴，这些话可千万不能让别人听到。他看着陆铭熙的背影，不由得还是叹了一口气："我这辈子啊，真是为你操碎了心哪！"

陆铭熙那天的戏一直拍到了夜里一点多。因为之前拖了些进度，为了赶工期，所以全员也都跟着辛苦到了凌晨。

等陆铭熙拍完最后一条从棚里走出来的时候，谢阿吉已经在化妆棚里睡着了。桌上放着钱小芙的手机和一个崭新的U盘，陆铭熙嘴角轻轻一弯。虽然这位谢大叔有时唠叨得他快要烦死了，但是陆铭熙交给他的事，他从没有过一次疏漏。

导演还在里边指挥着散场，陆铭熙也不好先走，就挨着谢阿吉坐了下来，反正也无聊，就拿起了钱小芙的手机。

结果就看到了手机上的二十多个未接来电。全部来自"老钱"，再一看来电时间，是从晚上十点一直到刚才。

这么急，难道有什么事吗？陆铭熙突然咂了一下嘴，他怎么一开始没想到这么多呢？带走她的手机，她这一天里不就和别人失去联系了吗？陆铭熙手指雨点般敲打着桌子，要不要回拨过去问问什么情况啊？可是这么晚了，他又是个男生，让她家人误会怎么办？一瞬间，陆铭熙脑子里闪过各种想法。他正还犹豫着，突然握着手机的手指一滑，给老钱的电话就回拨了出去。

直到对面有焦急的声音响起来，他才发现这一点，赶紧拿起了手机。中年男子的声音传来，他都快要哭了："小芙吗？小芙，你在哪里啊？"

"那个……那个钱Uncle（叔叔），钱小芙的手机在我这里，出……出什么事了吗？"

"你是谁？小芙在哪里？她到底在哪里？"

在哪里？这么说钱小芙到现在都没回家吗？陆铭熙也突然紧张了起来："Uncle，你别急，钱小芙今天一直没和您联系过吗？"

"晚上拿同学的手机给我打过一个电话，说在游泳馆做完清洁就会在校门口等我，

可我十点钟去了学校,等了整整一个小时都没有等到她。我就去找了学校的保安,把整个学校都找遍了,可是都找不到小芙……"谢爸爸的声音已经满是哭腔了。

"您别着急。这事我有责任,要不是我拿走她的手机,她也不会和你断了联系。您别急,我现在就去找她!"陆铭熙也顾不得多说,挂了电话就跑出化妆棚,四下张望了一圈都没有看到自己的保姆车,却无意中看到旁边停着一辆跑车,车没熄火,车门也大开着,主人却不知道去了哪里。

陆铭熙一时找人心切,想也没想就直接借用,开着车就冲了出去。

十几分钟后陆铭熙就赶到了国立新高。他飞快地跑进了校园直奔游泳馆。

已经到了学校熄灯的时间,游泳馆的电动门自动上了锁,陆铭熙还是按照上次的办法打开了门,然后用手机的亮光照着,直奔更衣室而去。

推开更衣室房门的那一刻,陆铭熙便被眼前的一幕吓得呆在了那里。

整个屋子弥漫着一股浓浓的血腥味,钱小芙整个人呈"大"字形躺在地板上,此时此刻在手机的光照下,这间屋子充满了恐怖和诡异。

足足半分钟陆铭熙连气都没敢喘一下,直到快要把自己憋死了,这才大口地呼吸起来,这时脑子也终于清醒了过来。他飞快地跑到钱小芙面前,用力地拍拍她的脸,她竟然没有任何知觉。

就在他料定她是自杀,想拿起她的手腕给她止血时,却发现她两只手腕都完好无损,而还在细细地流着血的是她的小腿部位,陆铭熙用手机飞快地照了一下四周,发现他的后面更衣室的镜子碎了一地。

他一下明白了事情的原委,拦腰抱起钱小芙快步从学校跑了出来。

第二章 Chapter 02
巨星的爆炸新闻

Chapter 1

仁爱医院。

这是江城市最著名的私人医院,也是陆铭熙他们这些明星指定的就诊医院。医院不对外接收病人,从来只接受名流和政要的预约,一方面保证了医院优雅高端的就医环境,另一方面也百分之百地保护了病人们的隐私。

当然,医院昂贵的就诊费用也让这座城市百分之九十的人望而却步。

若不是钱小芙被送进了这里,钱爸爸还一直以为位于最贵地段的这个欧式建筑是教堂呢。

钱爸爸赶到的时候,钱小芙刚刚醒过来,迷迷糊糊地看着眼前的景象,然后就看到了站在床前的那张冰块脸。

"这是在……"钱小芙刚张开嘴,还没说完,就被冰块脸打断,"没错,在天堂呢。"

钱小芙一下子就清醒了,她白了一眼陆铭熙:"所以是你陪我一起死的吗?"

听到这一句,陆铭熙直接无语了。打从遇到钱小芙开始,他发觉自己的嘴巴和脑子完全不够用,总能掉进她的嘴巴陷阱里。他正苦思冥想后面要接句什么,门就被一把推开了。

"小芙啊!我的宝贝女儿,你为什么要这么做啊!"钱爸爸飞奔进来扑向了病床。

"老爸啊,我也差点儿以为自己要死了啊!"一秒钟前还傲娇的钱小芙瞬间被爸爸带进了"苦情戏"中。

陆铭熙轻呼一口气,手指蹭了蹭额头,向后退了一步。

"他们说你流了好多血,伤口特别深,你学什么不好,要学人家自杀啊?"钱爸爸说着就拿起了女儿的手腕,然后从左手翻到右手,突然就收住了哭腔,然后转头看向陆铭熙,"小子,你不是说她自杀吗?"

陆铭熙觉得快要崩溃了,他什么时候说过钱小芙自杀呀?他在送钱小芙来医院的路上,是曾给钱爸爸打过电话,可他说的是让钱爸爸赶紧到仁爱医院,钱小芙流血了……谁知只说了这么几句,钱小芙的手机就没电了。

"是为了你吗?是你这小子伤了我们小芙的心吗?"钱爸爸站了起来,一步步逼近陆铭熙,"你在哪上学?和小芙是同校吧?你家干什么的?很有钱吧?你认识小芙多久了?一见钟情了吧……"钱爸爸的自问自答模式直接把陆铭熙问傻眼了,此时他鼻尖下面就是钱爸爸的脸,他说是也不行,说不是还不行,整个人就像雕像一样立在了那里。

"爸……不是啦!"钱小芙伸手将爸爸拉了回来,"是我做清扫的时候不小心把更

衣室的镜子打破了,镜片划伤了腿,流了很多血……"钱小芙越说越不好意思,还用余光扫了扫一边的陆铭熙:这小子心里肯定已经笑话死我了吧!

"对哦,事情就是这样,因为血流得太多……"陆铭熙终于洗脱了嫌疑,整了整衣服重新站回了床前,语速放慢二十倍,"所以她被自己的血,吓晕过去了。"

钱爸爸看向钱小芙。

"虽然我承认自己晕血,可是也完全有可能是因为失血过多休克啊,又或者是疼得太厉害才不省人事啊!"钱小芙嘴硬着,努力想把这次意外由蠢笨向着柔弱引导。

喊,陆铭熙转头看向别处,一副真相在我手里,随你怎么编的样子。

"喂,我会有今天这惨剧是谁造成的啊?是谁拿走我的手机让我和爸爸失去了联系,也无法求救的啊?"

陆铭熙心里刚涌起一股"终于翻身了"的愉悦感受,突然就被这两句话给拉回到了现实:"那我也第一时间扔下了剧组和导演,飞奔来救你了啊!"

剧组和导演?钱爸爸再次转身,这次上上下下把他看了一遍,然后表情突然就不对了,像被吓到一般,整个人猛地定在了那里。

怎么了这是?陆铭熙觉得有些不对劲,就举起手来在钱爸爸的眼前晃了晃:"Uncle,你还好吧?"

"陆——铭——熙!你是陆铭熙对不对!"钱爸爸终于喊了出来。

"啊?您竟然认得我啊?"陆铭熙突然有一种千年冤屈得以洗雪的感觉,他伸出手来紧紧握住钱爸爸的手,眼泪都快掉下来了。

钱小芙看着面前的两个人,突然就迷糊了。陆铭熙?陆铭熙是谁?他不是陆有地吗?

"我当然知道你!你做奶粉广告那会儿,我们镇子每位孕妇家里的墙上,都贴着你的海报!还有那个牌子的奶粉,我们小芙从两岁一直喝到了小学毕业!哟哟,竟然都长这么大了,可真是帅啊!你知道吗?叔叔是你的忠实粉丝,你代言的所有儿童食品,我都给小芙买过呢!"

"哎哟,这是真的啊?真是太感动了。"陆铭熙做热泪盈眶状,然后目光瞟向钱小芙,一副你真是有眼不识泰山的得意模样。

原来他就是老爸嘴里的广告童星!可也就是因为他,小时候她才会被灌了那么多难吃的奶粉和米粉。是明星又怎样?四十岁以上的叔叔阿姨们的偶像,有什么好臭美的?

钱小芙一时还没有从自己受伤是间接因他引起的事件里回过神来,任他此时变成外星人,她都没什么兴趣。她把头蒙进被子里,扯着嗓子喊:"这里是病房,亲属以外的

人请回吧,重症病人要休息了!"

唉!这个女生真是……陆铭熙真是要攥拳了。原本以为知道他是巨星之后,能听到她从病床上蹦起来的尖叫声……就算没有尖叫声,起码也应该有带着崇拜的目光……陆铭熙转念想了下这几个场景,突然觉得都不会是病床上这个女生能做出来的事,于是他心里刚刚燃起的小火苗,就让她这阵阴风吹灭了。

钱爸爸看女儿要休息了,便也放低了声音:"不过对于像我这样的忠实粉丝,你们公司就没有什么物质奖励和感恩回馈之类的吗?"

陆铭熙呆住了,心里的那团火终于被吹得连灰都不剩。

钱小芙在被子里"扑哧"一声笑了起来,她就知道以抠门和爱钱而闻名于整个镇子的老钱,怎么会无缘无故当起谁的粉丝呢?恐怕以上五分钟的对话里,只有这一句,才是老钱的真心话。

陆铭熙一时有点儿难以接受这个巨变,他也想不出什么措辞,于是幽幽地拿起了桌上的住院费结账单:"这个就当我感恩回馈您了,您看行吗?"

钱小芙一个没忍住,从床上弹坐起来,抱起枕头就要冲他丢去:"你个扫把星,世界上有这样的感恩回馈吗?"

没……没有吗?陆铭熙紧张地用胳膊护住一张俊脸,侧着身子做随时抗击打状,然后吸了吸鼻涕:"要不你多住几天,算我额外赠送你的……"

"滚啊!"钱小芙的吼声回响在整层楼里。

Chapter 2

陆铭熙从医院出来的时候，天都快亮了。整晚没合过眼不说，还被这父女俩轮番欺负和羞辱，真是想起来都觉得窝火啊。

不就是拿走了她的手机吗！可那也不是他抢来的啊，明明是花了重金买来的，可为什么会觉得这么理亏啊？

陆铭熙站在医院门口的台阶上，越想越不甘心，正想着回去重新理论一番，突然就看到在他开来的那辆跑车边上站了两名警察。

难道现在的法律规定开跑车也犯法吗？陆铭熙皱起眉，从口袋里摸出墨镜戴好，然后双手插在口袋里晃晃悠悠地走了过去。

他踢了踢车子的轮胎："这车有什么问题吗？"

其中一名矮个子警察正在用手电照着车窗里边，看到他便停了下来："我们怀疑这是黑车。"

黑……车？陆铭熙一把拿下眼镜，绕着跑车转了一圈，竟然有人敢把黑车开到片场来！难道是故意来陷害他的吗？

"咦？咱们昨天见过吧？"旁边拍照的一名稍胖些的警察走了过来，"还真是你，脖子好了吗？"

竟然是电梯里碰见的那两名警察！全江城的警察就只有他们两个吗！陆铭熙重新戴好墨镜："没错，已经好了。不过这车是怎么回事？是说它是被偷来的吗？"

"凌晨的时候有人报案说丢了车。我们就一路跟着监控来到这。"胖警察拿出一沓从监控里截出的相片，"偷车的人很嚣张啊，从几百人的片场里明目张胆地就开出来了。哎，这相片里的人不是你吗？"

胖警察指指相片，又看了看陆铭熙。"虽然影像不是很清晰，但你看这脸形特征和衣服完全相符啊！"他说着就一手擒住了陆铭熙的手腕，"跟我们回所里一趟吧。"

原来这黑车是因为他而起啊。陆铭熙顿时头就大了："等等，我是那片场的男主角，不对，那男主角的小时候是我。当时情况紧急，我以为是工作人员的车，就开出来了。失主呢？失主在哪？他肯定认得我，让我见见他，真相立刻就清楚了。"

"那也跟我们走吧。失主一晚上都在所里等着呢。"

"那我能提个要求吗？"陆铭熙一脸可怜相地看着警察，"能把电视里那种给犯人戴的头套给我一个吗？"

"现在知道丢人了？"

"我怕我的黑眼圈被人拍到……"

派出所审讯室。

进屋前,警察刚要给陆铭熙摘掉头套,就被他自己一把压住了:"就这么戴着吧,带我去见失主吧,他应该不会介意的。"

警察其实对他的身份早就心知肚明,家里上初中的女儿贴了一墙他的海报,真是想不认识他都难。

对于偷车这件事,他也明白是个误会,但既然有人报了警,他们就得公事公办。通过这两次的了解,他们也觉得陆铭熙是个还不错的孩子,也就对他特别宽容些。

他不肯摘头套,也就随他去了。

审讯室里一个蓬松卷发的年轻女孩正待在里边,看样子也不过十七八岁,穿着一条欧洲专柜两天前上市的蓝底碎花短裙,上面搭一件白色蓬蓬短袖衬衣,踩着双银色高跟鞋,正双手搭在胸前绕着桌子一圈圈地走。

陆铭熙套着头套走进来。警察介绍着:"这是偷你车的人。车子在仁爱医院停车场被发现,现在已经开回来了,检查过了,没任何损伤。"

"就是你啊!"女孩一个箭步冲了过来,一个算不上特别漂亮的女孩,长着圆圆的眼睛,圆圆的鼻头,连脸也是圆圆的,嘴唇微微有些嘟着。化着浓妆,假睫毛长得能扇晕苍蝇,却依然有股掩盖不住的稚气。

"为什么偷我的车?知道我是谁吗?你惹得起我吗?"女孩逼近陆铭熙问了一连串问题。

如果她是失主可就太好办了。陆铭熙伸手开门把警察推了出去,关门的同时,扯下了自己的头套。

女孩如预期料想的一样,瞬间愣住。

陆铭熙拉把椅子坐了下来,把审讯间的刺眼台灯从面前推开,然后看向了女孩,开口的时候,唇间就已经挂上招牌的笑容:"我是故意的。"

说完这句话,他的脑里突然浮现出了钱小芙的脸,如果面前的人是她,她一定毫不留情地回他一句"禽兽"!然而人与人的差异真就这么大,面前这名女生的表情由惊呆突然转换为难以置信的惊喜:"为什么嘛,到底是为什么嘛!"女孩在陆铭熙对面坐了下来,目光里尽是期盼着答案的渴望。

"我不想说,你还是告我吧。"陆铭熙从椅子上站起来,作势就要往外走。

"这叫什么话啊,我怎么可能告你呢?我大晚上的从你的官网上得知你在那里拍戏,连集团的酒会都没参加,就跑去片场找你,我又怎么会告你呢?"

果然是她了。年氏酒店集团的独生女年雪凝,而今天也确实是年氏酒店集团三十年

Chapter 02
第二章
巨星的爆炸新闻

庆典的大日子。

可早在半年前,就已经有很多人送来年雪凝的相片和手机号码,介绍他们认识。

"你确定不告我吗?"陆铭熙打从内心里不喜欢这种娇惯出来的女孩。

"当然啊。我一会儿就去撤销案子,这么晚他们还把你抓来,你不会生我气吧?"年雪凝是真的担心自己给他的第一印象太差。

"不会。不过我真的很累了。后面的事交给你了,我先走了。"陆铭熙一看事情解决了,就重新戴好了墨镜,开门走了出去。

一直到走出派出所大门口,陆铭熙的步子都始终轻快松弛,临出来前还愉悦地跟两名警察打了招呼,说:"已经和失主谈妥了,还真是误会呢,呵呵。两位哥哥,能不能帮我保密啊?毕竟咱也是个公众人物啊。"

然后,他继续保持着走红地毯的形象一直走到了街对面,伸手拦了出租车,直到坐进车里时,才要命似的呼了一口气。

他的双腿一个劲儿地颤抖着,心脏跳得快要蹦出来一样。司机向后看了他一眼,关心地问了句:"小伙子脸色不好啊,是不是不舒服?"

他摆摆手,吞了吞口水:"不是不舒服,是差点儿就把一生结束在这里,我的一生啊!"

司机转回了脸,再也没理他。

这件事可千万不能传出去,别说偷车被告,就是他在派出所门前路过一下,这样的事报道出去都有可能让他闪亮的前途从此夭折。

有良知的媒体会实话实说,说他是因为误会而开走了别人的车。无良的媒体为了销量,怎么劲爆怎么写。没准儿到时候会出现"国民弟弟陆铭熙因吸入不明粉末而神志迷离偷盗车辆"又或者是"小天王陆铭熙因豪赌欠债沦为盗贼偷走名贵跑车"……

光是想着,陆铭熙的背后都一片冰凉,所幸他已经凭着出色的演技以及帅气渡过了这一难关。

"呼!"陆铭熙长呼一口气,这多舛的命运啊!他一定是神仙下凡,不然重重劫难谁能挺得住啊!

Chapter 3

陆铭熙走后,年雪凝一个人在审讯室里发起了蒙,她和他一共不就说了两句话吗?不是说他故意偷她车的吗?那原因呢?他怎么就走了啊?等她反应过来一切,撒腿追了出去,陆铭熙早没了影子。

年雪凝气得用力跺了跺脚:"好你个陆铭熙,竟然敢耍我!"她气鼓鼓地冲回来站在刚才的警察面前,"我要通缉他!有什么办法可以通缉他啊?"

"如果车损伤很严重的话……"警察的话还没说完,年雪凝就拿起一把椅子走了出去,用最大的力气砸到了车上。车体瞬间凹陷了一大块,警报声响了起来。

"这样可以通缉他了吗?"

警察先是错愕地看着她,几秒钟后恢复了镇定,指了指上方的墙角:"恐怕不行,这里有摄像头。"

年雪凝重新回到审讯室里拿包,突然就看到陆铭熙刚才坐的椅子下面有个东西在发着光,捡起来一看,竟然是他的手机。

她"扑哧"一声就笑了出来:陆铭熙,我早就找星相大师算过我们的缘分,大师说是天意让我们遇见,我还不信呢。

她把手机拿起来,轻轻一划屏,陆铭熙的头像就映在了眼前。

她"呵呵"地笑出声来,这才叫真正的天意吧?

陆铭熙回酒店冲了个澡,换了身衣服,揉了揉头发,对着镜子左右照照,一切就像刚睡醒那么自然,这才满意地出门。

刚一开房门,谢阿吉就像门神一样堵在了门口,吓得陆铭熙一个趔趄。

"又怎么了?"

"收工之后你去了哪里?我和许真在片场等了你整整一晚上你知道吗?"

喊,是睡了整整一晚上吧。以他的性格如果发现陆铭熙不在了,手机都会被打爆的。陆铭熙转身走回了房里,整个人呈"大"字形扑在了床上。

"你说不说?你要逼我以后请私家侦探跟着你吗?"谢阿吉发飙了。

"我认识的朋友出了事,住了院,我去看了看她。"陆铭熙坐起来,只好交代。

"朋友,哈!你哪来的朋友?连学都没有上过的孩子,除了家就是片场,你哪有朋友啊?"

"喂!我能有点儿隐私吗?"陆铭熙不爽了。

"好吧,那手机呢?为什么打了一早上电话你都不接。"

手机?陆铭熙伸手摸摸口袋,又跑到卫生间里查看了一下换洗的衣服,蒙了。手机

去哪儿了？然后他开始抓着头发回想昨晚的事，医院、派出所、出租车……

啊！一定是丢在了出租车里！他抬头冲着谢阿吉一笑："手机丢了。啊，不过你不用担心。相册什么的我都清空了。那部手机对我已经不具备任何威胁了。"

他竟然会把一百多张自拍照删掉？谢阿吉简直不相信自己的耳朵："为什么删掉？你不是说不吃饭不睡觉也绝对不能停自拍吗？为什么！"

"因为在某人的手机里嘛，别担心，我已经加密了。"昨晚拿着钱小芙的手机时，他发觉谢阿吉并没有删掉那些相片，只是把钱小芙的东西拷贝了出来，他觉得把相片放在她手机里实在是个好主意，所以他就将自己的相片设了一个文件夹，然后加了密。大不了以后每拍一张相片都给她发过去，让她代为保存，给她些保管费嘛，那么财迷的人一定会答应。

谢阿吉将信将疑地看着他，虽然觉得这小子有时候脑子一根筋，但对于自己的前途一直很紧张，于是打算放过他这回。

"好了，这次丢了就算了，让许真去重新补一下号码。"谢阿吉边说边把陆铭熙从房里拎出来，"我早上问过导演，顺利的话你的戏再有半个月就结束了。你最好给我好好表现，之后还有一个广告要拍。"

"我就不能申请休假，多认识一些朋友，找个自己喜欢的女生什么的吗？"陆铭熙抗议。

"找个喜欢的女生？"谢阿吉一掌拍在他头上，"还敢谈恋爱，你直接送我去死好不好啊？"

钱小芙很久没有睡得这么舒服了。她睁眼醒来的时候，太阳已经老高了，钱爸爸正坐在床边笑眯眯地看着女儿。

"怎么了？"钱小芙坐起来，摸摸自己的脸。

"哎哟，真是长得越来越好看了啊，我的女儿。"钱爸爸伸手拍拍她的手，"对了，这所医院真是不错呢，昨天晚上来得着急都没好好看看，刚才我下去转了一圈，简直跟花园一样，后院还有高尔夫球场呢。"

"是吗？算陆铭熙那小子有良心。"钱小芙笑笑，刚要下床，就听到手机响了一声。她拿过来看了一眼，是短信。再点开，竟然是陆铭熙发来的。

这个自恋少年，竟然在她手机里把自己的号码存成了陆大恩人。她点开短信，只见三个字："亲爱的。"

钱小芙顿时就愣在了那里。

钱爸爸一看女儿表情不对，就把头凑了过去……钱小芙把手机直接塞到了枕头下

面:"没事,爸,你去问问医生看我是不是可以出院了,今天有好几节课呢,我不想落下。"

"哦,好!"钱爸爸听话地走了出去。

钱小芙赶紧从枕头下面拿出手机,又看了一遍短信,更蒙了。这小子是哪条神经没搭对吗?于是她直接拨了过去。

"陆铭熙,你发什么神经?"钱小芙吼道。

"你是他什么人?"听筒里响起来的竟是女孩的声音。

"你是谁啊?这不是陆铭熙的手机吗?"

"我一早上给他通讯录里的所有号码都发了同样的短信,可是只有你回拨了。你是他什么人?地下情人吗?"

地下情人,不要搞笑了好不好?钱小芙一听这女孩绝对是没事找事的,于是也没客气:"我是他后妈。"然后她就挂上了电话。

接电话的女孩是谁?陆铭熙的女朋友吗?难道趁他睡觉的时候检查他的手机吗?钱小芙琢磨了一会儿,之后敲敲脑袋:"跟你有什么关系啊?人家是当红小明星,没准儿有一条街的女朋友呢!"

钱小芙刚想到这里,钱爸爸就走了进来:"医生说没问题,可以出院了。但是我们可能会有点儿问题。"钱爸爸的脸上出现了为难的表情。

钱小芙看着爸爸,一脸迷惑。

"住院费要一万块。"

"什么!"钱小芙喊了出来,"我……我只是睡了一觉而已啊,医院是要吃人吗?"

"护士说,这是贵宾折后价。小芙,要不你在这里等着我,我回去借点儿钱再来接你,好不好?"

钱小芙一听又要借钱,整个人都蔫了,她拿过书包本想看看自己还有多少零用钱,突然就看到了包里那整整齐齐的一沓钱!

这是陆铭熙用来买她手机的钱,整整有一万四千块!原本她还有私心,想拿这笔钱先交上学费,再慢慢还他的,可是没想到,竟然还多出一万块的住院费要交。

钱小芙有些打不定主意,便拿着手机溜进了卫生间,又拨了陆铭熙的电话。

接电话的依然是那个女孩:"怎么?后妈也爱纠缠自己的儿子吗?"

"我现在在仁爱医院,有紧急事要找他,麻烦让他接一下电话。"

"他不在,和我说也一样。"

钱小芙一听这语气,几乎确信了这女孩就是陆铭熙的女朋友,如果她照实说出昨天

夜里的事,她会不会误会自己和陆铭熙的关系?

想到这里钱小芙退缩了:"算了,没事了。"

她挂了电话,刚要走出去,手机就又响起来。是个陌生的号码,钱小芙接了起来。

"钱小芙吗?还是我又拨错了?"竟然是陆铭熙的声音。

"是我,你换号码了吗?"

"终于是你了!你这是什么烂号码,就算没钱买高级号段,也要挑个好记的啊。我一早上凭着记忆打错多少次,被人骂了多少次神经病,你知道吗?"

"你那边不是有我手机号吗?胡乱打什么啊?"钱小芙还嘴。

"你个蠢女人,就因为你我手机才丢的啊!"

丢了?真是丢了吗?还是被女朋友没收了手机没脸说?钱小芙想了想没有问出口,毕竟是人家的私事:"我正好找你有事……"

"你先听我说,十万火急的事,你现在哪里都不要去,就在病房等着我!"

"陆铭熙……"钱小芙等于什么都没说,对方就挂了电话。

听那口气,难道他因为女朋友告了状,要来和自己拼命吗?

Chapter 4

半个小时后,病房的门被一把推开,陆铭熙闯了进来。依然是一张棱角分明的俊美脸庞,只是这身行头似乎是经过特意设计的,一身黑色镶着银边的修身礼服,领口戴着紫色斑点的领结,脚下是双黑白相间的皮鞋,整个人精致而冷峻。

"钱小芙,跟我走!"陆铭熙上前一把拉住了她的手。

"去……去哪儿啊?"钱小芙被他身上那股独特却诱人的大牌香水味熏得有些神志不清。

"大明星,你带着小芙去哪里啊?"钱爸爸赶紧上前阻止。

"来不及和您解释了,记者马上就到了。对了,入院费已经结过了,您直接回家就好了。"陆铭熙拍拍钱爸爸的肩,拉起钱小芙,两个人风一样消失在了走廊里。

"喂,怎么了啊?"钱小芙跟着他跑出了医院。

"我来不及和你解释,先跟我走吧。"陆铭熙直接把她推进了保姆车里,"许真,快走!"

许真反应也相当迅速,两个人身子还没坐稳,车子就像箭一样冲出了医院。大门口,十几辆新闻采访车刚刚停下,记者们扛着机器拿着话筒向里冲去。

钱小芙转头看着窗外:"他们是来找你的吗?"

陆铭熙解开领结,长呼口气:"怎么样,是不是很刺激,第一次见识到巨星的生活吧?"

"喊!"钱小芙轻哼一声,也靠在椅背上,"不刺激,更不羡慕。又不是小偷,天天都被追。"

陆铭熙唇角弯起,将修长的腿搭在前面椅背上:"接下来,我要和你说几件事。"

"我先说!"钱小芙转过头来,"我今早接到你女朋友的电话了。"

"女朋友?"陆铭熙这才明白了记者围堵医院的原因,他干笑了一声,"原来内奸在这里啊。"

"我为什么是内奸?"

"一定是你告诉了那个所谓的我女朋友,你在仁爱医院吧?一个小时前谢阿吉就不停地接到媒体的电话,问我是不是在医院藏了秘密情人!我原本想不通这消息是怎么走漏的,原来真的是你。不过你也不用太感激我,我来这不是为了你,我这是在自救!"陆铭熙说到这里看向钱小芙,俊美的脸上飘过一丝得意,"其实把你留在医院也行,就你这清水挂面的长相,记者们一看就知道我是被人诬陷了。"

"陆铭熙,你不要太过分哦!长得帅了不起啊?难道像我们这样平庸的人就不能活

了吗?"钱小芙委屈地喊道。

开玩笑的话,她也会信啊?这个女生是多没自信啊?陆铭熙回头看着钱小芙,卷长的睫毛,灵动的双眼,圆润如露珠般的小鼻头,嘴巴嘟起来的样子清纯可爱。若是再精心雕琢一下,那些号称清纯女神的女星就根本没法露脸了。

钱小芙不知道自己上了当,手指揪扯着衣服,不再说话了。

"对了,我的号码还在补办中,那人再打来电话你不要接。"陆铭熙开始新话题。

"她真的是你的女朋友吗?可是她干吗把我扯进来?"钱小芙在受了刚才的打击后,声音变得闷闷不乐。

"不是我的女朋友,见过一面,出了些状况,"陆铭熙合上眼睛小憩片刻,"她正巧捡了我的手机而已。"

一定是他得罪了人家,才会遭到报复,关于这个钱小芙也不打算再多问下去:"那你现在带我去哪儿啊?"

"五分钟后,你的入院记录就会被记者们翻到。半个小时后,他们会到国立新高,你的同学和老师都会接受采访。今天下午你的名字会出现在各大娱乐网头条。明天一早……你的相片将登上每一份报纸。"

"所……所以呢?"钱小芙睁圆了双眼看着陆铭熙,"你不是吓我吧?"

"所以来的路上我已经帮你和学校请了假,这几天你都不能上学了。而我住的酒店也不能再回去,我们要想想接下来该怎么办了。"

"你凭什么帮我请假啊?"一听到"请假"两个字,钱小芙顿时火大了,她费了多大的劲儿才考上国立新高,因为学校严厉的学分制度,她连迟到都不敢,这个浑蛋竟然帮她请了好几天假!

"让我下车!我要去学校销假!我和你这位大明星不一样,我没时间和你玩,我必须要在这所学校里顺利毕业!"

"你是听不懂我的话吗?"陆铭熙的声音也突然严肃起来,相识的这些日子里,钱小芙是第一次看到他这么生气的脸,褐色的瞳孔里有着让人不寒而栗的威力!

钱小芙愣了一下,但很快就突破了那层寒冷,声音更高地冲他喊道:"我就是听不懂你的话!为什么要躲起来,我偏要一字一句地向那些媒体解释清楚!我不信他们会吃了我!快点儿让我下车!不然我就跳下去!"

"你疯了吗?我这是在保护我自己吗?一个像我这样的明星,别说一个绯闻女友,就是同时交往三四个女友,对我能有什么影响?只要我一直否认,最多会少几个代言,可你呢?你不能动动脑子吗?那些娱乐记者如果会信你的解释,还用得着围攻医院吗?

跑来问我不就好了吗？你有认真为你自己想过吗？以后还要在国立新高念书吗？还能过回正常生活吗？十六岁就和男明星闹绯闻，你还能有以后吗？"

一串的反问，把钱小芙问傻眼了。这小子，说话竟然也会这么有逻辑？而且听起来好像句句在理。

是啊，她怎么没想到流言也会害死人呢？万一那些记者不听她解释，胡编乱写，她要怎么办？爸爸要怎么办？她以后还能有安稳的日子过吗？

钱小芙被他说得有些动摇了。要不然就先按他说的做？等事情过去了再好好和学校解释一下？钱小芙坐在那里，一时间也没了主意。

"在前面停车！"陆铭熙对着许真喊了一句。

"那是十字路口……"许真的声音有些颤。

"我让你停车！"陆铭熙用力踢了一脚椅背，车子一个急刹停了下来。陆铭熙打开钱小芙这侧的推拉门，声音生冷："下车！"

"我……"钱小芙原本都打算认输了，可是现在车门都打开了，她难道要厚着脸皮不下车吗？而站在不远处的交警，正好冲这边看了过来……

"下就下！"钱小芙抱起书包就走，腿正要迈下去，衣领就从后面被拉住，整个人被一把拎回了车内。

陆铭熙一脚蹬上了车门："开车。"

钱小芙还在发蒙，没等她反应过来发生了什么事，车子就从街口飞驰而去了。

Chapter 5

几秒钟后,陆铭熙松开了她,靠在椅背上闭起了眼睛。

钱小芙扯了扯被拉散的衣服,也不好意思转回身看他,就耷拉着头,声音小小的:"对不起啊,我错怪你了。"

车里一片寂静。

"但是拜托大明星你以后讲话就讲完,不要为了装酷而欲言又止。你上来就说给我请了假,作为一名学生,我当然接受不了啊。"

陆铭熙依然没说话。

"喂,你倒是出气啊!把我拉回来又不理我,难道要我求你吗?"

"嗯。"那声音像从鼻子里轻哼出来的一样。

钱小芙猛地转过头去,浓密如海藻般的长发擦着陆铭熙的脸颊轻抚过去,发丝里裹着一阵沁人心脾的香味。

"用的是我代言的丝茉洗衣粉吗?"陆铭熙的声音淡淡的,双眼依然没有睁开。

"什么?哪有人洗头发用……"钱小芙只说到这里,突然细肩就被陆铭熙的手臂轻轻揽过,她整个身子倒进了他怀中。

"喂!陆铭熙!"钱小芙伏在他胸前大喊。

"我会和你一起去学校,所以现在保存体力吧。"陆铭熙的声音柔柔的,用另一只手轻轻地盖在了她的长发上。

钱小芙双眼圆睁,身体僵硬在他怀中。

此时,陆铭熙那张俊美绝伦的脸上,看不出任何情绪,就如熟睡中一般,安详而平静。可他心里早已波涛汹涌,他出道十五年,从来没有当面站出来澄清过一个绯闻,更没有和一个女生一起面对几十家媒体的记者。

也正因为如此,这次记者们才不会单因为一个声明,或一个过场的敷衍,就轻易放过他。

他太了解这个圈子了,这个圈子是他这十五年来唯一的职场与战场,他甚至在都不会演戏的时候,就知道如何对着镜头微笑,如何和记者们周旋。

他有办法让自己全身而退,只需要在这一个月里和不同的女星打情骂俏,然后一起深夜出现在地下车库里……他与钱小芙的绯闻就可以烟消云散,如他所说,他至多失去一些形象清纯的代言,被媒体在一段时间里称为花花公子,可他的星途不仅不会受到影响,还可能随着频繁曝光而人气翻番。

可是钱小芙呢?如果不把这次绯闻引向积极的方面,钱小芙的生活将彻底被打乱,

人生也可能由此而进入永远的低谷。

想到这里,陆铭熙更加坚定了自己的决定。

他必须和她一起站出来,承认恋情,还要将钱小芙地下恋人的卑微形象,扭转成为他仰慕已久的清纯女神。

这样,她才能保住形象,保住现在的生活。

这时,陆铭熙的手机响了起来,钱小芙也仿佛猛然惊醒一般,飞快地从他怀中坐了起来,因为起身太快,额头重重地撞到了前面的座椅上。

陆铭熙刚接起手机,就"扑哧"一声笑了出来。

"祖宗,你还笑得出来吗?你这是捅了多大的一个娄子你知道吗?说,那个女孩现在在哪儿?"

"在我车上。"陆铭熙猜到谢阿吉总有办法查到钱小芙。

"带她来片场,你跟着剧组照常去参加电影的首次宣传,对于这件事只字不提,我会解决好所有的事。"

"我已经想好解决办法了,而且马上就到国立新高,你准备看直播吧。"陆铭熙挂了电话,为了防止谢阿吉一再打来,他关了机。

因为刚才那一下撞击,钱小芙已经把被他揽在怀里的事完全忘在了脑后,她捂着额头一脸担心地看着他:"喂,你可以告诉我,你打算怎么做吗?"

"承认你是我心仪多年的女生,我们两小无猜,青梅竹马,这样一来非议会减到最低。同时,我会向媒体保证从现在起一直守护你,因为你还在读高一,年纪太小了,所以说我会等到你读大学时再正式追求你。"陆铭熙看向窗外,很快就要到国立新高了。

"你疯了吗?这怎么行啊?学校里肯定有很多你的女粉丝,这么一来,我不就要被她们生吞了吗?"钱小芙的脸已经夸张地拧成了麻花状,"你这是什么馊主意啊?你是想害死我吗?对了,还有我爸,他要是当真了,我就死定了啊!"

"那你有什么办法?"陆铭熙转回身。

钱小芙被问住了。

"就目前所有明星公布恋情的结果来看,如果男女双方一直守在彼此身边,只要两年内没有别的绯闻传出来,那么双方都是会有加分的。国立新高有我们陆家的股份,我们家每年捐给学校的钱,都足够再盖一座出来,所以校方这边我可以保证你不受这些影响,直到顺利毕业。在学校同学这方面……"陆铭熙停顿了一下,"半个月吧,手上这部戏还有半个月的时间杀青,之后我会推掉所有片约,只接一些广告合约,来国立新高陪你。"

"什么叫……来陪我？"钱小芙关注的点永远不是事件的中心。

"本来我也已经办了入学手续，但是还没有敲定正式上学的日期。现在发生这件事，就当帮我做决定了。"

"所以你的意思是说，因为是你心仪的女生，所以从现在到上大学，我都不可以交男朋友吗？"钱小芙一听校方不会为难他，而陆铭熙也会来一起上学，那么她所有担心的事也就都解决了，所以她的思路也就瞬间跳转到了别处。她也是正常的青春期女生，所以对初恋有着很美好的憧憬。

"哎呀！真是的！你这个女生难道就听不出来吃亏的那个是我吗？你才上高一，学业当前交什么男朋友啊？可我都成人了，要因为你两年多不能交女朋友！"陆铭熙彻底被她的智商搞崩溃了。

"可人家还是觉得很难过，凭什么就多了一个男朋友出来啊！"钱小芙在车子里跺着脚。她似乎心里已经默认了陆铭熙这个方案，眼下担忧的问题转变为三年内不能交男朋友这件事。

陆铭熙看着她皱得像核桃一样的脸，不知道要笑还是要哭。果然是智力有限，她关注的重点都好奇怪啊。

Chapter 6

车子还有一个路口就到国立新高了，许真放慢了车速准备拐弯，突然一辆银色的跑车从后面猛地追了上来，在车里人谁都没有注意的时候，一辆当街飘移的跑车横在了保姆车前。

许真一脚踩下刹车，陆铭熙握好了扶手，想保护钱小芙的时候，她已经像个雪球一样，从后座滚向了前排。

然后头卡在座椅上，双脚朝天地支在了那里。

看样子没什么事，陆铭熙拍了拍许真的肩膀，然后便开门走下了车。

银色跑车里的人已经到了车外，双手抄在口袋里看着走过来的陆铭熙。

"八餐厅的VIP？"陆铭熙有些没想到拦车的会是这个人，他手指抓了抓额头，"你叫什么来着？"

"学校现在不能进去，已经被记者围满了。"黎阳走过来，并没有答他的话，"钱小芙呢？"

钱小芙这会儿刚刚在许真的帮助下转过了身子，这一下滚得，让她腰也痛，腿也痛，连脚腕儿都痛。她扶了扶脖子，走下车去，刚想把拦路的人大骂一通，嘴巴还没张开，就愣在了那里。

"黎阳？怎么会是你？"

哦对，这VIP小子是叫黎阳的。趁两个人说话之际，陆铭熙歪着身子瞥了一眼正前方的那辆银色跑车。

法拉利，也就三百万元起吧？他正准备收回目光，突然觉得车头不大对劲，再细看，惊了一下：这不是去年车展上连老妈都没抢到的那台F12吗？这得再加两百万元啊。

陆铭熙正回过来开始细细打量面前这个VIP，大脑里像搜索引擎一样飞快地搜着江城黎姓的富商。

黎耀荣。黎氏传媒集团。可是黎总只有一个女儿叫黎佑晨，并没有听说过他还有个儿子啊。陆铭熙手指摸索着下巴，一脸不解地看着黎阳。他心里突然有了疑问：他怎么会突然出现在这里？他又怎么知道钱小芙正在被记者追？

莫非他真是黎氏传媒的人？

"就是说啊，我也不知道怎么办好。"钱小芙不知道正在和黎阳说着什么，一脸赌输了钱的表情，黎阳则微笑着安慰她，伸出手来握住了她的肩。

"喂，我说钱小芙，我刚和你在车上说的全不记得了吗？"陆铭熙一见两个人动手

Chapter 02 第二章 巨星的爆炸新闻

动脚，就大步走了上去。

"你是说公开钱小芙的事吗？"黎阳看向陆铭熙，"办法虽然还不错，只不过太限制你们俩的自由了。我有更好的办法，你们要不要听？"

这个嘴快的女生，竟然把他深思熟虑一早上的妙计这么轻易就说了出去，陆铭熙瞪了钱小芙一眼，干脆地答道："不想听。"

"我想听。"钱小芙上来用力地踩了陆铭熙一脚，"你就这么想和我传出绯闻吗？"

"我哪有啊！"陆铭熙大声地狡辩着，突然发现自己的声音很没底气，于是指了指黎阳，"你，说来听听。"

"早上我听说有人爆料你在仁爱医院藏了一个情人，我就第一时间给医院打了电话，得知前一晚送进医院的正是钱小芙，我怕她身份曝光，就让医院销毁了她的入院记录。所以记者们赶去的时候，只是从护士那里听说了一些细节，知道女生穿着国立新高的校服，还知道她十六七岁。仅此而已。"

"你的意思是说，记者们并不知道我的名字？那他们为什么还来围堵学校啊？"

"可能想来学校收集些信息吧？"说到这里，黎阳突然沉默了一下，"上次在一餐厅，你们俩有没有被人拍到相片？"

两个人脸对脸回忆了一下，然后同时愣了。

"有！"几乎是异口同声。

"都怪你！"钱小芙扭头冲陆铭熙吼，"买饭你用什么信用卡啊？声势搞得那么大，所以才会被拍照！"

"我怎么知道不能用信用卡啊？真是得给国立新高提建议了，明天就赞助他们一千台POS（销售终端）机！"陆铭熙的智商很容易就能被钱小芙带到下限。

黎阳看着他们两个人，他们还真是一对活宝。现在是讨论POS机的时候吗？他转头看了眼不远处的学校："现在只能希望不会有同学把那些相片拿出来了。"黎阳从清早收到消息后，几乎一刻不得闲地奔走着为他们俩善后，他在记者赶去之前就到医院销毁了钱小芙的入院记录和两天内的监控录像，然后又亲自跑到年家，以答应签下年雪凝为集团的艺人为条件，让她对此事从此闭嘴。

原本以为这件事会因为线索中断而不了了之，却不料，到底还是出了疏漏。可是国立新高有几万人，他到哪里找那几名拍照的学生啊？

"唉，我看还是按原计划执行吧。就算今天记者查不到，学生们也会有所察觉的，相片早晚都会曝光。到那时候，就怕真的走投无路了。"陆铭熙想了想，下了结论。

"我会努力去找那些相片的！"钱小芙刚刚重拾希望，不甘心就这么放弃。

"我同意陆铭熙的提议。"黎阳看着钱小芙,"相片不知道什么时候会曝光,像定时炸弹一样埋在身边,不会踏实的。但是,你们俩的关系一定要是这样吗?或者是,兄妹行不行?"

"喂!VIP,就算你有通天的本事把我们俩的户口本都放在一页里,我老爸也不会答应的,陆氏地产的董事会也不会答应的,支持了我们这么多年的股民也不会答应的。"陆铭熙嚷嚷道。

钱小芙反应了一下,突然就笑了起来:"哦哦哦,你是说我会分你家的遗产对不对?"

智商上升得真是及时啊。黎阳和陆铭熙内心里同时感叹了一下。

"既然通天的VIP都觉得可行,那么走吧,钱小芙,带你见见真正的大世面去。"陆铭熙伸手揽住了她的肩。

"我不用换身衣服吗?这校服裤子上还有昨天的血渍呢!"钱小芙被陆铭熙揽着,小跑着才能跟上他的步伐。

"不用了,这样才显得自然又真实嘛。还有,你什么都不用说,全程只管深情看着我!不行,以防不测,你先演练一下……"

黎阳目送着两个人上了车,才慢慢地坐进车里,深深叹了一口气。

他费心尽力地为她奔波了一早上,甚至想过站出来,用自己的身份去引开记者的注意力。可是到最后,他还是退却了。他怕来不及解救钱小芙,自己就先无法脱身了。

所以最终,还是他亲手把钱小芙送到了陆铭熙的身边。

陆铭熙在车上和钱小芙做深情对视训练,钱小芙聚精会神地练习着,陆铭熙的心思却已经回到了黎阳身上。

先不论他与黎氏传媒有着什么样的关系,也不论他到底有什么通天的本事,可以从仁爱医院销毁掉记录……但是他的目的是什么?

帮自己?还是帮钱小芙?

莫非在这一周的时间里,他已经和钱小芙结下了这么深的情谊?陆铭熙回头看了眼还在练眼神的钱小芙,摇了摇头。

不会。以钱小芙的性格,不会这么快依赖一个人。

那么,就是黎阳单方面地想要帮助她。

想到这里,陆铭熙的心莫名地不舒服了一下,这里面一定有他所不知道的隐情吧?

Chapter 7

车子到了国立新高。

大大小小三十多辆采访车停在校门口,而记者们都扛着机器、拿着话筒围站在主教学楼的门口,学校怕伤到学生,紧急关闭了楼门,保安们都在记者周围转着圈,以防他们突袭。

车子慢慢驶入校园,离记者们不到百米的时候,陆铭熙握住了钱小芙的手,感到她柔软的小手此刻冰凉一片:"不用怕,跟在我后面。"

钱小芙重重点头,紧紧回握住陆铭熙的手。陆铭熙唇角轻弯,帮她整了整头发,又理好了衣服,车子在记者身后停了下来。

有眼尖的记者一下便认出是陆铭熙的车,尖叫了一声:"陆铭熙来了!"

"走吧,钱小芙。"陆铭熙拉起她的手,一起走下了车。

记者群中发出了一阵排山倒海般的嘶吼声,所有记者都冲向陆铭熙,许真赶紧从车子里走出来护在了两个人前面,在一边的保安也飞快地加入护航的队伍中,无数的闪光灯在国立新高的楼门前闪烁起来,记者们奋力地向前挤,陆铭熙伸手护着钱小芙的头,艰难地在人群中移动着。

所经之地,有记者掉下的手机、笔,还有话筒的线、摄像机的盖子,甚至有几只不知道是谁被挤掉的鞋子。

在许真和保安们的拼命护驾之下,陆铭熙和钱小芙终于挤到了主教学楼前的台阶上。刚才没挤进来的保安,已经训练有素地站在台阶上,组成人墙,把记者们死死拦在了下面。

"陆铭熙,请问站在你身边的女生是你的绯闻女友吗?"

"请问陆铭熙,你们是要公开恋情吗?"

"陆铭熙,我爱你!"

记者群中发出了几道不和谐的示爱声。

站在闪光灯下的陆铭熙重新变身回了国民偶像巨星,他先是低头微笑,然后看向旁边的钱小芙,那目光深情而温柔,瞳孔之下,仿佛有激动的泪水在涌动着,那种浓烈的爱意,让下面每一名女记者都瞬间有种全身过电般的酥麻感。

"陆铭熙,我爱你!"所有女记者都临时倒戈了。

钱小芙慢慢抬起头来,看着这些因为她身边这个男生而疯狂的人,她好像也受到了感染一般,悄悄地用余光看了眼他的侧颜。

之后,钱小芙怔在了那里。

在万众呼唤之中的陆铭熙好像完全变了一个人，分明还是那张脸，分明还是那副高挑的身材，却好像真的与平常人不同：他身上散发着一种万众瞩目的光芒，凝聚着一种摄人心魄的气场；他像一张巨大而无形的网，撒向人群，纵使她内心里万般抵抗，都无法挣脱，在他的网中无限地沉沦下去。

这时，学生们也听到了来自下面的喧闹声，当他们看到陆铭熙就站在那里时，朝向主教学楼的附楼窗口上都瞬间挤满了学生。

有老师拼命阻止着，但那震耳欲聋的声音还是响彻了国立新高的校园。

"陆铭熙！"

"陆铭熙！！"

"陆铭熙！！！"

就算听惯了粉丝呐喊声的陆铭熙都一时有点儿惊了，身为偶像明星，学校这种地方是他从来不敢来的。就算有拍摄任务也是挑假期的时候，事先做过清场处理。

虽然也早听别的前辈说，学生们的激情会让一名明星真正意识到自己的人气和价值，但陆铭熙这一次真的体会到了。

疯狂的欢呼声足足响了十几分钟，在陆铭熙第二十次鞠躬感谢的时候，声音才渐渐平息下来。

他转头看了一眼钱小芙，却看见她像中了一种叫"陆铭熙"的病毒似的，此刻正一脸娇羞地看着他，双眼里好像闪烁着红心。

他的头微微地痛了一下，正经事还没有开始，这个女生现在犯什么花痴啊？于是他在向记者示意可以提问的同时，用力掐了钱小芙的手指一下。

钱小芙被突如其来的疼痛猛地唤醒，陆铭熙掐得太狠了，她痛得眼泪差点儿流出来，她死死地咬住了嘴唇，痛得脚跟都离了地，脚尖用力踩着地面，过了足足几十秒，痛感才算过去。

她回头看着陆铭熙，眼神里带着愤恨，冲他咬了咬牙。

陆铭熙对着大家微笑着，手指划过嘴唇时，轻轻地说了句："深情！"

钱小芙以大局为重，愤怒的目光立刻得以收敛，重新换回了深情的目光。

陆铭熙满意地微笑，转回目光看着下面的记者们，然后他就看到了站在人群最后的黎阳。

几乎与陆铭熙齐高的个头，一样俊美，与陆铭熙却是完全不同的类型。

陆铭熙给人的初感是冷峻而华丽的，而黎阳却亲切而温暖。此刻，黎阳依然带着温暖而善意的笑容注视着他们，他双手自然垂落在两侧，明明是笑着，却有种说不出的忧

伤弥漫在他的周围。

陆铭熙怕自己分神,飞快地收回了目光,然后略微清了下喉咙,对着台下说:"可以给我一个话筒吗?"

所有人都笑了,因为刚才的开场太过震撼,一向毒舌的记者们也变得平和了许多,十几支话筒被递了上来,许真走过来准备帮他拿着,陆铭熙摇了摇头,自己拿了几支,把剩下的交到了钱小芙手上。

今天他要把"亲切自然"这四个字演绎到炉火纯青才能过关。

"相信大家有很多问题,但是这一次我想自己交代。"台下的人们一下又都笑了,陆铭熙很满意这样的互动反应。这时他回头看向了身边的钱小芙,目光如水般动人,"我喜欢上了我身边的这名女生,我相信她就是上天送到我身边的女神。"

台下的人被这么直接的表白惊呆了,场下突然安静了,连针落地的声音都听得到。

"我们自小就相识,是那种最俗套的两小无猜,而我对她一见倾心,十几年来,除了她,我的心没有被任何一名女生打动过。而对她,我也只表白这一次,我不想因为自己,让她的生活和学业受到一丝一毫的影响。身为一位公众人物,若我能做的只是打乱别人平静的生活,又或者不断地将别人拖进深渊里,我想可能这份我所钟爱的事业辜负了我。三岁起,我便将自己全部交给了公众,我的童年,我的成长,我的一切都像透明的一般呈现在所有人面前,我努力工作,我拼命地证明自己,或许我并不是为自己。我只想让我爱的人们,过上更好的生活。"陆铭熙的这番话其实就是他出道以来一直想讲出来的真心话,因为真情流露,下面的一些女记者眼眶都有些湿润了。

"半个月后,我的新戏将会杀青。我将减少片约和商业活动,重新回到学校里来。圆自己想要上学的梦,也想兑现自己会守护她一直到大学的承诺。这三年里,我们会像其他学生一样,正常生活,正常学习,正常成长。而我,则像呼吸、吃饭、睡觉一样,把守护她变成我生活的必需。希望两年后,在她满十八岁时,我正式向她表白的那天,你们还可以在这里,不论那时我还是明星陆铭熙,或者那时,我只是平凡人陆铭熙。希望大家祝福我。"

陆铭熙握起钱小芙的手,向着所有人深深地鞠躬。

人群在沉默。陆铭熙不自禁地握紧了钱小芙的手,比起刚才的演讲,现在这一刻才是最关键的!

所有人都在沉默。陆铭熙和钱小芙一直弯着腰。

然后,不知是谁先鼓了一下掌,之后记者群里爆发出了一阵雷鸣般的掌声,站在前面的记者纷纷上来拍拍他的肩膀,或者像宠爱小孩般地拍拍他的头。

"干得好,陆铭熙!"所有人都充满爱意地对他竖起了拇指。

"不愧是我们从小看到大的孩子,陆铭熙,支持你。"

陆铭熙的心在这一刻终于落回了肚子里,他回头看着钱小芙,不知何时她竟然已经一脸泪水。

陆铭熙伸手揉揉她的头发,然后在与她对望了几秒钟后,将她深深地揽进了怀中。

台下的闪光灯再一次齐刷刷地亮了起来,两个人拥抱的镜头,被永远记录了下来。

钱小芙依在陆铭熙的怀里,她也说不清楚为什么,当陆铭熙在说那些话时,手指不经意地一下一下握着她的手,她似乎能完全体会到他内心的感受,于是她也一次次地回握着他,给他说下去的信心和力量。

如今,看着他终于成功了,终于得到了这些记者的认可和支持,这么开心的时候,她的眼泪却怎么都收不住了。

她看到了一个完全不同的陆铭熙,不是闪光灯下身为巨星的他,而是卸下华丽外表后一个真诚又坦诚的男生。

在陆铭熙的怀里,她第一次听到自己"怦怦"的心跳声,激烈得像要跃出胸口一样。她错愕地伸手去捂胸口,却感受到了来自另一个身体里,比她更加激烈的心跳声。

Chapter 8

陆铭熙站在校门口一一送别了记者们，如释重负般地松了口气，然后转身看到了不远处的钱小芙。

她站在一片油绿的草坪上，双手自然地放在口袋里，低垂着头用脚尖抚着地上的青草，一头柔亮的长发垂落在脸侧，在夕阳下整个人都仿佛镀上了一层金色，晚风轻拂她额前的几缕碎发，一张白皙无瑕的脸上看着有些倦意，一双眼却依然明媚动人。

陆铭熙站在那里，手指慢慢地抄进西装口袋里，久久地看着她，不禁就出了神。他想起了下午在车里对她的那个拥抱，那个时候，他还不知道自己为什么会突然想把她抱在怀里。

直到在夕阳下看到宁静又怡然的她时，他才终于明白，他是在害怕，害怕因为自己侵入了她的生活，而让她失去这份自在与安宁。

这是他梦寐以求的东西，可是因为他走了这条华丽的星路，从此便再也不会过回宁静的生活。可每一次见到她，不论是被她要挟、被她笑话，还是被她臭骂一通，只要和她一起，都能让他找回一种久违的惬意和自在。

他想让自己更久地留在这种感觉里。

他想留住她。

钱小芙无聊地抚弄着小草，想看看记者都走了没有，刚抬起头，就看到了不远处正静静看着她的陆铭熙。

他站在那里，身材修长而笔直，晚风吹拂着他蓬松的头发，面孔沉静而俊美。钱小芙把手从口袋里拿出来，拨开吹散的长发，笑着看向他。

陆铭熙知道他疯了，他一定是疯了。他几乎丝毫没有犹豫，迈开两条修长的腿大步向她走去，在钱小芙惊愕的目光中，将她深深地拥在了怀里。

钱小芙怔在他这个突如其来的拥抱里，几秒钟后才手忙脚乱地推开他："喂！陆铭熙，你疯了吗？记者都走了，你这是干什么啊？"

他把手掌摁在她的脑后，再次将她嵌进自己怀中。

钱小芙这次彻底蒙了。在陆铭熙的怀里，她听到比刚才更加激烈的心跳声，他是……怎么了？是在担心什么不好的事发生吗？

她不再挣扎，也不再说话了，静静地待在他的怀里。

校园的另一边，黎阳坐在银色的跑车里，静静地看着远处的那一幕。

他看到钱小芙身子渐渐不那么僵硬，把头轻轻地靠在陆铭熙的怀中，他把手掌放在胸口，里边仿佛被虫吞噬一般，有一阵细密的痛感。

不知过了多久,陆铭熙才慢慢松开了钱小芙。

黎阳轻轻发动车子,缓缓向着他们驶过去。

听到身后有汽车开来的声音,钱小芙飞快地从陆铭熙身边走开。

陆铭熙扭过头,黎阳从车子里钻出来,正冲他走过来。"干得不错。"黎阳对陆铭熙在刚才记者面前的表现,真心地称赞道。

"当然了,我以后是要走向奥斯卡的!"陆铭熙的思绪从钱小芙那里抽回来,每次见到黎阳,他都有种神经紧绷的感觉,"不过你怎么还没走?"

"要走了。因为有话要对钱小芙说。"

"嗯?"钱小芙看向黎阳,"我?"

"喂,问你个问题。"陆铭熙横在了黎阳和钱小芙中间,"你真的是黎氏传媒的少爷吗?"

"现在还不是。但是很快就是了。"黎阳露出一个高深莫测的笑容,"我也很等不及,因为在我名正言顺地成为黎氏传媒的少爷之后,会来抢走钱小芙的。"

钱小芙愣住。

"在他身边不开心的时候,记得来我这边。此承诺今日生效,一生有效。"黎阳微笑着,"这就是我专程留下来,想对你说的话。"

钱小芙还没回过神来。

"走了。"黎阳迈开两条长腿,帅气地走进跑车,车子在一阵轰响后,飞快地驶离了校园。

陆铭熙一脸不屑地转回身,心里默默想着,明天他也把家里的那辆银色跑车开出来!不行,银色的那辆没有他的贵,那就开红色那辆!

真是,江城里能和陆氏地产拼有钱的,也就是黎家了。但他说什么,现在还不是?喊,难道黎氏传媒总裁娶了新妻,他是女方带来的孩子吗?

哈哈哈哈,若是这样的话,那根本就没法和他比嘛。他可是名正言顺的陆家唯一的儿子。陆铭熙想到这里,刚刚被他挫掉的锐气就瞬间回来了。他走到钱小芙身边,见她的目光还停在刚才黎阳离开的那里,心里便涌起一股不爽。

这个女人是在享受轮番接受表白的滋味吗?

"喂!"陆铭熙在她额头上重重弹了一下,"难道我下午的当众表白没他刚才的精彩吗?"

钱小芙白了他一眼,抚着额头转身走了。

陆铭熙愣了,被他弹了额头竟然连嘴都不还?这女生是爱上那个跑车男了吗?他大

步追上去:"钱小芙,你站住!"

钱小芙停下来。

"回答问题。他的表白让你动心了吗?"

钱小芙撇撇嘴:"是啊是啊,你的表白是在记者面前作秀,人家可是认真的,认真地专程等到最后才跑来表白的!"钱小芙走上了车。

什么?作秀?陆铭熙看着车里那个脸比天气变得还快的女生,上去一把握住了她的衣服:"那你下车啊,让跑车男送你回家啊!"

"小学生!"钱小芙不理他,拍了拍前面的许真,换上了一脸娇柔的笑容,"哥哥,就送我到前面的公交车站吧。"

陆铭熙回到酒店后,开了冰箱里最贵的红酒,一个人晃着杯子走到了落地窗前。

江城迷人的夜景尽收眼底。

窗户的倒影里,一个穿着白色浴袍的男生,正在自恋地用手指抚过下巴,欣赏着自己的侧颜。

窗里突然就浮现出了钱小芙的影子。

"啊,妈呀!"吓得陆铭熙一个趔趄坐到了地上。

好你个钱小芙,你这是美少女化身成千年老妖了吗?现在竟然都会用咒语侵入我的脑子了吗?

陆铭熙把酒杯放在桌上,身子向后靠在床沿,闭上了眼睛。

"好吧,我做好准备了,老妖,来我脑海里作乱吧。"陆铭熙唇角轻弯,静静地在回忆里享受。

Chapter 9

清早,谢阿吉拿着全市今天的所有报纸站在房间门口,敲到手都快要肿了,门终于从里边被打开。

房间的主人光着上半身,下身穿着一条从泰国带回来的花格子裤,对着他打了一个哈欠,然后转身又倒在床上。

"陆铭熙,有好消息啊!"谢阿吉挨着他坐了下来,"你快醒醒,我需要有人分享啊!"

床上的人一动不动。真是不识好歹,谢阿吉用力地抽了他屁股一下,然后大吼:"你的星路结束了!从此结束了!"

陆铭熙猛地抬起了头,下一秒钟就翻身坐了起来,他脚踩在枕头上,蹲在谢阿吉身边,一把扯过那些报纸:"哪里?哪里写着我的星路结束了?"

谢阿吉这才窃笑起来,伸手摸摸他的头:"哎哟,你真是天才啊!从来没见过哪位明星公开恋爱后,所有媒体竟然无一差评,你快看看这些报纸,看看这标题'圈子里最后一个清纯男神诞生记'!陆铭熙,你昨天发挥得太好了,我看着直播的时候,哭得心都要碎了。"

陆铭熙把报纸飞快地都扫了一遍,果然,每一家报纸都像说好了似的,舆论一片叫好声。他一头倒在床上,彻底安心了。

"以后哪位导演再敢说你演技差,我吐他一脸。昨天那段戏演得,太炉火纯青了,连这些资深记者都被你骗过了!"谢阿吉高兴得嘴都合不拢。

"我没有演戏,那些话都是我一直想说的。"

"随便啦!对了,今天导演一大早来电话,说要给你加戏,少年版的四阿哥的戏要增加到二十五集!"

"这部电视剧不是一共二十六集吗?那成年版的演什么?"陆铭熙坐了起来。

"管他呢!说明你人气翻番了嘛!纯情男神!"

"不接,我答应了钱小芙陪她上学。"陆铭熙走向卫生间,刷牙洗脸。

"你傻吗?这个时候剧集增加,代言加价,是最好的时机。你上学的事着什么急啊?"谢阿吉追到卫生间。

陆铭熙嘴里插着牙刷走出来。"那你过几天就能看到'逢场作戏'遭人唾弃的新闻了。"陆铭熙停了一下,"不对啊谢阿吉,我接那么贵的代言干什么啊?我又不缺钱,也不缺名声,现在来看,只缺学历。我不能一辈子的学历就是一张老妈买来的初中毕业证吧?"

谢阿吉没话了。一位明星没学历确实是个大硬伤。"那你今天怎么安排啊?"

"去片场啊。拍完我的戏,然后赶得及的话去学校陪钱小芙吃午饭。我不能说要拍戏就真的失踪半个月吧?"

"哦,对了,帮我查个人,国立新高的黎阳。"陆铭熙从卫生间里探出头来,"长着一张笑眯眯的脸,可我怎么总隐约觉得他比我霸气啊?"

陆铭熙从酒店出来,就直接去了片场。

所有演员和工作人员的反应几乎和昨天的记者们一模一样,一个个深情地拥抱他,全是祝福和鼓舞的话。

导演走了过来,看着他就笑了:"你小子一个人跑去国立新高开记者会,硬是把新剧的首次宣传风头都盖过了。今天报纸上全是你和那女生的相片,哎,她长得挺有演员的感觉的。我给加段戏,叫她来给咱们这剧客串一下嘛。"

看吧,陆铭熙早就知道以钱小芙的资质,被拉到圈子里来是早晚的事。可是他一想到她要和男演员们演对手戏,心里就有种怪怪的感觉。

他正琢磨着,身后就响起高跟鞋的声音,一个卷发披肩的美丽女生走到了他面前,一身火辣的装扮,在古装戏的片场显得有些格格不入。

"陆铭熙,可以和你说几句话吗?"女生开了口。

陆铭熙转过头,是曾经被他拒绝过的新晋女星安以雯,条件、资质都不差,只是野心太大了,故意在剧组吃饭时,跑来和他拍了几张微醉时的贴面照,然后散播给了媒体。若不是谢阿吉得到消息,截下了那些报道,安以雯早就蹿红了。

所以陆铭熙对她没有什么好感。

"我看了昨天的直播,很多人都说你的演技又进步了,骗过了那么多记者。可是陆铭熙,你好像是在玩真的。"安以雯的声音很轻佻。

"听不懂你在说什么。"陆铭熙转向片场,目光中已经有了些不耐烦。

"你分明知道找个高一的女生做示爱对象,可能让你十几年的努力白费,可你还是这么做了,为了保全她的名誉和生活,走了这一步。陆铭熙,你喜欢她,对不对?"

"还是多担心你自己吧。"陆铭熙的目光重新看向安以雯那张美艳的脸,"刚听说这部戏你还是白菜价出演的。"他唇角轻弯,从她面前走了出去。

从摄影棚里走出来,陆铭熙直接上了保姆车。许真回头:"去学校吗?"

陆铭熙坐在那里一动没动,他脑子里想着安以雯的话。

"你分明知道找个高一的女生做示爱对象,可能让你十几年的努力白费,可你还是这么做了……"

"你喜欢她,对不对?"

陆铭熙慢慢地靠在椅背上,突然想起就是在这里,他第一次把她抱在了怀里……想到这里,他的身体突然流窜过一股被电击般的感觉。

他伸手捂住了胸口,那块位置正因这个小小的回忆而猛烈地跳跃着。

他的眼前浮现出钱小芙那张清纯又美丽的脸,一双大大的眸子仿佛正看着他。

"钱小芙,"陆铭熙轻声地问自己,"我难道真的……喜欢你了吗?"

第三章 Chapter 03
想要靠近，如细菌般蔓延

Chapter 1

月末,陆铭熙的拍摄工作终于结束了。

在这半个月里,拍摄场地每天都有几百名粉丝前来探班。经常是陆铭熙刚换戏服走进拍摄场,粉丝的呼喊声就排山倒海地响了起来。

别的明星羡慕陆铭熙暴涨的人气,却也因为拍摄情绪受到影响而有些困扰。

陆铭熙每天都重复着跟剧组的人员道歉,然后飞快地跑到旁边去给粉丝们签名合影,并耐心地劝解她们不要影响到其他人的工作。

为此疯狂的不仅是前来探班的粉丝,之后他和剧组一起到商场或者剧院去做宣传,凡是陆铭熙所到之地,除了同以往一样的尖叫声和呼喊声,还多了狂热粉丝们的哭喊声,她们痛哭着祝福自己的偶像一定要与女神幸福地生活下去。

每场宣传结束,都有因情绪失控而晕倒的人。

出道这么多年,陆铭熙的人气虽然一直很旺,但是像现在这样被疯狂地爱戴,连他自己也被吓到了。

所有娱乐网站都开辟了陆铭熙专版,每天都能收到几万条粉丝的留言,希望能看到两个人在校园里的甜蜜生活。

为了满足粉丝要求,陆铭熙和钱小芙用了整整三天时间,在学校里拍摄了几千张相片,有清晨在操场上一起运动的,有午后草地上两个人的对视照,还有傍晚两个人依偎看日落照……

只有两个人做不来的动作,没有记者们想不出来的招数。

样片刚到两个人手上,网络上印着两个人相片的情侣T恤已经卖到断货了。网站的服务器也在贴出相片的十分钟里,被挤到瘫痪。

虽然每次出席公众活动,陆铭熙都会声明减少片约和广告,但是每天依然有厚厚的合约被送到他面前,合约最后一页,他的身价已经在无意中多了一个零。

公开恋情后人气能飙升成这样,他也算明星界的典范了。

而在国立新高,陆铭熙的人气也同样爆棚。

他那段发言被学校里各大语系的学生翻译成十几种语言,广泛地流传在学校的论坛里、走廊的留言板上,还有学校的广播室里。

最近同学们聚在一起,要是不引用几句那里边的话,都没法加入聊天。而其中那句,"而我,则像呼吸、吃饭、睡觉一样,把守护她变成我生活的必需",则已经成为提高男生表白成功率的金句。

而作为接受完美告白的女主人公钱小芙，自然也因为这段话，因为陆铭熙的深情，而被镀上了一层24K真金。在这所富家子弟挥金如土的学校里，钱小芙的吃穿日用竟悄然间成了一种时尚。

就连学校附近的小店的橱窗上都写着：钱小芙同款书包，钱小芙同款发卡。

钱小芙那天路过那里的时候，看着有女生竞相在里边试戴发卡，她嘴巴张得大大的，合都合不拢了。

与此同时，钱小芙身边的朋友突然就多了起来，有珠宝商的女儿、水产商的儿子，甚至有几个校董事的孩子，都没事就跑到钱小芙的班级，求着她多讲一些和陆铭熙的故事。

游泳馆的兼职自然都不用干了，钱小芙在事件发生的当天，还来不及和爸爸解释这其中的原委，她的家里就已经被乡亲们送来的贺礼堵得无立足之地了。

之后，有各大厂商纷纷找到了钱爸爸，带来了钱小芙身上能用到的一切，各类名牌的书包、文具、衣服、首饰……只要钱小芙愿意用，他们可以无偿地一直提供到钱小芙毕业。

钱爸爸第一次知道生个漂亮的女儿，原来是可以这么省钱的。他把钱小芙用不了的那些东西，都便宜地甩卖给了镇子里的人，用换来的钱给钱小芙办了一张定期存款单。

钱小芙不解地看着爸爸："这几千块干吗还要存五年定期啊？"

"爸爸不想让自己的女儿以后出嫁太寒酸嘛，以后赚的每一笔钱，都会给你存起来的。"钱爸爸乐呵呵地看着钱小芙，"对了，有空让大明星也来我们家坐一坐嘛！"他指了指身后那厚厚一摞笔记本，"这些都是乡亲们拜托让他签名的，他们买了我们那么多东西，总得给大家一些感恩回馈嘛！"

钱小芙一脸的无奈，钱爸爸这是一夜之间学会做生意了吗？

在陆铭熙这边，也遇到了同样的家长关爱问题。

陆妈妈原本正在国外度假，听说儿子在国内首次承认了恋爱，于是拉着丈夫陆云溪连夜坐着飞机就赶了回来。

刚一进门就直冲到了儿子房间："喂，儿子，醒醒啊，你什么时候能把那个女孩带回家里给妈妈看看啊？妈妈真的想抱孙子很久了啊！"

陆铭熙从床的一侧翻到了另一侧。

陆妈妈继续追问："你们是什么时候认识的？妈妈和你并肩作战了这么多年，你个没良心的臭小子，为什么一点儿消息都没有告诉妈妈啊？"

陆铭熙从床上爬了起来，他当然知道这些年为了支持他的明星路，妈妈做了多大的牺牲。十二岁之后，陆云溪为了让执迷不悟的陆铭熙结束明星生活，过回正常生活，一夜之间向所有媒体发通稿，宣布儿子退出娱乐圈，他愿意赔偿全部违约金。

陆铭熙知道之后，爬上了自家的三楼，威胁陆云溪说要跳楼，身后是陆妈妈用一根绳子紧紧地拉着他。母子俩合伙演戏没能骗过陆云溪，于是他在那边发通稿，陆妈妈在这边给每家媒体发红包，偷偷撤回报道。

陆铭熙的退出计划没有成功，陆云溪一气之下又取消了两个人的附属卡，为了控制陆铭熙外出，将他的衣柜都锁起来。

还是伟大的陆妈妈，和家里所有的用人打了欠条，借了一万块钱，给陆铭熙搞了一身行头，助儿子准时出现在了晚上的颁奖礼上。

也就是那场颁奖礼，陆铭熙拿到了史上年龄最小的新星艺人奖。

陆云溪见所有的计划都泡了汤，干脆扔下一句话："十九岁前，陆铭熙必须参与到公司事务中，不然他将把所有财产捐给慈善机构。"

这一下母子俩才真的慌张了，这么多年来，陆铭熙早习惯了和妈妈相依为命，这以后的生活里，没爸爸可以，但是没有遗产可怎么办啊？于是在律师的见证下，陆铭熙和爸爸签订了一纸合约。

十九岁前，陆铭熙将逐步退出娱乐圈，参与到陆氏地产公司的事务中。

两个鲜红的指纹落定，陆云溪才终于对陆铭熙的生活不管不问了。

陆铭熙爬过去抱住了妈妈的脖子："好了，我一定找机会带她回来。"

陆妈妈破涕为笑，这才安心地走了出去。

陆铭熙长叹了口气，如今十八岁的生日都过了快两个月，他的明星之路也进入倒计时了。既然爸爸规定十九岁前他必须要参与公司事务，那他也一定会说到做到的。想到这里，他脸上顿时光彩全无，蔫蔫地倒了下去。

突然间他又坐了起来，既然和钱小芙恋爱的事不是真的，他干吗刚才不直接告诉妈妈？是最近缺钙了吗？脑子生锈了吗？他刚才说了什么，会找机会带她回来？

陆铭熙双手插进头发里，神啊，救救他吧，打从公开恋情起，他真的快要混乱了。

凡是有他名字出现的地方，必有"钱小芙"三个字。

有时候连他自己都快分不清，自己是真的在恋爱，还是在完成一个约定。

本来这么多年，他都独来独往习惯了，吃的买一份，穿的买一份，看到喜欢的东西也只会买一份。

可是就在昨天，他路过一家饰品店，当看到一条有羽毛挂坠的项链时，他竟然鬼使

第三章
想要靠近，如细菌般蔓延

神差地拿到女店员的脖子上比了比。

在没有任何人提到"钱小芙"三个字的前提下，他买了两条情侣项链回来。

此时此刻他坐在床上，看着摆在桌上的那两条项链，他知道他必须要和钱小芙谈一谈了。

关于他和钱小芙这对连体婴儿，如何能够在今后的日子里既不破坏约定，又能互不干扰地生活下去，他必须要拿出一个方案。快刀斩乱麻地解决掉！

陆铭熙飞快地穿戴整齐，走出了房间。三秒钟后，他重新走了回来，拿起了桌上的两条项链。

买都买了，就算为了完成约定，他们俩也总要有个情侣信物什么的，才能更加让人信服吧？

Chapter 2

陆铭熙来到了国立新高，打从公开恋情后，他在这里出入一下子变得自由了很多。虽然一路上还是有围观和尖叫的女生，却再也没有冲上来抱着他的疯狂粉丝了。

在国立新高，他除了是巨星陆铭熙，还是一个心有所属的痴情好男生。

陆铭熙冲着旁边的女生们微笑示意，人就已经不知不觉地走进了教学楼，他随便抓住了一个女生："请问……"

"她在三班！"女生直接猜中了问题，并且抢答成功！

"谢谢。"陆铭熙看着走廊里的一个个门牌，然后在高一（3）班的教室前停了下来。他对着落地玻璃看了看自己，拨了拨头发，然后推门走了进去。

"这位同学……"一位男老师抬起头来，看着门口那个高高瘦瘦的男生。

陆铭熙今天穿着一件驼色长款开襟毛衫，里面搭着蓝底的格子衬衣，一条细窄的白色牛仔裤，一双蓝白相间的休闲鞋，整个装扮十分潮而不张扬，却让他宽阔的肩和修长的腿尽显无遗。

男老师上上下下打量了他一遍，作为一位美术老师，他对色彩和搭配都有着极为挑剔的眼光，然而对于这身装扮，他真想点一个赞。

"我找钱小芙。"陆铭熙挺拔地站在那里，目光扫视教室一圈。

"陆铭熙！"教室里有人喊出了他的名字，所有的女生都同时抬起了头，不可置信地看着近在咫尺的偶像巨星。

钱小芙在抬头看到他的一瞬间，身体就已经僵硬了。

周围女生们的称叹声此起彼伏。

"真人真的好帅啊！"

"他真的有九头身吧！"

原来这就是陆铭熙啊。男老师虽说也听说了前不久的那件事，但是对于这三个字，他倒是更清楚他爸爸给学校捐的那些钱，每年像自来水一样源源不断地流进国立新高。

"进来吧，我们正在上美术课，你找个地方坐下来。"男老师对于色彩方面有天赋的孩子向来充满好感。

"谢了。"陆铭熙微笑，然后迈开笔直的长腿走到了钱小芙身边，长腿一弯，挤到了她的椅子上。

"喂！还不快起来！"钱小芙说话间，自己先从椅子上弹了起来。

旁边的黎阳看陆铭熙一脸得意的表情，轻呼了一口气，从位置上站了起来，手掌轻搭上钱小芙的肩："你坐我这里，我到后面去。"

Chapter 03
第三章
想要靠近，如细菌般蔓延

钱小芙感激地看着黎阳，看着他拿着画板走到了最后一排空位上，这才又恶狠狠地转回头，"你坐黎阳这里。"

"不去，会晒黑。"陆铭熙坐在钱小芙的座位上，抬起手挡住了洒向桌面的阳光。

钱小芙见说不动他，便挪过了自己的画板，愤愤地在黎阳的位置上坐下来。

陆铭熙摘下墨镜，环顾了一下教室，拍了拍课桌："哇，现在的学生都这么幸福吗？我看电视上那些教室都是漏着雨，墙也是烂的啊。"

前边的同学回过了头。

钱小芙用力踩他一脚。"你不能小点儿声吗？看不到别人的目光吗？这里是国立新高，你看的那些是贫困小学，你是真的没常识吗？"钱小芙真不想用这么严重的词来打击他，可是偏偏忍不住。

"Sorry（对不起），我没上过学。"陆铭熙说得振振有词，好像没上过学是多大的荣耀。

钱小芙不再理她，收回目光看着画板。只是她想不通，身边这个男生在没有闪光灯的照耀下，怎么变回了从前的那副模样。原本钱小芙以为表白事件后，陆铭熙突然成熟了，没承想，那个闪光灯下的陆铭熙竟然只是假象！

其实连陆铭熙也不知道，他在钱小芙的心里到底是个什么样的人。

霸道的？幼稚的？帅气的？还是那种摄人心魄的？如果这个问题换他答，他一定觉得自己是最后那种。

但似乎只有在她面前，他才可以自在地做回自己：不论是欺负她，还是被她欺负。

应该怎么形容这种感觉，是放松吗？放松得就好像在面对另一个自己。

要知道当明星的，多半都有多重人格。台前一个闪亮的，背后就总有一个真实的。闪亮的那个，是用来赚钱的，而真实的这个，才是自己。

明星这职业太残酷了，你要时刻被那层华丽的假皮包裹着，久而久之，连你都相信自己就是那副模样的时候，那你的人生就彻底完了。

你失去了自己，做了闪光灯下的傀儡。

陆铭熙不记得这是他拍的哪部电影里的一段台词，只记得看到的时候就完全被折服了，那一瞬间他甚至觉得自己都快要爱上那位男编剧了。

在那之后，这句话就一直印在他脑子里。不过他知道，这些话就算给钱小芙讲，她也不会懂的。她还小，这么高深的道理，哪能讲得通？

陆铭熙看着大家都在用心画着画，他百无聊赖地翻着钱小芙的课本，然后就看到了讲台前面那个光着上身的男生。

他应该就是临摹课的模特吧,长得可真不怎么样。不过他的六块腹肌是怎么来的?画出来的,还是打了塑形针?真想上去摸一摸啊。

"同学,你尽量别动好吗?你一动我们就很难画。"一个女生对这位模特总是摆动身体,一脸的不满。

接着,别的同学也纷纷应和起来。

"是啊,总是画不好。"钱小芙声音小小的,把刚画了一半的画撕了下来,准备重新画。

"这个模特不好画吗?"陆铭熙转头看着钱小芙。

"是啊,特点其实也不鲜明,很难抓到重点。"钱小芙实话实说。

"早说嘛!"陆铭熙高大的身子猛地就从座位上站了起来,冲着模特走了过去。

"喂!"钱小芙压低声喊着,"你干什么去啊?"

"你,起来。"陆铭熙走到模特身边,对他勾了勾手。男生疑惑着站起来。陆铭熙把他向前一推,自己就坐到了模特的位置上,然后伸长脖子看向后面:"钱小芙,你能看到我吗?我的特征够鲜明,就都画我吧。"

教室里传出一阵唏嘘声,所有人都看向钱小芙,女生们则是一脸羡慕至极的表情。

钱小芙赶紧把头埋下去,咬唇:"他是疯了吗?"

老师站了起来,刚想说话,就听到全班同学一致的赞同声:"老师,我们就画他吧!"

"是啊,陆铭熙的出场费可是按秒算的,这次我们可是都赚了!"

既然大家都同意,他还有什么可反对的。男老师坐了下来。

陆铭熙摆好了表情,乖乖地坐在那里,阳光洒在他的身后,头发上仿佛镀上一层金黄,面孔更加白皙俊美,此时他的目光只静静地看向一个人。

同学们都重新开始构图,钱小芙拿着画板,握着笔,抬起了头,正迎上陆铭熙投来的目光。

她猛地一怔。

陆铭熙却没有任何反应,像尊完美的蜡像一样,一动不动地坐在那里,可他的眼睛里,似有一股暗流在涌动,让钱小芙的心里激起一层层的涟漪。

钱小芙握着笔的手指微颤,一颗心跳得飞快,看着陆铭熙,两个人的眼神似乎缠绕在了一起,千头万绪地交织在一起。

直到下课铃声响起,同学们纷纷收了笔,把画稿交上去。

钱小芙才猛地回过神来,低头,画板上空白一片。

Chapter 03 第三章
想要靠近，如细菌般蔓延

她站起身来，刚想去和老师说一声，一张完成好的画就被轻放在她桌上，她惊奇回头，黎阳从她面前走了过去。

钱小芙低头，那张画得相当有水准的画上，角落里写着她的名字。

黎阳交完自己的画稿转身走回来，钱小芙冲他感激地笑了笑，然后拿着画稿也交了上去。

别的同学都陆续走出了教室，老师收齐了画稿也走了，钱小芙才低着头走到陆铭熙身边，伸开手掌，里面有一张崭新的五十块钱。

"老师让我交给你的工钱。"

陆铭熙张着嘴巴，好半天都没有合上。之后他扭头轻笑出来："我一定让谢阿吉把这张钱裱起来，就显眼地挂在我的床前！纪念我生平第一次赚到五位数以下的工钱。"

钱小芙把钱塞进了他口袋里："走吧，带你去吃饭。"

"有鱼头吗？"陆铭熙飞快地回应，他刚想站起来，却感到脚下一软，手掌猛地握住了钱小芙的肩。

"干吗？"钱小芙看着他。

"当然是大明星第一次坐这么久，腿麻木了。"黎阳收拾好东西从后面走过来，伸手扶住陆铭熙的肩，"辛苦了，托你的福，这是我画得最好的一次素描。"

"所以呢？你要把那辆跑车送给我吗？"陆铭熙把自己完全挂在他身上。

"我记得那次车展上，是陆氏地产拍走了旁边那辆价钱更高的。怎么？你爸爸送给他的女秘书了吗？"

"噫！"陆铭熙咬牙，"你这张嘴还真是恶劣！正好我今天开来了。"陆铭熙真是表情多，一秒钟又转回了傲娇，"一会儿出去飙一圈吗？"

钱小芙伸手就重重打了陆铭熙的脑袋一下："飙你个头啊，我去吃饭啦。"

"一起走啊。"陆铭熙挂在黎阳身上，"你不是还欠我一顿饭吗？"

"八餐厅吗？好。"黎阳扶着陆铭熙走了出去。

钱小芙愣了一下，脸上立刻挂上了笑容："真的吗？真的要去八餐厅吗？其实上次就好想去啊！"

黎阳微笑，宠溺地看着钱小芙。只是去吃一顿饭，就能让她这么开心吗？

陆铭熙不爽地伸手去挡黎阳的眼睛："喂，她可是那种能走到男人心里的女人。当着她男朋友的面，拜托收敛一下你的目光。"陆铭熙叫嚣着。

钱小芙瞪了陆铭熙一眼，黎阳却低头又笑了。虽然短短一个月里只见过陆铭熙三面，却见识了他非凡的多面人格。

作为巨星时的冷峻少言,魅力四射。

平日里的呆萌嚣张,撒娇耍赖。

黎阳一时也分不清哪个才是真正的他,不过每个人应该都有很多面。

陆铭熙有,他也一样有。

对待钱小芙时,他是一面,对待他传说中的财阀爸爸时却是另一面。

只不过,对于现在挂在自己身上的这个小子,他是真的一点儿都讨厌不起来。

Chapter 3

三个人在学校里走了十几分钟，才终于在一大片树荫后看到了传说中的八餐厅。

它位于整个校园最南边的位置，是座天蓝色贝壳形状的建筑。穿过树荫，眼前的景色就变了，脚下地上的青石路消失了，一条由无数贝壳砌成的小路直通餐厅乳白色的门，而旁边是一望无垠的细软白沙。

果然是百闻不如一见的八餐厅啊，陆铭熙从黎阳身上立起来，弯腰抓起一把白沙，随手扔进了风里。江城虽也是海城，却不产白沙，想要把餐厅这方圆几百米都做成地中海风格的，这些白沙必然是从马尔代夫或者印尼空运来的。

这种事，江城一般的富豪是做不出来的，也只有黎氏集团能做到了。

陆铭熙回头看着黎阳一脸淡然的表情，几乎确定了他就是黎家的公子。

而钱小芙此时已经愣在那里，她看着眼前的一切，这不就是电视上国外的海边餐厅吗？它就在这所学校里，她却从来没有来过。陆铭熙走过去，手臂重重压在她肩上："女神，你的嘴巴可以合起来一点儿。"

钱小芙飞快地闭上嘴巴，回头不好意思地看了看黎阳。

"走吧。"黎阳带着两个人走进了餐厅。一进门，钱小芙就听到了轻柔的音乐里夹着海浪的声音，海水的味道扑面而来，整个餐厅的色调都是蔚蓝色，墙上以贝壳和海星作为装饰，屋顶呈三角形，真有八九米高，却一点儿都不显得空旷，有穿着异国风情服装的服务生站成齐齐的一排。

在看到黎阳的时候，他们都微笑着低头行礼。

黎阳颔首，带着两个人穿过大厅，推开一扇竹编的门，映入眼帘的就是一片蔚蓝浩瀚的大海。白色的沙滩上放着一张桌子，四面挂着垂地的白色纱帘，正在海风里轻轻飘拂着。

钱小芙整个人已经被眼前的景色惊呆了。她手指捂着嘴巴，飞快地跑到海边，惊喜地回过头："这真是我们学校吗？这里还是江城吗？"

陆铭熙其实看到这样的景色，也为之惊叹了一把。他惊叹的不是环境，而是黎家到底花了多少钱，把整片海岸的黄沙都换成了白沙。

黎阳走到桌边坐了下来，四周的纱帘起到了很好的遮阳效果，所以即便坐在沙滩上，都完全不必担心被晒到。

他把菜单递给跟上来的服务生："不用点了，让主厨配餐吧。"

钱小芙惊呆够了，这才跑了回来："这里到底需要什么条件才能进来啊？"

"不用条件，我把我的那张卡给你。"陆铭熙翘起二郎腿。

"我好像没有送给你过。"黎阳回头。

"喂,你说的这像话吗?"陆铭熙瞪着黎阳。

"这期新生入学的时候,一共发了两张,那时你应该还没有报到吧?我之后会让人再补办一张给你送去。不过这里就算所有人都来齐了也不过二十个人,可能不会有你想要的尖叫声。"黎阳没什么架子,他向来不会炫耀自己的特权和财富,而且陆铭熙拥有这里的用餐卡,合情合理。

"喊,你以为十几年来我还需要尖叫声吗?"陆铭熙抗议。

钱小芙抿着嘴唇,见黎阳没有提到自己,就也很自然地不再问了。

"至于你,每天都和我一起吃饭不就行了吗?"黎阳回头看向钱小芙。

她开心地笑了起来:"不用每天,偶尔就好了!"

正说着话,一名服务生走了过来,端上了三杯调制好的果汁,每一杯上面都有不同的造型点缀,钱小芙伸手接过一杯带着蓝色海星的。

"这杯叫什么?"

"沉睡的爱恋。"服务生的声音很好听。

沉睡的爱恋。黎阳盯着那杯饮品,他也第一次听说,却好像真的有被戳中心脏的感觉。

"餐厅现在做一个活动,黎氏传媒的七星级度假酒店开业了,每位客人只要在纸上写下一个人的姓名,不论是爱人还是家人,那么这个人就可以免费享受一晚酒店星景套房。"

"哇!星景套房!"钱小芙的脑海里浮现出了在摩天高楼的平台上看星星的场景,"我可以参加吗?"她看着黎阳。

"当然可以了。"黎阳把一张手掌大的精美卡片递给她。

陆铭熙想了一下,也拿过一张,在上面飞快写下一个名字。

黎阳低头写着。

可惜只能写一个人,钱小芙皱了皱眉,还是坚定地写下了爸爸的名字,就让他也享受一下奢侈的生活吧。

服务生接过三个人的卡片,同时翻过来,除了一张上面写着钱汇友,其他两张纸上都写着一样的名字。

钱小芙。

钱小芙捂住了嘴巴。看着眼前的两个男生,不可置信地睁大了眼睛。

陆铭熙的眉毛拧起来,他拿过黎阳的那张,飞快涂了涂,然后改成了自己的名字:

Chapter 03 第三章
想要靠近，如细菌般蔓延

"你就这么没有眼力吗？我当然会写钱小芙，你就应该写我啊。我们是情侣，当然要一起去度假了！"

服务生一脸为难地看着黎阳。

"按他说的做吧。"黎阳看着陆铭熙，不由得就笑出来："陆铭熙若想去酒店，还用得着凭这种方式吗？"

"这么说，我可以和爸爸一起去了吗？"钱小芙开心地看着黎阳。

黎阳向她微笑点头。

钱小芙一把握住黎阳的胳膊："真的真的真的吗？谢谢你，黎阳！"

陆铭熙看着对面两个人亲昵的互动，刚想喝止钱小芙，突然就看到了钱小芙纸上的那个名字，他转头看看钱小芙："你爸爸是叫钱汇友吗？"

"怎么了？"钱小芙扭脸不解地看他。

"哇，这个名字好。钱会有。我叫陆有地，他叫钱会有，你爸早晚会发财的。哈哈哈……"陆铭熙简直笑到停不下来。

真是惊人的笑点啊！钱小芙看着他抽搐的脸，摇了摇头。

身后，有一排服务生已经端上来一盘盘可口的菜肴。

海浪一下下地拍打着白沙，海风吹拂着三个人的脸，在不怎么和谐却很愉悦的气氛中，黎阳和陆铭熙终于共进了一顿午餐。

钱小芙看着面前这两个人，心里被一种莫名的幸福感涨得满满的。

黎阳。

陆铭熙。

我可以认为拥有你们的友情了吗？可以在无助和难过的时候，依靠着你们吗？

钱小芙握着叉子，看着眼前这两个花一般漂亮的少年。

我们三个人，可以永远这么在一起吗？

Chapter 4

下午的阳光很柔和,树叶在高高的树枝上轻摇,天空在树叶的间隙中蔚蓝如洗。

因为黎阳还有些事要办,陆铭熙和钱小芙便先走了出去,在学校的林荫小路上漫无目的地走着。

路面铺着鹅卵石,白色的、灰色的、黑色的,无数圆润的鹅卵石拼在一起,深深浅浅。路边是一丛丛绯红色的野蔷薇,在绿色的枝叶间盛开着。

午休时间,校园里几乎没什么人,钱小芙刚才吃得太多了,边走边揉着肚子。

陆铭熙扭头看着她,握住了她的手:"我说女神,你被叫作女神,你还好意思边走边揉肚子吗?"

"可是我真的吃得太多了。"钱小芙说话间,突然打出一个饱嗝,这下连她自己都窘迫了,慌乱地甩开陆铭熙的手,一个人飞快向前走。

陆铭熙明明应该觉得她很丢脸才对,可是看着她甩着马尾,纤细而光洁的小腿跑得飞快,莫名地就笑了起来。

这段时间钱小芙的样子有了很大的改变,或许是因为给网站拍完相片后,她接到不少品牌赞助,从衣服品质到配饰搭配,每一次见到她,都能让陆铭熙有小小的惊喜。

今天钱小芙穿了一件乳白色镶着金色衣领的棒球服上衣,里边搭了件红色的T恤,下面搭了一条淡蓝色的短裙,一双清爽简单的帆布鞋,一头柔亮的长发也扎成了马尾,显得整个人青春又靓丽。

"喂,一起走啊!"陆铭熙大步追上去,伸出手臂刚想搭在她肩上,又觉得那样显得两个人像哥们儿,于是一转手,握住了她的手。

"还不给我松开!"钱小芙先是一怔,转瞬就冲他喊起来,用力甩开他的手。

最近陆铭熙真是对她越来越随便了。

"我们是公开的情侣嘛……"陆铭熙不满被吼,还嘴道。

"陆铭熙,"钱小芙正视他,"我们好像应该好好谈谈……"

陆铭熙这时才想起了他今天来国立新高的目的,他伸出手掌飞快地捂上了钱小芙的嘴巴,抢先说了出来:"我今天来,就是为了和你谈谈,关于我们之间的关系,我必须强调几点,我怕你会假戏真做。"

"什么!"钱小芙眼睛都瞪圆了,"怕我假戏真做?陆铭熙,你出来没照镜子吗?从来不正视自己吗?"

"所以才担心。"陆铭熙眯眼,斗嘴的功夫渐长。

"哦,对了!我还有正经事没做。"陆铭熙从长衫的口袋里拿出了项链,放进她掌

心里,"这个给你。"

"这是什么?你在这上面安装了窃听器吗?"钱小芙气冲冲地拎起项链。当羽毛吊坠从她手中垂落下来的时候,钱小芙的目光突然顿住了。

一块心形的水晶吊坠,一根纯白色的小小羽毛被镶嵌在里边,在水晶的光芒里,仿佛天使遗落的尾羽。

好漂亮!

见钱小芙目光定格在项链上,陆铭熙知道果然是选对了,他拿过项链:"不用太投入,道具而已。国民偶像陆铭熙总得给自己的女神送个定情信物吧。"

说完他便把脸凑近她,为她戴上项链。在系扣的时候,陆铭熙的手指轻触到她颈后细滑的皮肤。钱小芙的身子顿时紧了一下,只感觉身上每根汗毛都竖了起来。

陆铭熙戴好项链后双手重新放回口袋里。那个羽毛吊坠正好垂落在钱小芙迷人的锁骨间,在日光下水晶石闪着璀璨的光芒。陆铭熙满意地笑出来:"钱小芙,你应该从来不知道自己会这么好看吧?"

钱小芙的头低低地杵着,还没有从刚才那阵紧张中回过神来。

"喂,感动得哭了?"陆铭熙弯下身子看她。

钱小芙伸手推开了他的脸,抬起头来,卷长的睫毛缓缓扬起,声音也变得低低的:"陆铭熙,你一定是高手,对吧?"

陆铭熙收起笑容,一脸不解:"什么?"

"肯定是高手啊,选这么好看的项链,还说是道具……老实说,有很多女孩都是这么被你迷惑的吧?"

"哈,钱小芙,原来你这么好追呀?"陆铭熙仰起脸,对着空气干笑了两声,"长得一副铜墙铁壁的样子,原来一条几千块的项链就能迷惑你呀!真是无语了,以后除了我,别的男生的礼物,你再敢收收看!"

"陆铭熙……"钱小芙没有接他的话,手指抚摸着羽毛吊坠,轻声问他,"你小时候有过梦想吗?"

陆铭熙一脸没正经的样子:"超人算吗?"

"可是我,真的很想有翅膀呢。"钱小芙的目光中仿佛蒙上了一层薄雾,"我小时候一直想要一双长着纯白羽毛的翅膀,很想很想要,每年过生日的时候,和爸爸去礼品店里,总是盯着店里挂的那对翅膀看很久,可最后还是挑了别的礼物。"

"唉!是哪家黑心的礼品店,带我去,我买给你!"陆铭熙伸手拉起钱小芙的手。

钱小芙轻轻地笑了,那笑容让陆铭熙的心莫名地酸了一下。"不是因为它太贵,是

怕爸爸猜到我的心。妈妈在我四岁的时候离开了。过了很多年，我有时还是能听到爸爸在夜里哭，所以我从来不说我想妈妈，更不敢提起妈妈。想拥有一双翅膀去找妈妈的梦想，也就永远不可能实现了。"

陆铭熙这时安静了，他目光深深地看向钱小芙，这是她第一次讲自己的故事。

"所以这条项链……谢谢。"钱小芙突然向前走一步，伸开手臂轻轻环住了陆铭熙的腰，"不论道具也好，假装的定情信物也好，随便什么都好，虽然我已经不再想找妈妈了，但是一直藏在心里的这个梦想终于实现了。陆铭熙，我会好好戴着它的。"

这个太过意外的拥抱，让一向大大咧咧的陆铭熙，像被石化一般站在了那里。

仿佛呼吸停止，心跳停止，脑海中一片空白，只有一抹来自她发丝上的淡淡花香流入他的鼻孔。

钱小芙握着他的衣角，轻轻推离了身子，她的脸颊有些绯红，声音轻轻的："不用太投入，一个拥抱而已。今天心里很满，什么都不想说了，你想要和我谈的事，下次再说吧。"

钱小芙微笑，随即转身，从林荫路慢慢走远。

陆铭熙看着她的背影，他的心跳一点点地恢复如初，他低头看着刚才被她握皱的衣角，喉结微微滑动，来自他身体里那种地动山摇般的撼动，久久不能消散。

他看着已经空无一人的林荫路。

他知道有什么事已经在他身上发生了，一种久违却又熟悉的感觉正在一下下冲撞着他的心墙。

校园的钟声响起来，在他身侧巨大的音乐喷泉整点开放，晶莹的水花溅出，广场中央有大群的白鸽，"呼啦啦"地飞起，又"呼啦啦"地落下。

他一动不动地站在那里。

当心底一阵又一阵的浪潮快要将他淹没时，他撒腿飞奔出那片树林，站在学校的广场上四面寻找着钱小芙的身影。

他环顾着四周，看着空荡荡的校园。心里有一团火快要喷发出来的时候，他看到了广场对面站着的那个人。

他双手叠在胸前，静静地看向这边，像已经站了一个世纪那么久。

陆铭熙在与那人沉静的目光对视时，心里的那团火竟然逐渐减弱，直至完全熄灭。

两个人就那么看着对方，直到那人走过来，声音淡淡的："一起走走吧。"

Chapter 5

两辆跑车一前一后从江城的沿海公路驶下来,停在了沙滩上。

黎阳从车里走出来,走到了陆铭熙的车前,倚在他银色的跑车身上,递给陆铭熙一罐可乐:"要不是看到我,就已经和她表白了吧?"

陆铭熙坐在车里,手臂撑在车窗上,打开可乐喝了大大一口,碳酸水强烈的刺激让他清醒了一些:"那种感觉,好像真的是恋爱了。"

"像恋爱?"黎阳回头。

"可又总觉得少了些什么。"陆铭熙第一次对黎阳坦白,虽然黎阳总会给他莫名的压力,让他有些不爽,但是他打从心里从来不讨厌他,甚至对他有一些信任,他也说不清楚这种感觉从何而来。

"少了一种会心痛的感觉。"黎阳接过陆铭熙的话,目光看着远方波涛汹涌的海,"她说的话,她流的泪,或者只是她脸上的一个表情,都会让你的心脏产生无法自控的疼痛感。所以,有那种感觉的时候,再去表白吧。"

疼痛感。陆铭熙想起了三年前的自己,原来那种让他自己这辈子都不愿意再回忆起的心痛的感觉,才是真的喜欢一个人的证明。

那么他对钱小芙的感觉呢,是还欠缺这一点吗?和她在一起,见过她的很多样子,也听过了她的事,有过难过,也有怜惜,甚至为了保全她,差点儿结束自己的前途,但是似乎真的没有为她心痛过。

陆铭熙看着黎阳,发现他的眼睛里似乎有很多故事:"喂,你也喜欢钱小芙吧?"

黎阳点头。直率到这个份儿上,陆铭熙都想给他鼓掌了。

"你早就认识她吧?"从记者会那天,看到黎阳为了钱小芙紧张地奔走着,陆铭熙就猜到他是认识她的,不过还是想确定一下。

"嗯。认识钱小芙时,她才四岁。不过她现在已经不记得我了。"黎阳的笑容里有些苦涩,"原来这个世界不是这样的,不是你认为重要的人、重要的回忆,那个人也会同样觉得重要。不过没关系,永远记不起来也没关系,我记得就够了。"

陆铭熙听着黎阳的话,突然觉得他才是钱小芙口中的高手,不对,不只是高手,简直是情圣。他从车子里钻出来,走到了黎阳面前:"情圣,那你怎么不和她表白?"

"那你为什么不把心里的那个人放下?"黎阳皱着眉反问。

"喊!"陆铭熙撇嘴,"你这么有本事,能读心,怎么不去读心理学,以后进FBI(美国联邦调查局)啊!"

"原来你心里真的还有一个人。"黎阳看着陆铭熙一脸被他说中的不爽样,忍不住

笑了出来,"我猜的。"黎阳刚才说到疼痛感的时候,他曾留意陆铭熙,他的目光似乎陷进回忆中,所以他才猜测在陆铭熙的心里,曾经有一个让他心痛过的人。

"唉!你这个人真是!真是一点儿都没办法让我喜欢你!所以不要浪费时间在钱小芙身上了,这么老奸巨猾,她不会喜欢你的!"陆铭熙嚷道。

"就是从来不奢望会被喜欢的这种心情,才让自己更恼火。"黎阳站直了身子,长呼了一口气,"我该回去了,因为珍惜和她在一起的时间,现在都不舍得旷课了。能这么天天看到她,就算复读也很开心。"

黎阳走回自己车前,突然又转回头:"对了,刚才你副位上的手机振动了很多次。"

陆铭熙还在反应他前面的那句话,压根不关心手机的事。可是,他说的复读是什么意思?他大步走过去拍拍黎阳的车窗:"不然呢?你本来不就是高一的小屁孩儿吗?怎么叫复读?"

黎阳笑起来,脸上出现两个好看的梨涡:"我两年前在国外就已经读高一了。"

两年前读高一,那么今年就已经读高三……陆铭熙想了一下自己,那不就是说黎阳和他一样是十八岁?

他这次真的情不自禁地要鼓掌了,果然是情圣啊,为了陪钱小芙竟然选择重新读一次高一。

陆铭熙突然想起自己入学时去找校长的情景,他当时不也是拿着钱小芙的画像去的吗?也是要求要和"画像"一个班,才被分到了高三。

原来,不是他不够喜欢钱小芙,分明就是校长阻拦他的情圣之路嘛!

"喂,我还有个问题。"陆铭熙见黎阳已经发动车子,就赶紧握住他的方向盘,"说真的,你真的是黎氏集团的公子吗?为什么以前没有听说黎佑晨还有弟弟?你是私生子吗?小妈生出来的孩子吗?抱养的吗?"虽然吃午饭时就已经得出了结论,可他还是对他的身份有疑问,必须得亲口听到他回答才行。

"你不是叫人去查了吗?没查出来吗?"黎阳转头。

这个谢阿吉!真是让人无语了。什么都没查到,竟然被人家反侦察了!陆铭熙飞快地扬脸看向远方,迅速整理着表情,再转回头时,一脸傲娇的样子就又回来了:"那就说眼前的事吧,既然你都决定暗恋了,就继续憋着吧。我既然已经向记者们公开恋情了,所以不管我有没有疼痛感,钱小芙这段时间里都归我管辖。"

"你要是能承诺不做伤害钱小芙的事,我也可以保证一直旁观。但如果在此期间她自愿到我身边来,我也会按你身价的十倍补偿你的。"见陆铭熙语气傲娇起来,黎阳的语气也就跟着霸气起来。

Chapter 03 第三章
想要靠近，如细菌般蔓延

"哎，我说你这个人，你不装酷会死吗？我用得着你补偿吗？现在是让你演庞大财团的冷酷私生子吗？"陆铭熙都有把他从车里拉出来痛踢两百脚的冲动。

黎阳看着陆铭熙怒气冲冲的表情，不禁又笑了。虽然已经明摆着是情敌，可他还真是一点儿都不讨厌这个家伙，他总是超不过一分钟就把真性情写在脸上了。

"哦，对了，"黎阳像突然想起什么，"这个月各大财团的财务数据出来了，黎氏的收入略微高了陆氏那么几百万，所以如果你还有什么问题，下次等陆氏反超的时候，我再一并回答。今天就到这吧。"黎阳捏起方向盘上陆铭熙的手，向外抛了出去，然后一轰油门，就从他眼前飞驰而去了。

哎哟，我这暴脾气！陆铭熙双手叉腰，你和我之间的事，扯什么陆氏和黎氏嘛！老爸也真是的，都赢黎氏那么多年了，怎么关键时候就少了几百万呢！

陆铭熙越想越生气，转身就冲着跑车重重地踢了一脚，之后他突然就被自己鲁莽的举动吓到了，赶紧跪在地上仔细地检查起车子来："哎哟小法，哥哥我都不是故意要伤害你啦！你这么贵，万一踢掉你一小块儿皮，你的美容钱都得让我喝一年粥了，你可千万要争气啊……"

正说着，车前面的那条保险杠就摇摇晃晃，终于"哗啦"一声摔到了地上。

陆铭熙趴在地上，目瞪口呆地看着眼前这一切。

然后一屁股坐到了沙滩上，目光涣散。

Chapter 6

谢阿吉和拖车公司赶来的时候，陆铭熙正站在车外和陆妈妈通着电话。黎阳走后，他查看手机，发觉竟然真的有十几个陆妈妈的来电，于是拨了回去。

谢阿吉匆匆忙忙地从一边跑过来，绕着跑车转了一圈："确认只是保险杠坏了吗？你没事吗？"

陆铭熙摆了摆手，继续接电话。

谢阿吉把周边环境又看了一遍，车子在沙滩上，旁边连一块石头都没有，这保险杠是怎么掉下来的呢？难道是陆铭熙撞死了人，然后抛尸大海了？他飞快地捂住了自己的嘴巴，然后一把抢下他的手机："尸体呢？尸体在哪里？"

陆铭熙愣了一下："尸体？哇，谢阿吉，你太狠了，车坏了也就算了，你还希望我变成尸体啊？"他抢回手机。

看他这副镇定的样子，应该是因为太闲了，柯南看得太多了，他冲后面的工人招招手："这里，拖走吧。小心点儿！"

陆铭熙径直走上了谢阿吉的车，那边陆妈妈还在给他通风报信："儿子，这次我真的无能为力了，我刚才哭得快休克了，你爸爸都没有理我，这次他是铁了心让你参与到公司里去了。"

"那你也得帮我查查到底让我干什么吧，要是就去参加个董事会，我换身衣服不就能去吗？"

"好像不是那么简单啊，我刚才去他的书房了，是陆氏海鲜市场的那个项目。儿子啊，那里的居民很难缠的，搬迁的事都谈了一年多，听说前几天好不容易谈妥了，可是转眼人家又反悔了。你爸刚才出去的时候，好像还在为这事生气。"

"不会是让我去劝村民们搬迁吧？我爸不是疯了吧？"

陆妈妈那边一片沉默。

陆铭熙把头撞到了车窗上："我知道了，我明天会去公司找他的。挂了。"

车子被拉走了，谢阿吉捂着被海风吹乱的头发跑进车里来，看到陆铭熙一脸难过地靠在车窗上，以为他是心疼车子，便凑上去抱了抱他。

"哎呀，我们家孩子真的懂事了，不用这么自责了，不就是一个保险杠嘛，以你现在的身价，多接一个广告就够买辆新的，所以不用放在心上了。"

陆铭熙的耳朵被谢阿吉的气息吹得直痒痒，让他突然间想起了钱小芙下午的那个拥抱，心脏顿时停跳了几拍。

Chapter 03
第三章
想要靠近，如细菌般蔓延

唉，真是要死了！为什么今天的人都爱抱着他啊！他一把推开谢阿吉，然后用手掌用力地拍拍自己的胸口，人活着真是太不容易了。

不过，像黎阳说的那种心痛的感觉，也不会是刚相处的时候就会有的吧？不应该先是在一起都很开心，更开心，超开心，然后吵架、哭泣、分手，这个时候才应该开始心痛吧？

哎呀，真是的，幸好他也是有过演艺经验的人，演过了无数的初恋，不然就差点儿被黎阳这小子骗了。所以他对钱小芙不是不喜欢，也不是喜欢得不够深，只是时间太短了，还没来得及喜欢成那样嘛！

陆铭熙想到这里，终于释怀了，他回头笑吟吟地看着谢阿吉："心情这么好，明天就去见见爸爸好了。"

谢阿吉还在被他推开的忧伤中没有缓过来，但听到他要去公司还是惊呆了："到公司去干什么啊？"

"不想多接一条广告，就要装成乖儿子去讨老爸开心，然后才能分到遗产嘛！"

陆铭熙今天用脑过度，真是有点儿累了，就靠在椅背上，闭上眼小憩。

还是不对啊！陆铭熙猛地坐了起来，按照我的逻辑，黎阳和钱小芙一定发生过什么，他才能心痛吧？

可是那时候的钱小芙四岁……而且现在来看，她根本就不记得他嘛。

难道，一段长达十几年的单相思就能在漫长的岁月中自动升级为真爱，还具备了疼痛感吗？

啊，我的头……陆铭熙重重倒回座椅上，用力地抓了抓头发，所以说他还是当明星好了，起码不用动这么多脑子。

下次见到黎阳，我一定要躲开，和他说话真是太伤脑了。陆铭熙暗暗下了决心。

隔天午后，陆氏地产集团。

高达五十多层的集团大厦，醒目的橘黄色logo（标志），矗立在城市最繁华的中心。它通体是浅茶色玻璃外墙，再加上周围附属的楼宇，阳光下，如同一座晶莹剔透的水晶宫殿。

天空蔚蓝得刺眼，丝丝白云映在浅茶色的玻璃楼身上。

陆铭熙戴上墨镜，走进了公司。

正值上班时间，一楼电梯口聚满了员工。在看到不远处大步走来个俊美型男，男女老少无一例外地把脸扭向了另一边。

陆铭熙在电梯前站定,双手抱胸站在众人前面。他早就习惯公司上下对他的这种冷漠态度了。

见了偶像明星陆铭熙,公司职员若有人对他尖叫欢呼,即时开除。若部门中有一人向他索要签名或留影,全部门开除。

这条规定已经写入陆氏地产公司规章的首页,也是所有新人入职的首个培训内容。

陆云溪用实际行动向儿子展示了什么叫浮夸的职业。

电梯到了,陆铭熙走进去,转身按向顶楼层数号码。目光扫视外面的众人时,一干人等再次转脸,看天看地看花草。

嘀!陆铭熙这辈子没有打心里佩服过谁,但是陆云溪绝对是第一人。

陆云溪的一个规定,就使他十五年起早贪黑、呕心沥血经营出的人气,在陆氏这座楼里变成了虚无。

电梯一路上行,在第五十六层停下,陆铭熙忽略了门口接待的秘书,直接推门走进总裁办公室。

推开一扇高大而厚重的紫檀木门,一间三百多平方米的办公室展现在眼前,陆云溪和几位公司高层正在一旁开着会。

陆铭熙知趣地坐到了窗前天蓝色丝绒沙发上,把双腿放在了复古花纹的茶几上,脚有节奏地轻晃着。

"陆铭熙,过来!"坐在会议桌最前方的一个中年男子打断了下属的发言。他看着陆铭熙,指了指他身边的位子:"坐这儿。"

说话的中年人鼻子挺立,嘴唇厚重,眼睛上双眼皮的纹路很深,显得整个人多情而温存。身穿一件看起来质地精良而又休闲的灰色红格毛衫,搭着一条浅色裤子,坐在几位穿着西装的高层之间,显得特别潮。完全不像坊间传闻里那个古板又乏味的陆氏掌门人陆云溪。

陆铭熙收回腿,顺从地走过去坐下。

陆云溪把半米厚的文件夹推到了他面前:"雨石镇的拆迁补偿案,你去办。"

陆铭熙猛地坐直了身子,摘下眼镜不能置信地看着陆云溪。"什么?什么是拆迁补偿?雨石镇在哪里?为什么是我?"他说完,飞快地转头看向两边的高层人员。

众人齐齐地把脸转向了别处。

"一周的时间,我要看到这一百零七户居民的同意书。胡伯会告诉你具体的进展,这些资料你三天内看完。散会。"

几位高层纷纷站了起来,向外走去。只有一个胖胖的略微秃顶的中年男子留了下来，走到陆铭熙身边："这个案子虽然很辛苦也很棘手，但是你爸爸的想法是对的，你能完成这个，以后进公司，董事们也不会说什么了。"

"为什么偏偏是现在啊？离我十九岁还有大半年呢，也总得让我把手上的事交代一下吧。"陆铭熙把面前的资料用力向前一推，"我不做。"

陆云溪面不改色，按响了手边的电话："叫吴律师现在过来，带上我的财产捐赠意向书……"

"我做！"陆铭熙一把抢过爸爸的电话，"不用请吴律师了，让他这几年都歇着吧。"

"这是你自己同意的。案子有些麻烦，补偿条件也可以适当再放宽，董事那边我会跟他们交代。但是你要给我保证三点：不能出现任何有损集团的新闻，不能出现任何人员伤亡，不能欺诈对方。虽说无奸不商，但是陆氏的生意不是只做到我这里就结束，以后还要稳妥地交到你手上。"陆云溪起身，"我出去了，其他事胡伯会帮你。"

陆铭熙看着陆云溪离去的身影，他觉得爸爸不去当编剧或是导演，简直太可惜了。分明是强压给他的东西，经他一说，偏偏就成了温馨又感人的真理。

那句"还要稳妥地交到你手上"一说出来，陆铭熙真的就连一句反驳的话都说不出口了。他抱起那沓文件站起来，看向胡伯："我先带回去看，明天一早来公司找你。"

胡伯点点头。跟着陆总二十多年，没人比他更清楚陆总对这个儿子寄予了多少厚望，更没人知道他在多么辛苦地为儿子守住这份巨大的家业。

若是陆铭熙这次能做好这件事，不仅可以成功进入公司，更是让陆总在为儿子护航的路上又前进了一大步。

希望他能懂他爸爸的良苦用心啊。胡伯轻轻地叹了口气。

Chapter 7

傍晚时分，陆铭熙大摇大摆地走出公司，身后跟着两名小碎步跑着的女职员，一人手上抱着厚厚一沓材料，走到公司楼下。

他打开车门："扔进去就行了。"

文件夹被堆进了车后座，陆铭熙挤着那些文件坐进去，冲两名女职员轻轻挥手，刚想说谢谢，两个人就一脸惊恐地跑回去了。

"陆总对你还真是狠啊。在陆氏里你就是一个病菌，一个病菌啊！"谢阿吉开着车子慢慢驶了出去。

陆铭熙身子一歪，倒在了那些文件夹上，他都没心思搭理谢阿吉，想到接下来几天要天天来公司，还要一晚上看完这些，他的头就疼死了。

谢阿吉从后视镜里看着陆铭熙，同情地说："要不我去和陆总求求情？"

"没用的。他这次是打定了主意，谁都劝不动的。算了，给我找个环境好的地方吧，最好有咖啡还有点心什么的。"

"巴萨怎么样？"谢阿吉说的是陆氏旗下的顶级会馆，里边的咖啡和茶都是上上品，只有公司高层才能进入。

"没心情……"陆铭熙的声音倦倦的，突然他眼中闪过了一阵亮光，"既然是要用功看文件，当然要选气氛最合适的地方！谢阿吉，就按你说的，我们去巴萨吧。"

一个小时后，陆铭熙和谢阿吉带着一整箱巴萨的外带咖啡，站在了国立新高高一（3）班的门口。谢阿吉这才明白陆铭熙为什么会突然这么积极地学习了。

原本寂静的教室瞬间喧闹起来。

三十双眼睛齐刷刷地看向他，女生们显然还没有接受一连两天都能看到陆铭熙的事实，一个个又捂着嘴巴尖叫起来。

"都辛苦了，给大家带了夜宵。"他挥挥手，示意谢阿吉把这些发下去，然后目光看向教室中间那个趴着睡觉的女生。

马尾高高地扎起来，头发和衣服的空隙，露出一截儿雪白而光洁的脖子，上面戴着一条细细的项链。

幸好还戴着，不然你死定了，钱小芙。

陆铭熙大步走到钱小芙的桌前，手指轻叩桌角："喂，这位同学，你晚上不睡觉的吗？竟然来这么昂贵的学校睡！"

钱小芙刚刚睡着，猛然听到有人敲桌子，以为是老师，猛地弹坐起来。

第三章
想要靠近，如细菌般蔓延

呃，是吓倒她了吗？陆铭熙看着她猛抬头，自己向后退了一步。

钱小芙看见站在面前的人是陆铭熙，顿时一肚子的火，大声喊道："你自己没班级吗？干吗总来打扰别人学习？"

旁边正在领咖啡的同学们纷纷回过了头，一个女生还赶紧上来撞了撞她："喂，你怎么这么和陆铭熙说话啊？"

钱小芙看着每个人桌上的咖啡，原来陆铭熙这么容易就收买了她的同学？

陆铭熙一见有人给自己撑腰了，脸上便出现了得意的笑容，俯身凑近她："你这是在学习吗？你家没有床吗？"

"关你什么事啊！"钱小芙打开书本，打算学习。

谁知陆铭熙却一把合上她的书，把桌上所有东西统统塞进她的书包里，然后握住了她的手腕。

"大家慢慢享用，这个人我借走了。"说完便拉起她往外走。钱小芙用力地挣扎着，却发觉一点儿作用都没有，就那么被强拖出了教室。

从教学楼里出来，陆铭熙把钱小芙塞进了车子里，然后直接锁了车门。

"喂！"钱小芙发现车门被锁，转头怒视他。

"现在是七点半，十点下晚自习，借用你两个半小时怎么样？我会按时把你送回来的。"陆铭熙一脸笑容地看着她。

钱小芙看他目光坦荡荡的，也就放松了一些，"干什么去？"

"正经事。我这辈子最正经的事。"

陆铭熙发动车子，驰出了国立新高。

夜色下的江城灯火辉煌，火红色的法拉利跑车平稳地行驶在路上，陆铭熙开了音乐，略带忧伤的法文流淌出来，让夜色充满了浪漫的气息。他转头看了看坐在身边的钱小芙，灯光照在她细腻白皙得几乎透明的脸上，长长的睫毛垂下来，微微有些上翘，正凝视着远方。

不知是因为夜色，还是这音乐，这一刻陆铭熙突然很想牵她的手。他的手从身侧伸出去，在快要触到她的时候，钱小芙突然扭过头来，吓得陆铭熙一下子缩回手。

"还要走多久啊？"钱小芙看了看时间，车子已经走了二十多分钟。

"到了。"车子刚好也到了酒店门前，钱小芙走下车，看着面前这座被笼罩在夜色中的豪华酒店，光是看外表都已经想象得到里边有多富丽堂皇，酒店门前的喷泉正开放着，旁边的花池中种满了紫色的薰衣草，空气中弥漫着带着芬芳的湿气。

陆铭熙从后座拿着文件走过来:"走吧,学习去!"

钱小芙撇嘴,来酒店学习吗?

难怪这些酒店越来越贵,都是被他们这种有钱人惯的。

跟着陆铭熙一直到达酒店的顶层,陆铭熙打开房门,点亮了房间里所有的灯,把东西都扔在沙发上,然后回头,发现钱小芙还站在门口。

"进来啊!"

钱小芙向后退了一步,说"我想回去了",说完便转身要走。陆铭熙走过去抓住了她的手臂。"我已经打开所有灯了啊,还有……"陆铭熙指指墙上那个红色的按键,"那个是报警器,如果我对你做什么,你按下去就好了。这里连着江城的所有警局。"

钱小芙还在犹豫着。

"我只是想找个人一起学习,那些资料我今晚都要看完。"陆铭熙松开钱小芙,一脸的诚恳。

钱小芙看了看墙上的那个红色按扭,似乎是用了很大的勇气,从陆铭熙身边走过去,进了房间:"有饮料吗?我好渴。"

"想喝什么样的?可乐还是果汁?泰国的芒果汁怎么样?"陆铭熙挤着她冲进房间,转眼间人已经站在了冰箱前。

钱小芙看着他一脸开心的样子,不禁就笑了出来,"我自己选。"她来到冰箱前,看着里面琳琅满目的饮品,都有些眼花缭乱了。

陆铭熙身子倚在冰箱门上,静静地看着眼前这个女生,从什么时候起,她变得这么漂亮了呢?陆铭熙还记得第一次见她时,她穿着比基尼贴在电动门上的样子,虽然是同一张脸,那时却透着一股土气。可是此时在他眼前的钱小芙,穿着一件淡粉色的蓬松薄毛衫,胸前画着一把金色的小伞,下身穿着一条白色短裤,露出纤细而修长的腿,依然是一双简单的帆布鞋,整个人干净又俏丽。

钱小芙拿出一罐草莓汁,在陆铭熙面前晃晃,说"就它了",然后转身向书房走去。

"钱小芙。"陆铭熙还倚在冰箱上,声音轻轻的。

"嗯?"钱小芙转过身,正迎上陆铭熙的目光,那目光浓烈而直接,让钱小芙不觉一怔。

"谢谢你能来。"陆铭熙唇角弯起,报以一个真心感激的笑容。

钱小芙在他的笑容中有片刻失神,之后才赶紧低头。"不是要,要学习吗?"说着,她就拿起书包走进了书房。

Chapter 8

钱小芙从书包里拿出课本,刚准备做功课,陆铭熙就抱着那一大堆资料挨着她坐下来,文件夹散落了一桌子。

"你真的打算一晚上看完这些吗?"

"对啊,把这些当作爸爸的遗嘱,就一定能看完。"陆铭熙翻开了一本。

"你和你爸爸的关系不好吗?"钱小芙转脸看向他。

"怎么说呢?"陆铭熙抬头看向窗外,"他不同意我当明星,希望我继承公司。我们是没有你和钱爸爸的关系好。"

"喊,你这是在炫耀自己有公司继承吗?"钱小芙把目光收回来,打开了练习册。

"喂,你是不是那种从小受了太多打击的小孩啊?好像我说什么、做什么都会打击到你。"

"不要和我说话,我要做功课了。"钱小芙斜瞄了他一眼,见他一脸不甘心的样子,干脆戴上了耳机。

音乐声刚刚响起来,右边的耳机就被拿走了,陆铭熙飞快地塞进了自己耳朵里,猜到钱小芙又要冲他吼了,便抢先张嘴:"不要和我讲话,我很忙。"

钱小芙用力咬嘴唇,不打算和他计较,安静地做起题来。

钱小芙放的是一些很老的英文情歌,缓慢而深情。陆铭熙听了一会儿,心就被这些优美的旋律堆满了,他转脸看着钱小芙。

她正在认真做着题,耳后的头发轻轻滑出来,在灯光下衬得一张脸更加楚楚动人。

陆铭熙脸枕在手掌上,伸手帮她把那缕头发别到耳后。

钱小芙的身子微微颤了下,扭过头,陆铭熙的声音轻轻地响起来。

"你从几岁开始就这么漂亮的,钱小芙?"

陆铭熙的目光中是浓得化不开的深情,钱小芙全身猛地蹿起了一阵麻麻的感觉,飞快转回脸去,心跳快要爆表了。

这时她的手机突然响起来,两个人都猛地被从宁静中惊醒,钱小芙手忙脚乱地找出手机,看到打来电话的是爸爸时,她瞪大眼睛看着陆铭熙。

"接吧,就说你在学校,我马上送你回去。"陆铭熙给她打着气。

"喂……"钱小芙忐忑不安地接起了电话,眼睛一直看着陆铭熙。

"小芙,爸爸今晚要和镇长他们谈些重要的事,还要和律师起草一份合同,现在还在律师行呢,晚上可能回不去了。你可以去同学家睡一晚吗?"

"我可以自己回家睡的,我没关系。"

"不行,这几天镇子要拆迁了,爸爸又是带头闹意见的人,你一个人在家不行的。你就去同学家借宿一晚,我也好放心。"

"哦,好……"钱小芙顺从地挂了电话,一副心事重重的样子。

"怎么了?"陆铭熙只听到钱爸爸的声音,却没听到他们说了什么,可看钱小芙的样子,以为遇到了什么大事,"出什么事了吗?"

钱小芙摇头:"我今天自己住,想早点儿回去,你可以现在送我回去吗?"钱小芙刚来国立新高一个月,还没有同学家可以借宿,所以还是决定回家。

"自己住吗?钱爸爸不能回来吗?"陆铭熙看了看时间,已经晚上九点半了。

钱小芙收好书本站起来:"没关系的,镇子里治安很好的。"

还是……镇子吗?陆铭熙一脸不可置信的表情:"你是说那种平房吗?一翻墙就可以进去的那种吗?"

"喂!生下来就住别墅的人了不起吗?你摆出一副我住地窖的表情是什么意思啊?"钱小芙敏感的神经又被碰到了。

我表现得真的有那么明显吗?陆铭熙赶紧转换回担心的表情:"我是说那种房子不安全,你还是别回去了,住这里吧。"

"想死吗?"钱小芙瞪圆了眼睛。

"这里有一间卧室,还有一间书房,房间都有锁,你如果不放心我,那我再去开一个房间。"陆铭熙一脸正直的表情。

其实住在这里是最好的选择吧?钱小芙环顾了一眼房间,而且……她抬头看了眼陆铭熙,从认识到现在,她对他也了解不少,说到信任感,可能他也是她认识的所有男生里最能信任的人了。

"那我睡书房,你去卧室。现在就去,抱着你的东西快点儿去!"钱小芙刚同意住下,就开始赶主人了。

"我在这里学习也不行吗?卧室里的灯光很昏暗,会看瞎眼睛的,你知道我的眼睛投保了多少钱吗?一百万块啊!我是以电眼美男出道的,你不知道吗?"陆铭熙趴在书桌上,赖着不肯走。

"电眼美男,好吧,那我去卧室。"她就抱着书包走进卧室,开了床前的一盏小灯,看起书来。

见她走了,陆铭熙也拿着文件夹跟了过去,甩了鞋子就躺到了钱小芙身边。"反正整晚都要睡沙发了,我先在这里休息一会儿。"陆铭熙顺手关上房间里所有的灯,只留下卧室的睡灯,闭上了眼睛。

Chapter 03 第三章
想要靠近，如细菌般蔓延

"好。你的房间，你的床，你随意吧。"钱小芙重重地呼了口气，从床上下来，向门口走去。

听到房门"吱"的一声打开，陆铭熙这才睁了眼，从床上飞奔到玄关，用力推上了门："钱小芙，你是石头做的吗？你全身上下都装着红外线吗？怎么这么容易生气，这么容易翻脸啊？"

"我要回家了。"钱小芙在漆黑的玄关里用力地拉着门。

"我只是想和你多待一会儿，想和你说说话，想一直看着你，难道你看不出来吗？非要曲解我的意思，误会我的好意，总让我的心忐忑难安，你是故意的吗？"

钱小芙的手停在半空中。

陆铭熙的眼睛像被云遮住的星辰一样，黯淡了下去，声音低到快要听不到。

"钱小芙，我是不是……喜欢上你了？"

整个城市都笼罩在一片夜色之中，月华洒向酒店的落地窗，照亮了客厅的地面。晚风吹进来，紫色的纱帘飞扬起来，好似一场做不完的梦。

狭小的玄关里，钱小芙倚墙站立着，因为陆铭熙的一句话，她的身体止不住地轻颤着，呼吸艰涩到快要窒息。

空间里，只能听到陆铭熙深重的喘息声。

之后，一只宽大的手轻抚过她的头发，轻轻地将她摁进了怀抱里。

陆铭熙把脸深深地埋进她发间，静静地闭上了双眼。

钱小芙手掌在身侧握紧，在陆铭熙温暖而宽大的怀抱中，像被施了咒语的人，一动都不能动。

脑海里浮现过一幕幕他闯入她生活的画面。

从游泳馆救出被困住的她，在更衣室抱起昏迷的她，在几十名记者的包围下牵起她的手，在教室里当素描模特……

原来早在她自己都不知道的时候，他的身影就已经填满了她的生活。

他高大的身影、俊美的脸，还有他温暖的掌心、迷人的笑容就早已入侵她的心。

在他拿出一万块买下她的手机，在他为她戴上项链，在他坐在教室前面与她对视时，她的心也曾猛烈地跳动过，只是，她并不知道，原来那是属于他的跳动。

"不要走。"陆铭熙的声音低低的，仿佛一句魔咒。

钱小芙的手缓缓地抬起来，拥住了他的身子，脸贴在他的胸前。

陆铭熙，我可以当这只是一场梦吗？一场明天天亮后我们会一起遗忘的梦吗？

所以,我的梦中可以有呓语吧?

钱小芙在陆铭熙的怀中闭上双眼,心里默念着。

陆铭熙,我好像,也喜欢上你了。

第四章 Chapter 04

杂草和男神没有交集

Chapter 1

正午的阳光洒向房间,照得整个房间都暖洋洋的。

陆铭熙一个姿势保持了一整晚,阳光照在脸上,晃得他睁不开眼,刚一翻身,整个人就从沙发上摔到了地上。

"啊呀!"一声号叫响起来。

陆铭熙快要被自己蠢哭了,他烦躁地蹬了一下书桌,气急败坏地从地上坐了起来,这才发觉自己全身每个关节都疼。

果然沙发是不能睡的啊……陆铭熙正抱怨着,突然脑子里浮现过一个人,他赶紧跑进卧室。

卧室已经收拾得干干净净,床也铺得很整齐,连被他一直扔在一边的抱枕也被重新摆放好了位置。

"已经走了啊……"陆铭熙走到床边,一脸失落地栽到床上,"怎么也不叫醒我?原本还可以一起吃顿早餐。"

他委屈地抽了抽鼻子,突然眉毛就拧起来,提起枕头放在鼻子前使劲闻了闻,是钱小芙的味道!

是什么味道竟然会这么好闻?陆铭熙抱着枕头溜达到了客厅,百思不得其解,便按响了客房服务呼叫器。

一分钟后,一名保洁员站在了门口。

"帮我闻闻,这是你们酒店的洗衣粉味吗?"陆铭熙把枕头支在了保洁员脸前。

"哦,好的。不是洗衣粉的味道啊……有些像茉莉花的味道,应该是香水吧?"保洁员回答。

不是酒店的洗衣粉,那就确定是钱小芙的味道了!

陆铭熙把枕头夹在了怀里。

枕头,今天就这么带着你出去玩一趟吧。

万隆商场。

江城最高端的商场里,人们全都留意到了一个戴着墨镜、提着枕头走进来的花样美少年。

他游走在香水的柜台间,给售货小姐闻闻枕头,然后又从几百种香水里找相似的味道:从香奈儿到迪奥,从兰蔻到阿玛尼……

当花样美男闻完所有柜台上的香水后,对着空气大大地打了三个喷嚏。

Chapter 04
第四章
杂草和男神没有交集

陆铭熙的鼻涕像水一样流了下来，一位售货小姐赶紧递过了纸巾："您还好吧？是不是鼻子不舒服啊？"

陆铭熙接过纸巾，刚想说声谢谢，突然就被售货小姐头发上的味道吸引住了。

他一把拉住了她，脸直接就贴到了售货小姐的头上，深深地闻了几下，又赶紧闻了闻手上的枕头。

"啊！就是这种味道！"陆铭熙高喊了一声，吓得柜台上的几位售货小姐同时向后一缩。

"你用的什么洗发水？什么牌子？哪里有卖？国内有吗？要不要去国外带？"陆铭熙无上限地贴近售货小姐，吓得售货小姐一个劲儿地向后躲。

"丝顺牌，街上随便一家超市都有卖。"售货小飞快地回答。

"丝顺？"陆铭熙回头思考一下，"是不是很贵？我总觉得这里边有一种佛罗伦萨鸢尾草的味道，是不是？"

"您说的佛罗伦萨鸢尾草是香奈儿新款里边添加的一味，可是这款洗发水就是茉莉味道的，九块八一大瓶。"售货小姐尽全力给他解释着。

"九块八。"陆铭熙松开了她的手，没想到他竟然喜欢上一个用九块八洗发水的女生，更没想到为了这九块八，他提着一个枕头走遍了一座商场。

陆铭熙的自尊心有种小小的受挫感。哪怕是一百九十八块呢，也可以与他的巨星风格更相衬一点儿。他三岁出道，不到十九岁身价就已经和所有一线明星看齐，如今为了九块八的洗发水竟然着魔了似的，这像话吗？

陆铭熙有些失落地向外走，身后的售货小姐小声地喊了一句："请问您是陆铭熙吗？你有故人用这款洗发水吗？我可以送给你一瓶的。"

陆铭熙停下了步子，原来他真的已经疯狂到让人觉得他是在追思故人了。他向后摆摆手，落寞地走了出去。

陆铭熙开着车子在江城外环一圈圈地绕着，他看着旁边的枕头，它被他皱巴巴地窝在那里，像极了钱小芙生气时的脸。

陆铭熙缓缓地停下车子，重新拿起了枕头，上面清新的味道再次扑面而来。

是他先喜欢她的，也是他硬拉着她表白的，昨天夜里，自己那打鼓般的心跳声还清晰地记得，如今他就因为她用了一瓶九块八的洗发水，而有些反悔了吗？

不应该。陆铭熙摇了摇头，怪自己太差劲了。人家是个学生妹，家住在镇子里，爸爸辛苦赚钱，她努力学习，都是为了过更好的生活。

对于这么努力去生活的人,谁会在意她用多少钱一瓶的洗发水?

是他从来没有进过学校,太早地进入成人世界,才会把想到看到的一切,都直接跟金钱联系起来。

"哇,幸好我还懂得自我反思,不然差点儿失去爱人!"陆铭熙重新把枕头抱在怀里,"走吧,枕头,我们去找你的主人!"

车子重新汇入街道,路经一家超市的时候,陆铭熙停了下来,他冲进去买了一整箱丝顺洗发水,打算以后自己也用这种。

刚回到车里,手机就响了起来。

他把手机屏幕捂上。"我赌一千块,是钱小芙!"然后他小心翼翼地转过手机,嘴里紧张地念着,"千万要是你,一定要是你啊……"

屏幕上显示着两个大字:胡伯。

陆铭熙突然想起今天约了胡伯去公司,飞快地看了看手表,竟然已经是下午一点了!他把手机一扔,把车子飞快地向着公司开去。

陆铭熙赶到公司,胡伯已经和项目部五六十个人在会议室等着他了。

他提起枕头在大家诧异的目光中冲进来,一屁股坐到了胡伯旁边,喘了半天气,才示意会议可以开始了。

房间灯光熄灭,PPT(微软办公演示)开始放映。

为了让陆铭熙跟上进度,项目部特意做了一个四十分钟的PPT,从项目立项,到拍下地皮,再到办好拆迁手续,最后到和居民协商的全过程,简直应有尽有。

陆铭熙枕着枕头趴在桌上,看着墙上一闪一闪的画面,会议室里静得只有投影仪发出的"哗哗"声,不禁想起了昨天夜里。

同样是这样漆黑的房间,他和钱小芙。

想到这里,陆铭熙拿出手机,给钱小芙发了一条短信:睡得好吗?

嗯。钱小芙很快回复。

陆铭熙开心得差点儿笑出声来:在上课吗?

嗯。钱小芙依然只回了一个字。

陆铭熙的热情丝毫不减,他继续发着:钱小芙,你喜欢我吗?

这一次手机安静了。陆铭熙双手拿起手机,看着屏幕等候着。

一分钟后,手机才重新亮起来。

在考试。

是生气了吗？陆铭熙猛地坐起来，是他问得太直接了吗？他翻回去重新看钱小芙之前的回复，加起来一共五个字，他连标点都一并研究起来。

陆铭熙没有想到，原来钱小芙随便一句话，就可以这么深地影响他。他的笑、他的忧，都好像已经完全掌握在钱小芙手里了。她沉默、她低下头、她转过脸、她拧起眉……她随便一个动作、一个眼神，都可以让他如此忐忑不安。

不行，他必须要见到她才行。他飞快地给谢阿吉发了一条短信：给我查查钱小芙家里的地址。

谢阿吉一秒钟就回复了：不知。

明天我就宣布退出娱乐圈。

给我五分钟！地址发到你手机上。谢阿吉闪电般地回复。

可是见到钱小芙，他又该说什么呢？连短信都不回复的人，到底心里在想什么呢？

陆铭熙蔫蔫地趴在枕头上，他的心就像落入了一个泥潭，不管他怎么挣扎都走不出来了。

Chapter 2

海边。

天空与海水连成一片，蔚蓝得如同宝石。

这是专属八餐厅的一片私人沙滩。

细细的白色沙子，绿色的椰树，大片大片盛开的鲜花，白色的纱幔随风飘扬，玫瑰精油的香气弥散在空气中，远处有海鸟在鸣叫。

钱小芙给陆铭熙发完短信后，把双脚埋在了沙子里，海水冲上来，有种沁凉的感觉，心情也变得舒服了一些。

黎阳正从不远处走过来，把一杯蓝色的饮品放在了她面前。

"沉睡的爱恋。"钱小芙拿起杯子轻轻地笑了，"这个名字还真的很好听呢。"

黎阳也坐了下来："这名字对我倒是很贴切。"

钱小芙看向他："黎阳，我可以问你一件事吗？"

黎阳点头。

"你为什么对我这么好？我们认识也真的没多久，在此之前也没有见过，也没有过交集……"

"在你记忆里是这样吗？"黎阳的声音轻轻的，捡起被海水冲上来的一只贝壳递给了钱小芙，"那就当是一见钟情吧。"

"喂！你怎么也和跟陆铭熙一样，没正经了？"钱小芙白了他一眼。

"所以你凌晨五点从酒店里出来就是因为这个吗？因为不正经的陆铭熙？"黎阳看着钱小芙。

"那你呢？凌晨五点开着车在街上乱逛，是因为对我一见钟情睡不着觉吗？"钱小芙嘴硬地反问他。

两个人同时笑了起来。一个大大的海浪卷上来，打湿了两个人的衣服。

黎阳在沙滩上躺下去，双手枕在脑后。"很开心，我在人生这么不幸的凌晨遇到你。"

钱小芙看着他，他光洁的额头上贴着一块厚厚的纱布，还隐隐透着一丝鲜红："我也没想到你也会和人打架呢。"

"因为太震惊，连还手都忘了。"黎阳看着天空，目光变得忧郁起来。

钱小芙双手抱着膝盖，看着黎阳，想起了今天凌晨五点与黎阳的相遇。

时间回到七个小时前。

钱小芙整夜都没有睡，隔着卧室的门，听着陆铭熙在书房里一直和她说着话，从小

时候第一次被选中拍广告到长大接拍影视剧,这十几年来所有有趣的事,他用了一夜的时间讲给她听,说到开心的时候,自己都笑得合不拢嘴。他也总在说每段话前,叫一声她的名字。

钱小芙,你知道吗?

钱小芙,你在听吗?

钱小芙,你睡了吗?

她轻轻地"嗯"一声,他的声音便继续响起来。夜越来越深,陆铭熙的声音也越来越小,直到后来完全听不到了,她才打开卧室的门,从里边走出来。

陆铭熙已经在沙发上睡着了,俊美的脸上还挂着孩子般的笑容。他的梦里一定都是他光鲜的明星生活吧,一定是被粉丝簇拥着,站在了哪个颁奖典礼现场。

钱小芙拿起毯子盖在他身上,然后拎起书包,从酒店里走了出来。

这一整晚她的心里仿佛有千万根纠缠不清的线,在他抱着她的那一瞬间里,在听到他说喜欢她的那一刻里,她知道自己动心了。

所以接受了那个美得好似梦境的表白。

可是当她站在酒店的窗边,看着繁华的城市慢慢地寂静下来,看着高楼大厦中一盏盏熄灭的灯,她从梦中醒过来了。

梦只是梦。谁也不能永远活在梦中。她看着落地窗里自己的倒影,陆铭熙对她来说,就像天边的海市蜃楼,美轮美奂,却那么不真实。

她不知道何时那美景就会消失,也不知道到底有没有下一次。

钱小芙从酒店里走出来,沿着街道慢慢地向前走,江城凌晨的空气很清新,钱小芙站在街边深深地呼了一口气。

忘了吧。她看向远方的天,已经泛起了鱼肚白,夜晚很快就结束了,虚幻如泡影般的美梦也该醒了。

天亮之后,他或许也会后悔自己一时冲动的表白。他会做回他的偶像巨星,继续享受狂热的追捧与尖叫。

而她,也会继续当一名默默无闻的学生,继续和爸爸住在那个小小的院落里,很快就要为下学期的学费而头痛了。

钱小芙挺直了身子,刚要过马路时,就看到了停在街角的一辆银色跑车。

信号灯变了又变,它却始终停在那里,一动不动,仿佛已经停了一个世纪。

她走过去敲了车窗,车窗下滑,黎阳慢慢地回过头,双眼通红,额头上的纱布正渗着血,周身弥漫着一种说不出的悲伤。

她飞快地坐上车,从书包里拿出一块手帕敷在他的额头上,用胶带轻轻地粘上。黎阳一直看着前方,没有拒绝,也没有道谢,整个人仿佛凝固了一般。

钱小芙包扎完坐回来,和他一起静静地看着街角信号灯交替,由始至终两个人谁都没有说话。

直到天大亮了,路上的车渐渐多起来,车后的鸣笛声此起彼伏,黎阳才低下头,深深地呼了一口气,发动了车子。

车子开进国立新高,黎阳转脸看向钱小芙,挤出一丝笑容:"谢谢你,上去吧。"

"嗯,但你还是重新去包扎一下吧。伤口还在流血。"

黎阳点头。钱小芙顺从地下了车,走进了教学楼。

黎阳整个上午都没来上课,快放学的时候才给钱小芙发了一条短信:**一起吃饭吧**。

钱小芙正陷在回忆中,一桌丰盛的饭菜就已经摆满了身后的桌子。

黎阳坐了起来:"走吧,一夜都不睡觉的人,也总要吃饭吧。"

两个人在桌边坐下,钱小芙看着这一盘盘的精致又美味的菜,一动没动。

"没有胃口吗?"黎阳拿过一只螃蟹,为她剥好后,放进她的盘子里。

"你呢?"钱小芙看着黎阳又换了杯饮料,压根没有动筷子的打算。

"我的伤口很深呢,这些饭菜都治不好我。"黎阳轻啜一口。

钱小芙轻笑:"说说吧,你这个懂一点儿跆拳道的人都没有还手,就是被很重视的人弄伤的吧?"

"一个我还不能叫爸爸的人。"黎阳转头淡淡地笑,"我和他之间还差一张DNA(脱氧核糖核酸)鉴定书。"

"你说的是黎氏传媒的黎总吗?"钱小芙已经听陆铭熙提过这个人很多次了,所以很快就联系起来,"哦,所以上次记者会的时候,你对陆铭熙说自己很快就是黎总的儿子了,就是因为要做亲子鉴定吗?"

黎阳点头:"还有一周,结果就出来了。"

钱小芙觉得自己像看到了电视剧里的情节。亲子鉴定吗?竟然就发生在眼前这个男生的身上。

"像不像在说假话博取你的同情心?"黎阳看出了她的心思。

"那你紧张吗?万一你不是他亲生的……"

"不会。"黎阳认真地看着钱小芙,"是妈妈临终前让我回来找他,她从来没有骗过我。"

Chapter 04
第四章
杂草和男神没有交集

原来黎阳的妈妈已经过世了呀。钱小芙不好意思地捂着嘴巴："对不起……"

"不说我了。"黎阳抬起头，"你呢？知道那家酒店多少钱一晚吗？竟然整宿不睡还跑出来。"

"所以我很蠢是不是？"钱小芙傻笑。

"突然很嫉妒陆铭熙那小子，竟然真的能打动你。"黎阳也笑。昨天晚自习时他只是晚来了一会儿，便正巧看到陆铭熙带着钱小芙离开，所以今早会在酒店外面遇到钱小芙，便一点儿都不觉得惊奇了。

竟然，被看穿了吗？钱小芙猛地紧张起来，摸了摸自己的脸，她的脸上有写着喜欢陆铭熙吗？她赶紧解释："不是啦，昨天是因为爸爸有事，所以我才……也不对，其实是因为陆铭熙很奇怪，总做一些莫名其妙的事……"

"钱小芙。"黎阳拉开她一直捂在脸上的手，"没有什么莫名其妙，告白也好，想看到你也好，赖着你也好，都不奇怪。因为陆铭熙是个男生，而你，是个非常好的女生。"

钱小芙愣住。

他松开她的手："我呢，也会很快整理好一切，重新站在你身后的。不论遇到任何事，想分享或者想哭诉，钱小芙，你都可以来找我。"

"黎阳……"钱小芙看着他，不知说什么好。

"不论我给予你多少好，都不需要感谢和逃避，是我要还你的。以后你就会明白了。"黎阳站了起来。

以后会明白？难道他和她之间发生过什么事吗？黎阳有什么事隐瞒了她吗？

钱小芙呆呆地看着黎阳。

一阵海风吹来，吹乱了她的头发，也把她的心搅得更加乱了。

Chapter3

陆铭熙开了整整一下午的会,到傍晚才散会。刚准备走,陆云溪就走了进来,直接没收了他的车钥匙,说晚上有晚宴,要一家三口都出席。

陆铭熙的手机响了几声后,也自动关机了。算了,陆铭熙想着,就先放一放吧,也可以让钱小芙静一静。

结果一连几天,陆铭熙的时间都被胡伯排得满满的,他一边牵挂着钱小芙,一边却真的忙到连打电话的时间都没有。

加之他前段时间拍摄的古装剧也正式杀青,为了配合剧组宣传,他几乎分身乏术。

他安排谢阿吉没事到国立新高去转转,要是看到钱小芙,就一定要把她的消息传达回来。

谢阿吉这几天正好也没事做,本来就对陆铭熙公开承认的这个女神充满了好奇,于是乔装打扮深入学校里。

他发现钱小芙的生活过得相当丰富多彩。

上课,吃饭,活动,晚自习,她哪样都没落下,身边也总有一群女生乌泱泱地围着,虽说看着不像多好的朋友,却也没有因为陆铭熙而被孤立。

比之他这几天见到的陆铭熙,钱小芙倒更像个没事人一样。凡是陆铭熙表现出的那些不安和忐忑,在这个女生身上完全看不出来。

唉,看来这小子是单相思啊。谢阿吉惋惜地叹口气。

钱小芙这些天过得是很丰富,她故意把自己的时间安排得满满的,可是每隔几分钟,她还是会看一下手机,有没有短信或者来电。

发现陆铭熙也没有联系过她之后,她还是会有小小的失望。

或许他真的后悔了吧?和她之间的关系也就是对着记者随便说说的,名义上她还是陆铭熙喜欢的人,还在被全校女生疯狂地羡慕着。

可事实上,她什么都不是。那天的表白,或者是因为夜深了,或者是因为音乐太感人,也或者是……陆铭熙一时冲动。

她明明知道不应该对他抱有什么奢望,明明一次次地告诉自己:他是明星,他身边环绕的女生多到说不清,说过的情话,认真的眼神,都可能是在演戏。

可是她的眼前偏偏就不断地浮现出陆铭熙的脸,他深情的目光、低声的表白……

钱小芙不由自主地用手掌捂住胸口,她还能真切地感受到那时如擂鼓般的心跳。

她翻看着手机里一直存着的那几条短信,在看到最后那条时,她的鼻子不禁酸涩起来。

第四章
杂草和男神没有交集

钱小芙,你喜欢我吗?

那么你呢?陆铭熙,你对我是认真的吗?钱小芙的眼泪轻轻地滑落下来。

一个星期就这么过去了。

江城进入了潮湿的阴雨季。

而钱小芙度过最难熬的一周,准备迎接下周的月考。

陆铭熙也终于开完了一个又一个会议,了解了所有搬迁的相关事项,准备下周一就去和居民们谈判。

打听到钱小芙周日下午在学校有网球课,会在五点结束,陆铭熙便把所有的事提前做完,五点前开车赶到了国立新高门口。

天有些阴了,风卷起落叶在空中打着转,不远处的天边还闪过一道闪电。

陆铭熙戴上了帽子,刚一转身,钱小芙便提着网球包从学校里走了出来。

虽然只是一周没见,可再次看到钱小芙,陆铭熙觉得足有一个世纪没有看到她了。她从他的车前慢慢走过去,穿着一身粉红色的运动套装,随意地扎着马尾,一张脸俏丽依旧,却似乎有几分疲惫。

没有睡好吗?还是打网球太累了?陆铭熙轻拧着眉头,之后慢慢地跟在她身后。

从背影来看,竟然还瘦了好多!这丫头是在背着他偷偷减肥吗?难道也秘密代言了减肥药?陆铭熙撇起嘴。

这时公交车开了过来,钱小芙小跑了几步上了车,陆铭熙手忙脚乱地戴好墨镜追了上去。

"同学,刷卡啊。"陆铭熙跟着人群刚挤上去,就被司机拦住了。

"卡?哇!公交车可比国立新高先进多了,竟然可以刷卡!"陆铭熙慢悠悠地从钱包里掏出一张信用卡:"VISA行吗?"然后他把卡贴到了读卡机上。

"同学,你是在搞笑吗?"大胡子司机不耐烦了,"你后面还有很多人,你到底坐不坐?"

"我这不是在刷吗?"陆铭熙也不耐烦了,把卡在读卡机上蹭来蹭去。后面的人已经不满地嚷起来了。

钱小芙刚坐下,就听到了吵闹声,探头一看,挡在车门口的竟然是陆铭熙,她有点儿不敢相信自己的眼睛,用力闭上再睁开。

真是陆铭熙!

她赶紧跑了过去,跟司机道歉:"我帮他刷,实在对不起啊,叔叔。"

"你不是说你没卡吗?"陆铭熙不满地看着她。

"你从来没坐过公共汽车吗?"钱小芙丢下一个白眼就走到最后一排坐了下来。

陆铭熙也挨着她坐下来:"当然没坐过。你还没回答我,你用什么刷的啊?"

"公交卡啊!大明星!"钱小芙把卡贴在他墨镜前,"看清楚了吗?在江城想要坐公交车,最好有这种卡。"

"哦,有公交卡好了不起啊,呵呵。"陆铭熙是真的没见过,但是因为见到钱小芙,所以心情特别好,被她损几句也觉得很乐意。

"果然是含着金汤匙长大的富家子弟啊。"钱小芙把卡收起来。

"喂,不准再发动人身攻击了!"陆铭熙手指着她,然后目光扫向她怀里的网球拍,"你喜欢网球吗?我有网球会所的会籍,要不要以后一起去?"

"不要。你留着自己享受吧。"钱小芙没有心情和他聊天,心里还在为他的突然失踪憋着一口气。

收到告白的第二天,告白者就人间蒸发了,换作任何一个女生都会生气吧?

"钱小芙……"陆铭熙挥着手掌在她眼前晃着,"你在生气吗?"陆铭熙看着她一脸沮丧的样子,就猜到了几分,于是在他心里涌起了小小的喜悦,这可以证明她的心里有他吗?

"不要和我说话,我很困。"钱小芙说着就闭上了眼睛。

陆铭熙微微一笑,伸手绕到她脑后,轻轻一合,钱小芙的头就倒在了他的肩膀上。

钱小芙挣扎,头却被更有力地压住:"不要吵,车上人很多的,睡吧。"

钱小芙虽然还抵抗着,心里的坚冰却一点点地融化开。

"喂,你很想我吧?"陆铭熙压低了声音,嘴上挂着一丝坏笑。

他这是在戏谑她吗?钱小芙用力挣脱他,眉毛拧起来吼着:"喂,陆铭熙!"

陆铭熙一脸茫然地看着她。

钱小芙的怒气这一下彻底被点燃了!他当她是什么?通往情圣路上的练手工具吗?想表白的时候就半夜揽着她说喜欢,想松手的时候就一周不出现,现在又想干什么?试探她的心思吗?

钱小芙虽然没有谈过恋爱,但也看过不少花花公子的故事,正和眼前这一位的做法一模一样!

陆铭熙一看钱小芙的表情有些不对,就赶紧摘下了墨镜:"钱小芙,你是气我上周一直没有出现吧?那是因为突然间发生了很多事……"

钱小芙提起网球包,站起来就走到了车门口。

Chapter 04 第四章
杂草和男神没有交集

"喂！"陆铭熙戴上墨镜赶紧追了过去，见旁边的几名乘客看了过来，还有几个女学生似乎已经认出他，欣喜地用手机对准了他。

陆铭熙原本想要解释，话到嘴边又吞了下去。

该死的人类科技，为什么要让所有人的手机都有拍照功能！陆铭熙愤愤地把脸扭向了一边。

公交车到达站点，钱小芙下了车，快步向前走着。

"钱小芙！"陆铭熙快步追上她，拦在了她面前，因为被学生们拍了照，他的心情也变得不爽起来，"我可以说话吗？我可以给自己解释一下吗？就算要在你心里变成浑蛋，也可以让我说一句吗？我这一周确实没有联系你，让你误会了我向你表白的诚意，我道歉还不行吗……"

"好！我接受了。"钱小芙抬头看着他一脸不耐烦的样子，这位大少爷这是道歉的口气吗？不自觉地，她的声音也冰冷起来："所以，我现在可以走了吧！"说完，她便绕开他继续向前走。

陆铭熙真是被钱小芙的脾气打败了，他再次追上去，拉住了她的衣服："你到底在生什么气？你总可以告诉我吧！"

"我觉得自己很可笑可以吗？"钱小芙冷冷地看着他，"因为你随随便便像说台词一样的一句表白，我就像个傻瓜一样地对你有了期待。期待像雪球一样越滚越大，大到连我自己都害怕的时候，你完全消失了。陆铭熙，你真的是高手，我承认。不过我不是富家小姐，没有有钱的爸爸，没有上亿财产的公司，我玩不起。"

"玩？你觉得我是在玩吗？你知道我为你做了多少让步吗？"陆铭熙扬起眉。他冒着自毁前程的危险，公开承认和她的关系……这会儿又不顾路人的目光，从公交车上一路死缠烂打地追着她，她竟然还说，这叫作玩。

钱小芙不想再说话，将脸扭向了一边。

"你知道那天我拿着你靠过的枕头跑了多少柜台吗？后来知道让我迷恋的那个味道竟然是一瓶价值九块八的洗发水……钱小芙，我还没有成熟到完全不虚荣、不势利，我的成长环境也不允许我这么低三下四地去和一个女生在街上拉扯。可是我都做了，九块八也好，冲着我发脾气的你也好，我通通接受了，你也可以适当地体谅下我的心情吗？"

"所以这一周里你是在自尊和我中间做选择吗？嘀，那真是辛苦你了，不必选了。打从认识你那一刻到现在，我都从来没有接受过你！更没有喜欢过你……"钱小芙的自尊心像刺猬一样被触怒，口不择言地冲他嚷起来，她的脑子一瞬间被怒火占领。

"钱小芙……"陆铭熙见钱小芙的火气越来越大，他手足无措起来，情急之下用力将她揽在怀中，"你明明知道我提起洗发水，并不是你说的那个意思，你一定要这么曲解我吗？"陆铭熙的声音低沉下去。

钱小芙的怒气在这个拥抱里也渐渐平息下来，可是她更明白了和他之间的差距。在她和爸爸忙于生计，忙着努力改善生活的时候，这个生来就住着别墅、开着跑车的男生，在乎的却只是一瓶廉价的洗发水和他那与生俱来的骄傲。

她还有什么必要生气，又有什么资格站在这里要求他道歉？

钱小芙的声音平静下来，她抬头看着他："陆铭熙，如果我告诉你，我家的存款从来没有超过五位数，在没有这些赞助之前，我的每件衣服都没有超过一百块，书包也是从初中一直背到现在的，手机是爸爸用信用卡分期付款买的，家里还欠着很多债，我家的房子还面临被拆掉，可能会搬到更远的地方，我可能还会从国立新高转学到镇子里的中学……那么陆铭熙，你还喜欢我吗？"

陆铭熙被她的话吓住了，他想过她生活得可能很不好，却没想到会是这样的境地。

对，这才是他对她应该有的表情吧？钱小芙苦涩地笑着，她的眼泪也终于滑落下来："陆铭熙，不要再对我抱有希望和期待了，因为除了这些我已经没有可以输的东西了。"

钱小芙低下头："就算是穷人家的孩子，我也不想在大街上哭得这么狼狈，求你让我走吧。"

她挣开他的怀抱，大步地跑了出去。

Chapter 4

大雨很快就下了起来。

钱小芙在雨中走了一个多小时,等到走回家的时候,整个人都已经淋透了。

她站在空荡荡的屋子里,水顺着衣服流到了地板上。

她的眼泪又一次落下来,身子顺着墙壁慢慢地滑下去,脑海里是陆铭熙在她转身那一瞬间迟疑的表情。

他果然犹豫了。在知晓她的一切后,他真的退却了。

钱小芙在泪水中苦涩地笑出来,她用力地抹干眼泪,强迫自己笑着,做得对,钱小芙,做得对。与其以后看着陆铭熙离开自己,不如现在潇洒地先把他拒绝在门外。

她努力地笑着,眼泪却更多地掉下来。

屋子里又开始漏雨了,雨水像开着的水龙头一样"哗哗"地流进来,钱小芙站起来,提着水桶接过去。走到爸爸的房间,床上的被褥已经湿透了,她拿着盆放过去。

水花"啪啪"地打在盆底,溅起透明的水花。

是啊,这才是我的生活。漏着雨的家,被打得湿透的被褥,还有正在地上积聚成小河的雨水。

别说那个一直光鲜华丽的陆铭熙,就是任何男生看到现在这样的她,都会望而却步的吧?

可是怎么办?房子还要继续住下去,被子晚上还要盖,她就连静静地流一会儿眼泪的时间都没有。她穿起雨衣,拿起一卷塑料布走向屋外,沿着梯子爬上了屋顶。

屋顶已经被雨水浇透了,踩上去都是泥泞,她小心地向前走着,刚找到漏雨的位置,突然脚下一滑,狠狠地摔倒在上面。

全身顿时粘满了黄色的泥泞,钱小芙看着自己狼狈的样子,用力把塑料布扔在一边,再也忍不住,在屋顶上号啕大哭起来。

天空中一阵又一阵的雷声响起,在这座窄小的院子外,一辆火红色的跑车静静地停在那。

雨声中夹杂着钱小芙的哭声,陆铭熙关上了车窗,闭上眼倒在了车座上。

手机上谢阿吉的短信还亮着:地址已经发给你,不过你要做好心理受虐待的准备。

谢阿吉在下午把短信发给陆铭熙之前,自己先来了一趟,便早已猜到了陆铭熙会有多强烈的反应。

陆铭熙看着面前这座破旧的房子,门前已经积满了深深的雨水,墙皮一块块地掉下来,一扇铁大门也已经锈得看不出原来的颜色,雨水冲刷中的房子,感觉随时会坍塌。

陆铭熙的手放在车门上，几次想要推门出去，可都缩回了手。他知道，他强大的自尊心又挡在了他的面前。

雨越来越大，一道又一道的闪电在天空中划过，钱小芙的哭声渐渐被雨声覆盖，直到完全听不到。陆铭熙心里一紧，推开车门，踩着积水大步向里跑去。

刚进院子，就看到钱小芙呆呆地坐在屋顶上，仿佛失去意识般，任凭雨水击打，一动不动。

陆铭熙飞快地爬上去，鞋底粘满了泥泞走过去。他在钱小芙面前停了下来。

湿漉漉的长发一缕一缕贴在她满是雨水的面颊上。衣衫湿透，冰冷刺骨地贴着她的肌肤，她目光呆滞地看着远方，完全没有感觉到他的到来。

陆铭熙心里狠狠地拧痛了，他伸手拉起她，脱下自己的外套包在了她头上。

钱小芙猛地愣怔，看着他，不敢相信自己的眼睛。

"你下去吧，我来弄。"陆铭熙把钱小芙推到了身后，自己蹲了下去，用塑料布挡在了漏雨的地方，又把屋顶的泥补在了周边，确定修补好后，又走向了更远处。

钱小芙怔怔地看着大雨中的陆铭熙，他只穿了件单薄的短袖，白色的牛仔裤也很快变得污秽不堪，一张俊美的脸憔悴而苍白。

钱小芙看着他忙碌的背影，眼泪再次失控。她慢慢走到他身后，声音低低的："为什么追过来？"

陆铭熙继续干着手里的活儿，没有回头，也没有回答。

"看到了就应该掉头走开才对，为什么还要进来？"钱小芙用力地抓住陆铭熙的衣服，"起来，这些活儿不是你这个大明星应该干的。不要再干了！"

陆铭熙挣开她的手，补好了屋顶上的最后一条缝隙，才慢慢站起来。

"你这样只会让我觉得更加丢脸，走啊，你走啊！"钱小芙在大雨中冲着陆铭熙大声喊着。

天空中响起了一阵雷，钱小芙的身子不自禁地轻颤了一下。

陆铭熙静静地看着她，然后用力地将她揽在怀里，扶着她一起走下了屋顶。

屋子里，陆铭熙不顾自己一身雨水，拿起毛巾搭在了钱小芙肩上："擦干吧，会感冒。"

钱小芙只是看着他，一动也不动。

陆铭熙走到钱小芙身后，用毛巾轻轻擦拭着她的长发，动作轻柔而缓慢，仿佛对待这世上最珍贵的宝贝。

钱小芙用力地咬着嘴唇，她在心底用力地告诉自己，一定不可以再哭，而眼泪还是

Chapter 04
第四章
杂草和男神没有交集

一行行地落下来。她哭得埋下头去,抽泣声越来越大。

陆铭熙的心口剧烈地疼痛着,颤抖着抚摸她脑后的黑发。他感觉到了她的泪水,那冰凉的,让他每寸肌肤都疼痛的泪水。

"陆铭熙,我真的快要支撑不下去了,我每天穿着因为你而得来的漂亮衣服,听着因为你而得到的赞赏,享受着因为你而得来的羡慕眼光,可是陆铭熙,原来那都不是真的。这才是最真实的我。泥泞又污秽,贫穷又落魄,可是这都不重要。在你没有看到这些之前,我都可以像从前一样,在你面前骄傲又蛮横。可是陆铭熙,我竟然拖着你一起卷入这不堪里,这样的我,会让你觉得自己的爱情可笑吧?我也一直笑话你的虚荣,可十六岁的我,也有那样可笑的虚荣,连同着我的自尊一起……现在,我连回头看你的勇气都没有,你可以走吗?把今天这一幕深深地记在脑子里,把坐在屋顶上号啕大哭的我也一起牢牢地记住……陆铭熙,走吧,求你。"

钱小芙哭得弯下腰去,眼泪成溜儿地淌。

就在半个小时前,她还希冀着下一次见到陆铭熙时,可以当作什么事都没发生,骄傲地仰着脸走过去。可是现在,他看到了她最不堪的一面,她真的什么都不剩了,连与他擦肩而过的勇气都没有了。

陆铭熙的眼泪也扑簌簌地落下来,他伸出手臂从后面轻轻抱住了钱小芙,像这样抱着她,这么近地和她说话,是他一直想要做的事,可是现在他的心沉重得快要窒息。他把头埋在她的颈间,眼泪落在她的肩上,他已经哽咽到一句话都说不出。除了更紧地抱住她,他不知道自己还有什么办法可以留住她。

他真的想留住她。可是来自他身体里的那些生来具有的虚荣和自尊,让他迟疑了。他后悔自己跟来,后悔帮她去修补屋顶,后悔把自己搞得这么狼狈,这些都只会将他和她的距离扯得更远。

他想说自己不在乎,想说他可以让她的生活变得更好,想说不论如何她都是他喜欢的女生。可是现在,他真的说不出口,这院落,这房子,这蓄满了雨水的桶和盆,还有那些被打湿的被褥,这一切,都让他一时真的无法接受。

"钱小芙,从认识你到现在,我们之间从来没有说过一次再见。在我心里,我不愿说,我怕每一次见面都会成为最后一次,我怕没有借口和理由来找你,更怕有一天因为我的身份而伤害你。但是你看,没有任何理由,连可嫁祸的人都没有,让你哭成这样的人还是我。"陆铭熙努力地控制着声音,可抽泣声还是越来越重,"钱小芙,我们是真的要说再见了吗?"

钱小芙用力地点点头,每一下都让自己的心落入更加黑暗的深渊,她用手掌捂着胸

口，来自里边的绞痛快要将她吞噬。

陆铭熙轻轻地松开了她，他真的需要时间好好想一想，需要时间去接受她的一切。他看向门口，手紧紧地握着。

这么窄小的一扇门，他却真的没有勇气推开它。他知道，这一步走出去，他与钱小芙就真的再也没有可能。他在等着钱小芙回头，他知道他所有的挣扎和犹豫，只需要她留他的一句话，就可以全盘涣散。

他只是想要一个能让自己坚持下去的理由。

钱小芙静静地站在那里，几分钟后，她抹干了眼泪，转过身来推开房门："你走吧。"

陆铭熙看着她，一双眼里尽是碾碎的疼痛。

"因为想要忘记今天的事，就要把从前和你在一起的那些美好的回忆也一并忘记。好可惜。"钱小芙抬起头来，终于看向陆铭熙，"你在这里多待一分钟，我的自卑感就会加重一点儿。陆铭熙，请你放过我，好不好？"

陆铭熙转脸看向外面，手指紧紧捏着门框，终于大步走了出去。

Chapter 5

钱爸爸和镇长在市里办事，看到外面下起雨，想起了漏雨的屋顶就急着往回赶。

结果大雨淹没了回镇子的路，直等了三个多小时，雨渐渐小了，工程队赶到排除了水，他才急匆匆地赶了回来。

他一进门，就看到钱小芙正在用吹风机烘着他的被褥，而她自己一身的泥泞。

"这是怎么了，小芙？你摔倒了吗？怎么也不换身衣服？"

钱小芙举着吹风机已经在床边坐了一个多小时，听到有人说话，这才缓缓抬起了头："哦，被子湿了，晚上你没办法睡了。"

"唉，这个一会儿爸爸自己弄，你先把身上的衣服换了。"钱爸爸上来拉起钱小芙，这才看到她双眼肿得像核桃一样，"你没事吧？在学校受欺负了吗？"

钱小芙摇头，把吹风机递给爸爸，走进了自己的房间，关上门。

钱爸爸一脸担心的模样，再回头看看原本漏雨的地方，已经都修补好了："难道是她自己上去弄的，才会一身泥吗？"

钱爸爸走到钱小芙的房门前："以后不要干这么危险的事了，这么大的雨，摔下来可怎么办？等爸爸明年赚了钱，咱们就盖一座新房。"

钱小芙换好了衣服慢吞吞地走出来："不是说这里要拆了吗？"她努力装作一副没事的样子，不想让爸爸担心。

"有我在，这房子拆不了。今天我和镇长都商量好了，明天等那帮家伙过来，我们有的是对策让他走。"钱爸爸走进了厨房，"我先做饭，你写作业吧。"

"嗯。"钱小芙低低地应一声，拿着书包走到了桌子前，书本也基本都湿了，她把它们拿出来一本本地晾在桌角，对着台灯又一次发起了呆。

吃过晚饭，爸爸接到了镇长的电话，说要谈事情，便匆匆出去了。

她走到爸爸房间里，从抽屉里拿出了一张发黄的老照片。上面的一家三口笑得很幸福。钱小芙手指抚摸着相片中那个美丽的女人，声音低低的："妈妈，你还不回来吗？爸爸还在为了你，死守着这座房子呢。"

每个人都有自己想要守护的人。爸爸守着旧房子，是怕有一天妈妈回来找不到他们。那么她呢？她想守护的人是谁呢？

钱小芙趴在桌子上，怔怔地看着相片，是陆铭熙吗？还是她自己？就那么想着，钱小芙不知不觉地睡着了。

不知过了多久，手机突然响了起来，钱小芙迷迷糊糊地接起了电话，一个陌生的声

音传过来:"是钱小芙吗?我是谢阿吉,陆铭熙的经纪人。"

"哦,是我。"钱小芙清醒过来。

"他还和你在一起吗?手机不接,短信不回,我现在就差报警了,你知道吗?换他接电话!"谢阿吉的声音快要爆炸了。

"可是,他不在这里啊。"钱小芙回头看了眼墙上的钟,一下子紧张起来,已经是凌晨三点了,陆铭熙还没有回家吗?

"不在你那里?他明明是和我要了你的地址啊,你们几点分开的?他有说去哪里吗?"

"没有。我们分开的时候也就七点多吧。"钱小芙也忍不住着急起来,"我试着打给他看看,一会儿回电话给你。"钱小芙挂了电话就直接拨给陆铭熙。

"您拨打的电话已关机。"

钱小芙更加慌张起来,难道是出了意外吗?每次镇子下大雨,路都会被淹没……想到这里钱小芙坐不住了,慌忙跑出了屋子。

边走边给镇子的治安所打着电话,如果有车子发生意外,从那里一定打听得到。

她打开大门跑了出去,刚出巷子,就看到了一辆红色的跑车静静地停在那里。

钱小芙的心猛地一颤。

车上的人正靠在车窗边双眼茫然地看着前方,在看到钱小芙时,猛地坐了起来。

钱小芙站在细雨中,穿着一双拖鞋,深夜的冷风吹拂着她单薄的睡裙。

陆铭熙飞快地开门走下来,大步走向她。

"你为什么还在这?"钱小芙的声音微微发着颤,"给你的经纪人回个电话吧,他……"

钱小芙刚说到一半,陆铭熙就伸开胳膊把她整个人拥在了怀里。钱小芙刚想挣脱,就听到他的声音在耳边轻轻响起。

"就一分钟。"

钱小芙不再挣扎,任他那么静静地抱着。

陆铭熙闭上了眼睛,一行泪轻轻滑下来。温热的泪水落在了钱小芙的手上,在她心里也激起一阵涟漪。

"钱小芙,我会等你的。"陆铭熙的声音低低的,"今天下午你走的时候没有追上你,抱歉。刚才在你家里,丢下你走掉,也抱歉。早知道自己现在会这么后悔,当时就应该抛开所有顾虑,告诉你我喜欢你。钱小芙,隔在你和我中间的,并不是虚荣和自尊,是你觉得自己卑微的心。你的家、你的一切我都看到了,我接受了,原来接受这些比我想象中简单。我等在这里,就是想告诉你,我的门已经打开了,会等着你能够接受

Chapter 04
第四章
杂草和男神没有交集

我的那一天到来。"

钱小芙转头看着他,他的目光笃定,一张俊美的脸上写满了真诚。

"一分钟到了。"钱小芙从他怀中退出来。

"和记者们说好的高中毕业,现在只过了一个月。钱小芙,你会来我身边的,对不对?"

钱小芙转过身跑了回去。

关上房门的一瞬间,一阵疼痛袭上她的心头,细节越清晰,疼痛越明显,眼泪先是一颗一颗地毫无预兆地落下,然后渐渐不能自已,钱小芙坐在地上,埋首放声痛哭。

陆铭熙,我没有办法战胜自己这颗卑微的心,也没办法说服自己去占有那么好的你。我知道自己输不起,我没有信心拥有你的爱一直到永远。

如果有一天失去你,我将会连原来的钱小芙都不是,我无法想象自己会脆弱和无力到什么样。

或许,真的会死吧?

Chapter 6

陆铭熙不记得自己是怎么回到酒店的,衣服还没有干透,他就那么冷冰冰地穿着缩进了沙发里,怔怔地看着窗外的天空,从一团漆黑到天际泛起鱼肚白。

眼前全是钱小芙的脸:微笑的,苦恼的,生气的,流泪的。

陆铭熙把头深深地埋进枕头里。从什么时候起,钱小芙已经这么深地浸入他的脑海、他的身体,甚至是他的所有神经和细胞里?

只要想到她,他的心就会莫名地跃动起来,前所未有地澎湃。她的喜怒哀乐像细菌一样在他的体内流窜着,一路蹿向他的心房。

它们聚积在他的心脏里,攒动着,碰撞着,然后他便如同被复制一般,跟着她的喜而笑,跟着她的泪而痛。

而此时心底最深处,正在被一点点地入侵着,那些属于钱小芙的细菌正在吞没他的骄傲、他的自尊、他的一切防御,不可阻挡地攻进来。

他听到他的心墙如轰然倒塌的楼宇一般。

她吞噬了他的所有。他几乎没有挣扎,他丢盔弃甲。

他知道,没有任何痛会比失去她、永远不能再见到她,更加让他痛不欲生。

窗外,太阳终于升起来,新的一天又一次到来。

陆铭熙慢慢地坐起来,换掉了一身潮湿的衣服,走进卫生间里洗了一个热水澡。

氤氲缭绕的雾气中,他看着镜子里的自己。

想要靠近钱小芙的心,想要让她放下心理防线,他要做的不是同她一起卑微下去,不是把自己也变成人人可欺的弱者。

而是要变成她足够强大的依靠。他必须给她安全感,让她真的可以依赖他。

他不只要当偶像巨星陆铭熙,他还要继承陆氏集团,他要接下她的人生。

他从淋浴房中走出来,精心地整理好了自己,特意从衣柜里选了一身黑色的西装,还搭配了纯白色的衬衣,然后给胡伯打了电话。

"是今天去雨石镇吧?"

"对,约了对方的人下午四点见面,我们三点从公司出发。"

"好,我知道了。"陆铭熙挂了电话,对着镜子里的自己握拳。

"为了钱小芙,加油,陆铭熙!"

午后,陆氏地产集团。

Chapter 04
第四章
杂草和男神没有交集

陆铭熙刚走到集团门口，就看到了爸爸的车子正开出来。

黑色的保时捷缓缓停下，车窗下滑，露出了陆云溪的脸，他上下打量着陆铭熙，淡淡地扔出一句："最近没钱花了吗？"

陆铭熙被爸爸另类的开场白搞晕了："还……还好啊。爸，你是要给我钱吗？那帮我付修车费就好了，我还欠着车行的修车费呢。"

陆云溪又看了他一眼，怎么别人穿西装都显得正经，自己的儿子穿起来就看着无比怪异呢？难道是这些年看习惯了他穿的那些亮闪闪的衣服吗？但看在他认真对待的分儿上，陆云溪决定不打击他了，只是淡淡地说了句："如果真打算来公司帮我，也不用非穿成这样，把你的爆炸头压下来就行了。许真，开车吧。"

陆铭熙不满地撇着嘴，突然从爸爸嘴里听到了许真两个字，赶紧把头伸到了车里，往前一看，竟然真的是许真！他大喊起来："你在这里做什么？"

"我……我被调来给陆总开车，谢阿吉没告诉你吗？"许真回过头答得结结巴巴。

"你该不是……从一开始就是我爸派来我身边的间谍吧？"陆铭熙突然问道。

"哈，哈哈，当然不是了。"许真压低了声音，"对了，你修保险杠的钱陆总已经付过了。"

"是吗？"陆铭熙这些天来终于听到了一件开心的事，立刻把间谍的事忘到了脑后，他把头转向了陆云溪，拿起他的手用力地亲了一下，"老爸，今天我一定给你搞定雨石镇那块地。"

陆云溪看着手背上的那团口水，眉毛都皱了起来。

车子重新启动，陆云溪从后视镜里看着儿子，不由得就笑了出来："许真，他一直是这么不正常吗？他的粉丝知道吗？"

陆铭熙在门口等了不一会儿，胡伯就带着四个人走了出来，一辆商务车停在了他们面前。

"走吧，镇子里的人已经在等了。"

陆铭熙点点头，钻进了车子里。

胡伯挨着他坐下来，看了看他的装扮，忍了许久才终于问出来，"你最近手头很紧吗？"

陆铭熙不解地看着胡伯。

"你这身西装是借来的吗？"胡伯也同样不解。

"唉！真是的，您出来的时候没戴老花镜吗？我这套西装是阿玛尼、阿玛尼的

啊！"陆铭熙从胡伯手里抢过一沓文件，胡乱地翻起来。

"呵呵，真的吗？这个牌子的衣服现在真是越来越丑了。"胡伯由衷地感叹道。

陆铭熙手下一用力，不小心就撕烂了其中一张纸，前排的人也转过了身，他也轻轻地笑出来："呵呵，纸真是越来越不经用了呢。"

陆铭熙低头想要把那块纸拼回去时，却无意中在文件上看到了一个熟悉的名字：钱汇友。

真的好熟悉。陆铭熙拿着纸片贴在胡伯眼前："这个人是谁？"

"哦，钱汇友，简直是雨石镇的带头大哥啊。长得呢，就很善良，笑呵呵的样子。原本以为是最好说服的一个人，却没想到，在全镇人都同意搬迁的时候，他的一句话就让居民们全反悔了。"

"他这么有能耐吗？可我好像真的见过这个名字。"陆铭熙努力地回忆着，他分明还取笑过这三个字，可是偏偏想不起来，就继续问下去，"那镇子里的人为什么反悔呢？"

"说是有大师来给看过风水，说雨石镇这个地方是千年的风水宝地，大家住在这里都是老天挑选出来的，谁要是搬走了，将会连着三代倒大霉。"

"这样都有人信？"陆铭熙真是服了这镇子里的人。老天选择的人会住在这里吗？应该住皇宫里吧？

"那怎么办？"陆铭熙问道。

"这是刚才出来的时候陆总给的批文，如果他们同意搬走，可以把市二环刚建起来的宝苑明居给他们住，户型随意选。"胡伯拍拍陆铭熙的肩膀，"这件事董事会一定不知道，是陆总为了让你顺利完成任务给的特批，所以今天我们一定能成功。"

宝苑明居——开盘的时候房价就已经上万了，爸爸这次为了他还真是动了大手笔。

陆铭熙目光看向窗外，如果这样的条件开出来，镇子里的人还不答应，那他们就真的是老天挑选的人了。

车子在郊外的路上飞驰着，半个小时后，一块写着"雨石镇"的牌子出现在路边。

车子缓缓停下。

"走吧。"胡伯先下了车，陆铭熙跟着走下去，刚一下车就被镇子口围得满满的人吓了一跳，他们头上缠着红布，手里握着横幅，一个个雄赳赳的样子，哪是像要谈判，分明就是来火拼的。

"别怕，他们一直是这么迎接咱们的。"胡伯给陆铭熙打着气，说完便自己先走了过去。

第四章 杂草和男神没有交集

陆铭熙伸长了脖子张望着对面的人,从三岁到七十岁的人几乎都占齐了,他目光扫视人群,突然就发现一个缠着红布、系着红腰带的中年男人很眼熟。

他脑海里飞快地搜索着他的身影,再一转眼看到了他身后的那条街。

顿时整个人就傻了。

钱汇友!钱小芙的爸爸。而他身后的那四条车轮印,正是他昨天晚上留下的!他赶紧掏出手机查看谢阿吉发来的钱小芙的地址,上面清清楚楚地写着雨石镇!

他竟然没把这两件事联系在一起!

现在怎么办?

陆铭熙慌了,他昨天才来和他女儿表白,说要一直等着她,为了她变强大。今天就领着人来拆她家的房子……就算换作他是钱爸爸,他都一定会打断自己的腿。

胡伯和其他四个人已经走过去了,被这群人乌泱泱地围着向里走。陆铭熙赶紧跑回车上找着可以挡住脸的东西。

在车后座里,他找到了一个画着喜羊羊的口罩。

司机慢慢地回过头:"小陆总,那是我女儿的。"

陆铭熙从钱包里掏出一百块递给他,"我买了。"然后跳下了车。

陆铭熙对着车窗照了照,一身阿玛尼的深色西装,配一副迪奥的墨镜,整个人相当有型,然后他把口罩费劲地戴上,再看向车窗。

他冲着自己的影子点点头,"丑一点儿,也总比被打断腿强。"然后迈开大步走向了镇子。

Chapter 7

"不管你们提什么条件,我都代表这里的一百零七户居民拒绝你们!"

"对,我们誓死不搬走!"

陆铭熙顺着声音走进了一座院子,刚一进来他的心都快要碎了,这不就是他昨天修补过屋顶的钱小芙的家吗?他猫着腰悄悄地挤进了人群中。

钱爸爸正和镇长带领全体居民反抗着,中间一张桌子上坐着胡伯和其他四个人。

"先别激动,这是我们陆总今天特意批的文件,如果你们肯搬,市二环那里新建的宝苑明居,你们今天就可以拿到钥匙。"

"宝苑明居?"

"听说那里很贵啊。"

"好像都是有钱人才能住的地方。"

人们开始有些动摇了。陆铭熙推了推墨镜继续向前凑,看来陆云溪只是让他来凑个数,胡伯一个人就可以搞定全局了。

"大家不要听他的,他们肯拿市价一万多块的新房来换我们的地,这说明了什么?说明他们也知道这块地有多宝贵!他们做生意的,更讲究风水,会做赔本买卖吗?大家千万不要动摇!我们誓死不搬!"钱爸爸突然杀出了一句话。

"对,大家都冷静!咱们得齐心啊!"镇长在一边鼓着劲。

"说得对!你们这些骗子。"

"有钱人没有好东西!"

瞬间,人们又倒回了钱爸爸的阵营。

陆铭熙此时已经挤到了胡伯的身边,看着人们越来越激动,他怕伤到自己,就慢慢地往后退了一步。结果钱爸爸眼明手快,一把拽住了他的衣服:"你是谁?你是记者吗?你躲在这里干什么?"

陆铭熙眼睛猛地瞪大,慌忙摆着手:"不是不是,我不是记者。"

"那你是谁,以前怎么没见过你?大白天戴着小孩的口罩,你想干什么?"钱爸爸正在气头上,见他鬼鬼祟祟的样子,一伸手就扯掉了他的口罩。

不怕!他还有墨镜!钱爸爸不会认出他的。陆铭熙刚想扶住墨镜,谁知旁边一位大妈手更快,一把扯下了他的墨镜。

陆铭熙的脸完全暴露了!

"啊,这个男娃真好看啊!"一位目测有七十岁的老太太感叹了一声。

"是哦,长得好像明星啊。好像在电视上见过呢!"一个小孩也喊了起来。

Chapter 04 第四章
杂草和男神没有交集

"他不就是镇口广告牌上的那个人吗？"一个小姑娘指向了不远处那块高高立着的手机广告牌。

众人七嘴八舌地议论的时候，唯独钱爸爸却不说话了。他看着眼前这个漂亮的男生，认出了他是那天送小芙到医院的陆铭熙。

陆铭熙。陆氏地产。

钱爸爸顿时明白过来，他一脸严肃地看着陆铭熙："你是陆氏地产的公子吗？"

"哟，看您，说公子多不好意思啊。我是老板的儿子……"陆铭熙刚说一半，就被胡伯一把拉到了身后。

"他还小，是来跟着看看的，条件还是我们继续谈。"胡伯挡在了钱爸爸身前。

"钱爸爸，他不是在电视上说要追小芙的那个孩子吗？怎么还来逼咱们搬家啊？"一位大妈突然插了一句。

陆铭熙咂着嘴把脸扭到了一边，就是说嘛，这事要是钱小芙知道，他还怎么见她啊？

"小子，我不会搬的，你要是以后还想见到小芙，最好现在带着人走，以后作为陆铭熙你可以来找她，但是作为陆氏的公子，我会打断你的腿。"钱爸爸让开了一条道，"给我走！"

"叔叔，你家的屋子真的已经很旧了，漏雨也严重，我那天补了好久才修好。让你们搬去的新居是市里现在最热的楼盘，别人排号都买不到……"陆铭熙耐心地解释着。

"你不走是不是？"钱爸爸顺手从地上拿起一块砖头，刚一提起来，众人就纷纷退到了一边，胡伯立刻挡在了陆铭熙前面。

"钱汇友，你不要冲动，伤人是要坐牢的！"看着钱爸爸一脸坚定的表情，胡伯的声音也有些颤了。

"叔叔……"陆铭熙从胡伯身后挤出来，刚想伸手拿过他手里的砖头，谁知钱爸爸就抡起了那块砖用力地砸了下去……

国立新高。

"因为高三年级明天模拟考试要占用教室，所以高一年级晚自习取消，现在就可以回家了。"班主任在下午第三节课后宣布了放假的消息。

震耳欲聋的欢呼声中，同学们都兴高采烈地收拾东西，冲出了教室。

钱小芙蔫蔫地整理着书包，完全没有因为放假而兴奋。

"昨晚没睡好吗？"黎阳伸手帮她把书都塞进书包里，"你看起来很没精神。"

钱小芙抬起头:"好像每一次不睡觉的时候,都会被你发现。"

"这次又是为了什么?"

"黎阳,我想和你说件事。"钱小芙一本正经地看着黎阳。

黎阳认真地点点头。

"我家住在一个小镇子里。"钱小芙停顿了一下,看着黎阳的表情,见他没有一点儿反应,就继续说,"住着那种屋顶会漏雨的小房子。"

黎阳依然一脸的平静。

"每一次下雨,爸爸都会上屋顶去修补缝隙,家里的地上会摆满大大小小的盆,有时候地板上会流成一条小河……"钱小芙还故意夸张地比画着。

黎阳依然没有反应。

"喂,你是不是想象不出来这样的房子,所以才无动于衷啊?"钱小芙只是想试一试,这些话会给一个人多大的震撼,但是可惜,在黎阳这里似乎试验失败了。

"不是想象不出,而是我住过这样的房子。六岁的时候吧,也看着别人到屋顶上去修补过,一身泥泞地回来,所以我不觉得多惊奇啊。"黎阳耸耸肩,答得很自然。

"原来你也不是一生下来就住在别墅里啊,看来你和某个人还是不同的。"钱小芙低着头,拎着书包从黎阳身边走过去。

"陆铭熙在意这些吗?漏雨的房子?老旧的小镇?"黎阳跟在她身后走出了教室。

钱小芙不作声。黎阳轻轻一笑,快走两步拦在了钱小芙面前。

"我猜得没错的话,这些事你也不愿意让他看到吧?"黎阳抬起眉毛问道。

钱小芙长长地叹口气。

"那为什么对我说呢?担心他会因此而瞧不起你,你却一五一十地告诉了我。"

钱小芙怔住。对啊,分明是很难启齿的话,分明说出来都会觉得难为情,她却可以坦白地、没有任何负担地告诉黎阳。

这是为什么?她抬头看看黎阳,一脸的困惑。

"我可以理解为,因为你从来没有想过要和我发展成为情侣,所以才能坦荡吗?"黎阳抿着嘴唇看向她。

是这样吗?在内心里黎阳或许是她在这所学校里最能信任的人,她可以在他面前呈现真实的自己,哪怕是不堪,哪怕是卑微……所以,她从来没有想过要和他相爱吧?

"我猜对了。"黎阳也轻吁口气,揉揉额头,"怎么办?好伤心呢。"

"黎阳,我……"钱小芙看着他忧伤的脸,不知道要说什么好。

"好啦!我会那么脆弱吗?我可是连亲子鉴定都做过的人。"黎阳拎过她的书包,

Chapter 04
第四章
杂草和男神没有交集

把胳膊自然地搭在钱小芙的肩上,"所以陆铭熙是怎么做的,逃跑了吗?"

"没有。他说会一直等我,等我可以接受自己的卑微,接受那个光鲜的他。"钱小芙的声音低低的。

"同意。"黎阳点着头,"陆铭熙果然还不差。你不接受他的原因,全部来自你自己,不论他是不是光鲜,也不管你是不是住在那样的房子里;而是你打内心里还不能坦荡地对待自己。"黎阳停下来,双手握住钱小芙的肩,"什么时候你对待自己,可以像对待我一样坦荡呢?没错,我就是住在那样的房子里;没错,每当下雨的时候地上的雨水会积聚成河;没错,我就是一个贫穷的女生。可是钱小芙,那又怎么样?贫穷是罪吗?没有财阀的爸爸也是罪吗?在我的概念里,这个世界上只有做了坏事的人才会抬不起头。你来告诉我,你错在哪里?又卑微在哪里?"

钱小芙怔怔地看着黎阳,一直尘封起的心,因为他的话而一点点地松动着,他真的是个很奇妙的人哪。好像什么话从他嘴里说出来之后,就仿佛万能的钥匙一样,可以解开这世上所有的结。

"黎阳。"钱小芙终于笑了出来,"你好厉害。你真的没有选修过心理学什么的吗?你有救死扶伤的本事呢。"

"救死扶伤吗?"黎阳也笑,他指了指额头上的那块纱布,"我连这点儿小伤都处理不了,到现在还疼呢。倒是你,钱小芙,你好些了吗?"

"嗯!"钱小芙重重地点点头,"虽然那种卑微的心情不会一下子完全释放掉,可是我真的好了许多。"钱小芙刚说到这里,手机就响了起来。

她摸出手机,上面显示着镇长。她的眉头轻轻皱起来,接起了电话。

镇长慌乱的声音在电话里响起来:"小芙啊,你快回来!你爸爸被来谈判的地产商打伤了!"

"什么!"钱小芙猛地喊了起来。

Chapter 8

"叔叔,叔叔,你不要吓我,我们去医院好不好?"钱小芙家的院子里,钱爸爸的额头正汩汩地流着血,人倒在地上一动不动,旁边是一块沾了血渍的砖头。

"谋财害命了,你们有钱人了不起啊!"一位老奶奶拍着大腿就坐到了地上,哭喊了起来。

胡伯和旁边四位同事也急得团团转,说要先送钱爸爸去医院,镇长却死命地拦着,非说要等电视台的记者来。

一个陆氏集团的年轻人看不过去了,他冲到了钱爸爸身边,用脚踢了他一下:"喂,你不要装死了,明明就是你把自己伤成这样的!"

"哎哎哎!"陆铭熙站起来一把扯住了年轻人的衣领,"你叫什么名字,哪个部门的?人家都受伤了,你没有同情心吗?"

"可是现在怎么办?等电视台的记者来报道吗?他们那边人那么多,到时候不是他说什么就是什么吗?"年轻人也急了,跟陆铭熙吼起来。

"够了!我会处理,你站到后面去。"陆铭熙的表情也冷峻起来,他用力地推了那个人一把,然后重新转过身,看着在场的所有人。

"请记者也好,上新闻也好,我们先送钱先生去医院好吗?到时候你们想搞大声势,可以让记者到医院去!"

"铭熙!"胡伯扯了扯他的衣服,摇了摇头。

"我知道,这次的事爸爸不希望上新闻,但是钱先生已经受伤了,不能再拖下去了。"陆铭熙说到这里,就蹲下身扶起了钱爸爸,"您忍着点儿,我马上带您去医院!"

"放开他!"镇长扑上来一把抢回了钱爸爸,"谁知道你们打的什么算盘,伤了人就想走,没那么容易!"

"那把我留在这里,送他走行不行?"陆铭熙也急了,再次上去抢人。

见陆铭熙和镇长已经拉扯起来了,胡伯和其他年轻人也赶紧围上去帮忙,镇里的人一看镇长要吃亏,便也一窝蜂地拥了上来,几十只手在钱爸爸的身上拉扯着,场面顿时变得一片混乱。

在一边看热闹的小孩突然"哇哇"地大哭起来,坐在地上的老奶奶也哭喊得更加卖力了。

黎阳开着车带着钱小芙刚到镇子,就听到了哭喊声。钱小芙飞快地往里跑,一直跑进了自家院子。看到几十个人在地上拉扯在一起,正打得不可开交,她才大喊了一声:

Chapter 04
第四章
杂草和男神没有交集

"住手啊!"

没有一个人听到她的喊声,人们继续在土里翻滚着。

"住手!快住手!都给我住手!"陆铭熙费尽全身力气从人堆里挤了出来,西装已经被扯烂了,脸上也被抓出了几道红印,他冲着人群大声喊着。

黎阳挤进人群中,用力地将两拨人分开,乱轰轰的吵闹声才终于平息下来。

陆铭熙被拉扯得都快站不住了,他看见了地上的黎阳,再一抬头看到了站在几米外的钱小芙,猛地愣住了。

"钱小芙……"他跌跌撞撞地从那些人中间走出来,向后指了指,"你爸爸受伤了。"

钱小芙看到了黎阳刚刚扶起的一个男子,他头发蓬乱,衣服被扯得稀烂,头上还流着血,她的眼泪瞬间就掉了下来。她飞快地扑过去,喊着:"爸爸,我是小芙,爸爸,你听得到吗?你醒醒!"

钱爸爸的头沉沉地垂着,没有一点儿知觉。

"送他去医院。"黎阳将钱爸爸扶起来,冲着还在发愣的陆铭熙喊了一声,"还不来帮忙!"

"哦,哦!"陆铭熙还没有从刚才的混战中缓过神儿来,听到黎阳叫他后,才急忙转身跑回来,手刚握住钱爸爸的手臂,就被用力地打开了。

"不要碰我爸!"钱小芙站在他面前,一脸愤怒的表情,"陆氏地产的儿子,你真是了不起!"

"钱小芙,不是你想的那样!"陆铭熙解释着,他知道不管是谁看到刚才的情景都会误会。他伸手抓住了钱小芙的衣服:"这样,我们先送你爸爸去医院,我晚一些和你解释……"

"陆铭熙,拿开你的手!"钱小芙看着他的目光没有一丝温度,冰冷得仿佛他是她的仇人一般。

黎阳已经背着钱爸爸从院子里跑了出去,镇长原本还是一脸镇定的样子,但是见钱小芙赶回来后,钱爸爸都没有醒过来,也意识到了事态重大,慌忙跟了出去。

胡伯的眉头紧紧地拧起来,拍着旁边的人:"还不跟着去医院!"

围观的人也都跟着跑了出去,钱小芙狠狠地甩开了陆铭熙的手,在他正要说话的时候,扬起手便给了他重重的一巴掌。

响亮的一声,让刚走到门口的胡伯赶紧回过了头。

陆铭熙愣住了,他看着钱小芙声音轻颤着:"在你心里我是什么样的人?钱小芙。"

"有钱人,仗势欺人的人。还想听吗?我还有很多词可以形容你。"钱小芙气得身子发着抖,"这样拒绝怎么样?够明白了吧?陆铭熙,我以后再也不想看到你!"钱小芙说完,头也不回地跑了出去。

陆铭熙的脸上火辣辣的,心却像跌入层层寒冰之中,被一根根的冰凌刺伤,痛得他用力地捂住了胸口,喘息着。

胡伯飞快地走回来:"没事吧,铭熙?这个小姑娘真的误会你了,我去帮你解释!"

陆铭熙转手拉住了他,摇头说道:"不用了,你们去医院吧。"说完就从院子里走了出去。

陆铭熙走上商务车,仰着头靠在椅背上,手指轻颤着戴上了墨镜,刚一戴好,一行泪水便从镜片后飞快地滑落下来。

司机察觉陆铭熙有些不对劲,小心翼翼地问着:"小陆总,他们都去医院了,咱们呢?"

"送我回酒店。"陆铭熙的声音哽咽着,他仿佛在一瞬间失去了全部的力气,就像被拍在岸边的鱼一般翕动着嘴唇,等待死亡。

他现在什么都不想做,别的都不去想,只想赶紧离开这里。

离开一切有钱小芙的气息的地方。

第五章 夜幕下黎家的神秘人
Chapter 05

Chapter 1

仁爱医院。

钱爸爸被送进医院的时候,天已经黑了。

来的路上胡伯听说记者们得到了消息,已经围在了陆氏地产的门口,他给镇长放下了厚厚一沓钱,就带着人先赶回公司了。

此时,钱爸爸已经在急救室里抢救一个多小时了,镇长和黎阳在急救室外的长椅上坐着,钱小芙则焦急地站在门前,不住地向里张望着。

急救室的灯终于灭了,一名医生走了出来。

镇长和黎阳赶紧围了过去,钱小芙握住医生的胳膊,马上就要哭出来的样子:"我爸爸怎么样?他有没有事?"

"病人因大脑缺氧而休克。刚才已经给他检查过了,基本体征都正常,病人现在已经醒了,你们可以进去了。"

"都正常?不是伤得很严重才会晕过去吗?"钱小芙拉着医生不放。

"除了头上这一点儿伤,病人没有任何外伤,其他体征也全部正常。具体的检查结果明天会出来。"医生推开钱小芙的手走开了。

"镇长叔叔,我爸爸不是被陆氏的人打晕的吗?"钱小芙扭头看着镇长,她听了医生的话觉得事有蹊跷。

"唉,你爸爸的头是他自己用砖头砸伤的,我们原本打算用这个办法把陆氏地产的人吓回去,让搬迁的事再推一推……"镇长知道瞒不过,就说了实话。

"这么说对方根本没有动手?都是你和爸爸在演戏?"

镇长不好意思地点点头:"其实陆氏今天给的条件已经非常优厚了,竟然让出了市里一个高档小区让我们搬过去,要不是乡亲们同情你爸爸,想帮帮他,这样的条件傻子才会拒绝。"

这么说,真是她误会了陆铭熙。钱小芙的心猛地就沉了下去,她竟然还伸手打了他一耳光。

黎阳见钱小芙一脸懊悔的表情,猜到钱小芙心里在想什么,便伸手握住了她的肩:"先进去看看叔叔吧,其他的事一会儿再想吧。"

钱小芙点点头,推门走了进去。

钱爸爸正和护士聊着天,见女儿进来,赶紧闭上了眼睛装睡。

钱小芙拉起爸爸的手:"别装了,我都知道了。"

钱爸爸不好意思地睁开了眼睛:"都是我自己的主意,和镇长没关系。本来我躺

Chapter 05 第五章
夜幕下黎家的神秘人

得好好的，那个陆铭熙非要抱着我去医院，镇长怕露馅就上来和他抢人，争来争去，双方就真的打起来了，我觉得胸口一闷，就什么都不知道了。小芙啊，你做人可不能学爸爸，这是特殊情况，下次我绝对不会再装了。"

钱小芙弯下身子轻轻地抱住了爸爸："没有人会怪你的，但是爸爸，我们这么等下去，妈妈真的会回来吗？"

钱爸爸叹口气："能拖一天是一天吧。"

黎阳听到这里，钱爸爸的心思他也就都明白了。他转身看着镇长："时间不早了，钱叔叔既然没事了，我先送您回去吧。"

"哦，好！"镇长也看出黎阳是想让他们父女俩单独聊一聊，便识趣地和黎阳一起走了出去。

"小芙，你没有和陆铭熙生气吧？人家陆氏开出的条件真的已经很好了，我看着乡亲们也都动心了，千万别因为这件事让他们又反悔呀。那我就太对不起大家了。"

"不会的，陆氏那么大的公司，怎么能出尔反尔呢？你要是想通了，等你出院我们就搬家吧。"

"嗯。"钱爸爸摸着女儿的头——想，看来这次是真的要搬了。

黎阳送完镇长之后，又返回钱小芙的家，帮钱爸爸收拾了一些衣服和日用品，出门的时候看到了桌子上的一张老相片。

是钱小芙儿时的。那个时候的她还扎着两根羊角辫，脸胖嘟嘟的，一笑起来眼睛变成了一条缝儿。

时间是十二年前的春天。正是他认识钱小芙的那年，也是钱妈妈离开的那年。

她和钱爸爸努力地不想搬走，就是怕钱妈妈有一天回来，找不到他们吧？

黎阳的手指轻轻抚着相片上的小女孩，情绪又回到了当年见到钱小芙的那一刻。

她从农田里拉起满身是泥的他，把他带到了一个稻草人的面前，娇嫩的小手摸着他的头，声音嗲嗲地说："小哥哥，这个稻草人有魔法哦，只要对着它许愿，你就一定会找到你妈妈的，你要相信我。"

转眼十多年过去了，那个胖嘟嘟的钱小芙早已长成了亭亭玉立的少女，而他这个小哥哥也早已历经重重磨难，重新回到她的身边。

黎阳的脸上重新挂起了笑容，他对着相片柔声说道："钱小芙，现在该你相信我了，我一定会让你幸福的。"

黎阳回到医院时，钱爸爸已经睡了，他把东西放下，就跟着钱小芙一起走了出来。

　　黎阳看着钱小芙通红的眼睛，不禁用手伸过去摸了摸："我走之后，你和钱爸爸抱头痛哭了吗？"

　　钱小芙苦涩一笑，走到长椅边坐了下来。

　　"今天幸好有你。"她的声音里满是感激。

　　"幸好今天去的人是陆铭熙。"黎阳目光看向前方，"如果别的什么人带头去，或许你爸爸就真的会受伤了。陆氏的人也不傻，是不是装晕，是不是演戏，他们分得出来。"

　　"你是想让我去和陆铭熙道歉吧？"钱小芙听明白了黎阳的意思，他不想让她错怪好人。

　　"我送你爸爸去医院之后，你和陆铭熙又发生什么事了吧？如果只是简单吵了两句，你不会有这么后悔的表情。"

　　"黎大侦探，你再这样下去，我真的很有压力。好像什么都瞒不过你。"钱小芙不自在地搓着手指头，"我……我打他了。"

　　"果然。"除了动手打他，黎阳想不出还有什么事，能让她有那么深的内疚感。

　　"什么叫果然啊？"钱小芙嘟起了嘴，"在你心目中我就是一个很差劲的女生吧？"

　　"你不差劲，我只不过是真心为陆铭熙感到委屈。跟你在一起之后，他应该很辛苦吧？先是冒着要断送星路的风险，公开承认恋情，之后又天天被你的敏感神经折磨着，好不容易表白了，又要强行去接受你与他完全是两极的家庭和背景。钱小芙，其实你换位想一想，如果你是他，是个从小就生活在光环中的贵小姐，过着众星捧月的生活，可是突然喜欢上了一个穷小子，他的一切都在刷新着你的价值观，可为了和他在一起，你不断地改变自己、强迫自己去接受，结果让你震惊的事情一件接一件……钱小芙，如果换作你，你一定不会如陆铭熙这样执着。他不光是个有钱人家的孩子，他更是位明星，从小就被灌输着把最华丽的一面展现给大众的思想，你的出现颠覆了他的一切。"

　　"所以我才应该离开他。"钱小芙的直线思维得出了结论。

　　黎阳轻吁口气："也对，陆铭熙他喜欢错了人。我以后见到他，也会劝他放弃的。"

　　"喂……"钱小芙回过头看着他，"你是来给我添堵的吗？"

　　"你真的体会不到他的辛苦吗？"黎阳反问。

　　"比起他的辛苦，我更想不通一件事情，黎阳，你不是要守护我吗？会守护我的意思，难道不是……"钱小芙有些说不出口。

第五章
夜幕下黎家的神秘人

"难道不是喜欢你吗？为什么我喜欢你却还在为陆铭熙说话？"黎阳宠溺地笑起来，捏了捏钱小芙的鼻子，"如果早一个月，我会把你抢过来的。可是现在你心里没有地方容得下我了，不是吗？"

钱小芙转回头，沉默了。

"现在还生他的气吗？"黎阳问道。

"我其实是在生自己的气。知道爸爸是装晕之后，就更觉得没脸见他了。可是我不怪爸爸，每个人做事都有自己的原因吧。爸爸的原因是想等着妈妈，陆铭熙的原因是与生俱来的骄傲感已经融入了他的血液，而我的原因是怯懦，我害怕对他敞开心怀，也害怕以后遭到抛弃。今天我打了他，他的自尊心也应该受到重创了，估计这个坎儿是过不去了。所以就趁这个机会，结束吧。"

黎阳静静地看着她，这十几年来，在钱小芙的身上应该发生过太多的事，才会让原来那个笑得没心没肺的小女孩，变得比同龄人更成熟，也更悲观。

钱小芙低头看了看手表，突然惊呼出来："竟然都一点了，黎阳，你赶紧回家吧！"

原来不知不觉就又到了凌晨。黎阳站了起来："那你进去睡吧，我走了。"

"不会有人骂你吧？都这么晚了。"钱小芙有些担心地追上去。

"如果我说现在这个时间已经回不去家了，要在车里睡一晚，你打算收留我吗？"黎阳看着她。

"那……里边只有两张床，你要不去我家睡吧？"钱小芙掏出了一串钥匙。

黎阳看着钱小芙纯真的模样，还是忍不住轻轻地拥了她一下："我走了。"

钱小芙还愣在那个突如其来的拥抱里，等缓过神儿来时，黎阳已经走出长廊了。

她赶紧用手捂住胸口，原来拥抱与拥抱之间也会有这么大的区别，她不禁想起了和陆铭熙在酒店里的那个夜里，她的一颗心跳得快要窒息一样。

可是此时，她只是觉得很温暖，像被很亲切的哥哥拥抱过一般，全身都暖暖的。

钱小芙走回了病房，钱爸爸的鼾声像打雷一般响亮，光是听这动静，都知道他壮得像头牛一样。

钱小芙安心地躺回床上，脑海里却又一次浮现出了陆铭熙的脸。

那张俊美而又深情的脸。

他现在在做什么呢？她打得那么用力，他的脸一定肿了吧？他应该一边敷冰块，一边发誓永远不会原谅她吧？

钱小芙深深地吐了口气，闭上了眼睛。

Chapter2

黎阳从医院出来,开着车子在街上缓缓地走着。黎家的家教是出了名的严格,过了十二点就会锁大门,不论是谁,都一律不准再进家门。

可是黎阳不知不觉地就开到黎宅门前,他熄灭了车灯,走了下去。

别墅二楼黎佑晨的房间里还亮着灯,看到窗外的车灯闪过,似乎有个人影从窗前走开了。

几分钟后,一条由床单结成的绳从高大的院墙上扔了出来,一个女生的声音在里边低低地响起来:"抓着绳子,我拉你进来。"

黎阳看着那些在床单中草草拴好的结,不禁笑了起来,他要是想进去,还用得着这个吗?他抓着床单扔了进去:"姐,回去睡吧。院子里有监控。"

"喂,你干吗扔回来啊?夜不归宿,你不怕被爸打死啊?"

"又不是没被打过。总之你快回去吧,咱们俩中间,有一个受伤的就够了。今晚我去外面住了。"黎阳大步走回车子里。

过了一会儿,他听到了里边门被轻轻合上的声音。

这个傻瓜,黎阳抬头看着黎佑晨的房间里重新亮起了灯,他掉转方向,开着车子驶了出去。

十月的晚风已经有些凉意了,黎阳关上了车窗,车子依旧开得很慢,他不禁想起了与钱小芙遇见的那个凌晨。

那是他第一次冲撞爸爸,却是为了黎佑晨。

那天黎佑晨在聚会上喝醉了,在酒店醒来的时候已经午夜了,她知道如果彻夜不归,会有多严厉的惩罚,于是在凌晨四点的时候,她实在无计可施,想到了黎阳。

这个自他两年前回国,就从来没有被她当作弟弟的人,接到了她的电话。

她说自己就在后墙边,让他想办法拉她进来。

黎阳之前并没有把这条家规想得多严重,只觉得翻墙是件太危险的事。于是偷来了管家的钥匙,打开了大门。

两个人蹑手蹑脚地从客厅经过时,屋里的灯突然就亮了,黎爸爸一脸怒火地站在楼梯上,抡着手边的花瓶就冲着两个人扔过来。

黎阳来不及想什么,飞身扑向了黎佑晨。花瓶在他头上"啪嚓"一声碎裂,跟着碎片一起落地的,还有黎阳头上飞快流出的鲜血。

黎爸爸头也不回地转身上楼,管家则尖叫着喊着家庭医生。

那是黎阳两年来第一次见到爸爸发火,代价便是他头上那条伤口,他清楚地记得,

Chapter 05 第五章
夜幕下黎家的神秘人

那位女医生颤抖着双手，一共缝了四下。

而一直高高在上的黎佑晨，握着他的手落了一夜的泪。

那天起她第一次把这个分离了十年的男生当作了弟弟。她开始像女主人一样处处护着黎阳，不准家里的任何人对他有丝毫不敬。

她也一直疑惑着，这个当年被妈妈带着一起逃走的弟弟，真的是爸爸亲生的吗？还是如外面的传言所说，他是妈妈和另一个男人的私生子？

有时黎佑晨静静地看着他，会恍惚觉得看到了妈妈的脸。

黎阳也从来不和黎佑晨多说什么，有时候被问到他和妈妈在国外的生活时，他也只是笑笑。他相信妈妈的话，也相信妈妈这一生里都深爱着爸爸，从未有过任何背叛。

可是他见过妈妈身上那些触目惊心的伤痕，他的爸爸像位暴君一样，对已经不再信任的妻子狠下毒手。

直到妈妈奄奄一息之际，她才终于对他说："黎阳，回国去吧，去找你爸爸。不论想尽任何办法，都要让他带你去做DNA鉴定。你要拿回属于你的一切。"

想到这里，黎阳的鼻子忽地一阵酸涩，他揉揉肿胀的双眼，把车子停在了路边。

正想着要去哪里睡一晚时，手机就响了起来。

陆铭熙的声音传了过来："芙花芬酒店2110房间，来喝一杯吧。"

黎阳笑了起来，在他又想喝酒，又没地方睡觉时，陆铭熙的电话就打过来了。看来他真的应该考虑和这位骄傲的大明星交个朋友了。

黎阳刚出酒店电梯，就看到了一个开着门的房间，他大步走了进去。

在房间里转了一圈都没有看到陆铭熙，然后就听到卫生间里一阵鬼哭狼嚎的声音。

他推开了门。

满屋子的酒气扑鼻而来，陆铭熙穿着条大花短裤，脚踩在马桶上，手里握着一瓶红酒，蓝色的领结套在头上，正摇摆着身子跟着手机里的音乐嘶吼着。几天不见，陆铭熙整个人消瘦了一圈，一张俊脸倒是更加立体了。

见黎阳进来，他小脸红扑扑地问道："我唱得怎么样？"

黎阳走上去关掉了音乐，又从他手里拿过了酒瓶，摘下了他的蓝领结，把他拉出了卫生间："想让我拍照吗？让我发到网上吗？"

陆铭熙甩开他的手，跌坐进了沙发里。地上的空红酒瓶已经有三四个了，黎阳把它们通通摆到了墙边，在陆铭熙对面坐下来。

"你要是真醉，我就走了，要是想聊天，就给我拿个杯子。"

陆铭熙一下子端坐起来，表情也瞬间恢复了正常，跑到吧台前拿了一个杯子，递给了黎阳。

"怎么看出来的？我演得不像吗？"陆铭熙一脸的惊讶，作为一位专业演员，他竟然不到一分钟就被人识破了。

"你拍戏没常识吗？红酒最容易上头，四瓶下去，那你能唱歌？起码得装成烂醉不醒。还有刚才厕所里那些红红的液体，如果不是你吐血了，就应该是地上那几瓶酒了吧？"

"唉，真是的！早知道倒一瓶就好了，超贵的！"陆铭熙可惜地咂咂嘴。

黎阳不禁笑了出来，每次见面陆铭熙都有新花样，倒真是个人才呢。他看看陆铭熙："为什么装醉？"

"清醒的时候把你叫来，觉得没面子，和你又不是朋友，想不出见你的理由。"陆铭熙拿起毛巾擦掉了脸上厚厚的腮红。

黎阳借着灯光一看，他一边的脸果然已经肿起来了，看来钱小芙下手够重的，难怪会自责成那样。

"钱爸爸怎么样？"陆铭熙给黎阳倒上了一杯酒。

"他是装晕。"

"真的吗？真是装的吗？哎呀，这年头，人人都能当影帝了？怎么就我骗不了人啊？看来我的演员生涯是该结束了。"陆铭熙关心的点永远和其他的人不一样。

"你呢？还因为被打生气吗？"

陆铭熙摇摇头，一脸认真的表情："那种情况下，谁都会误会吧？不过当时真是蒙了，应该跟着去医院的，幸好钱爸爸没事。"

"脸肿成这样也不敷一敷。"见陆铭熙心情调节得不错，黎阳也就安心了。他从冰箱里取出一盒冰块，拿毛巾包好递给陆铭熙："敷着吧。"

陆铭熙接过冰包，还不忘对着黎阳叫嚣："你别对我这么好，不然就真的要和你做朋友了，我这个人重义气，怕自己哪天心一软把钱小芙让给你。"

原来这才是陆铭熙不想和他做朋友的原因。黎阳又一次笑了，眼前这个小子就算再浑蛋，都真的没办法让他讨厌啊。

"哎，你是不是以为我一个人在酒店里喝闷酒呢？还是以为我在痛哭流涕？或者打算和钱小芙一刀两断？"陆铭熙看向黎阳。

黎阳双手抱胸，没说话。

陆铭熙轻叹了口气，接着说起来："下午从雨石镇出来的时候，这些念头真的都

有过。想她凭什么这么对我？凭什么一句解释都不听我说？又凭什么在我世界里嚣张跋扈？她又有什么资格让我满脑子全是她，在乎她胜过我自己……可是一回到酒店，屋子里都是为了她买回来的那整箱洗发水的味道，我的心一下就软了，眼前全是钱小芙哭着的脸。她和爸爸两个人生活在那样的家里，我都不敢想象他们这么多年是怎么过来的，小小的她不知道受了多少苦。我觉得我应该让她过得更好才对，遇上我之后她就应该越来越幸福，但现在，我好像让她哭得更多了。"陆铭熙的声音越来越低，脸上尽是疼惜的表情。

黎阳低头轻笑，他果然没有看错陆铭熙，他正在一点点地放下自己，向钱小芙靠过去。"所以呢？你是打算先去找她，还是等她来找你？"

"想去找她，哪怕嘴硬，哪怕不道歉，哪怕见我就扭头走掉，我也会找她，我想见她。"陆铭熙说到这里，突然像想起什么似的，眉毛一拧，"倒是你，整晚都和她在医院吧？没有趁乱表白吧？"

"钱小芙心里满了。"黎阳喝了一口红酒，"其实她是不是和我在一起无所谓，能不能成为我的女生也不重要。十二年前钱小芙救过我，要是没有她，我根本不可能和妈妈逃到国外去。如果这些事发生在你身上，你也会一样别无他求的，只是希望她能开心。"

"原来你和她之间真的有故事啊。"陆铭熙一瞬间就从自己的小情绪里跳了出来，眼睛里闪烁着八卦的欲望，"十二年前钱小芙四岁，四岁的小朋友救了你？司马光砸缸吗？"陆铭熙说到这儿，就已经笑得倒下去了。

黎阳不理他，和衣躺在沙发上："我困了，晚安。"

"晚安？"陆铭熙赶紧止住笑，凑到了黎阳的脸前，"喂，我正经事还没说呢，你怎么就睡了啊？虽然我连最坏的准备都做好了，但是如果钱小芙认定我也是逼他们搬走的坏人，再也不理我了，那我怎么办啊？"

"那就正好结束。"黎阳翻了个身。

"那怎么行啊！你知道我回酒店的路上哭得有多伤心吗？知道哭得我那套阿玛尼起了多少褶吗？为了让司机保密，临下车的时候还威胁人家，要走漏风声就立刻从陆氏走人。我受这么多委屈，是为了和她在一起嘛，怎么能结束呢？"他边说边把黎阳翻了过来，"你说我要是去医院找她，她会不会赶我走？"

黎阳不耐烦地睁开眼："陆铭熙，你家这个月的财务数据出来了吗？超过黎氏了吗？你有资格问我这么多吗？"

一句话就把陆铭熙问住了，他没好气地踢了一脚黎阳睡的沙发："算你狠，赚钱多

了不起啊？"

然后就回到自己的沙发上去，可是他到底该怎么办呢？边想着边打了一个哈欠，他已经连着熬了两天，再加上喝了些红酒，不知不觉地眼皮就耷拉下来了。

不到一分钟，陆铭熙也睡着了。

Chapter 3

清早，陆铭熙醒来的时候，黎阳已经走了。桌上留了一张字条，上面写着：VIP7。

陆铭熙脸上露出一个欣慰的笑容，果然没有白收留黎阳。不过为什么来他房间的人每一个都悄悄地离开呢？女的是这样，男的还是这样，搞得他心里好失落。

简单地梳洗之后，陆铭熙去了仁爱医院。

他戴着墨镜和口罩，把自己包裹得严严实实，走进了病房区，按着黎阳留下的字条，寻找着VIP7病房。

刚好经过护士台，他鬼鬼祟祟地凑了过去："你好，我想问问钱汇友是住在VIP7吗？"

护士看着眼前的人有点儿怪异，皱着眉点头。

"他怎么样了啊？"陆铭熙压低了声音。

"先生，你是来探病的吗？你要是来骚扰病人的，我就叫保安了。"护士一脸严肃地说。

"好好好，我不问了。"陆铭熙转身刚要走，一位中年女子走了过来。

"请问钱汇友是在这里吗？他得了什么病？"

陆铭熙都已经走出去了，又扭头折了回来，他上下打量了一圈这中年女子，红褐色的短发，面容姣好，戴着一副香奈儿墨镜，穿着迪奥的米色套装裙，拎着最新款的皮包，这身的行头少说都要五万块，这样的人怎么会问起钱爸爸呢？

"他的检查报告已经出来了，具体情况要等医生来才知道，要不然你等等再问。"护士微笑着回答。

陆铭熙低头看了看自己的装扮，是他太寒酸了吗？不然，这名护士怎么会不到一分钟脸就变了？

"谢谢你了。"中年女子转身向着电梯走去。

不是来探病的吗？连病人都不见吗？陆铭熙的好奇心一下子就被勾起来，在电梯将要关上的一刹那里，飞身挤了进去。

中年女子看着他，一脸的警觉。

陆铭熙摘下口罩对她微笑着："你是来看钱汇友的吗？"

中年女子没有理他，眼睛直视前方。

"我是钱小芙的男朋友，我叫……"陆铭熙刚想自报家门，中年女子突然回过头。

"陆铭熙？就是电视上对着小芙表白的那位小明星吧？"中年女子一开口，强势的气场就把陆铭熙震住了。

"表……表白是没错。但是阿姨,我不是小明星……"陆铭熙吞了吞口水,但他已经确定了这个人肯定和钱家有关系。

"您难道是钱小芙的妈妈吗?"陆铭熙突然问出了一句。

中年女子刚想说话,电梯门就开了,电梯外正站着刚取回检查报告的钱小芙。

"陆……陆铭熙?"钱小芙没想到还能看到他。

陆铭熙的脑子一下就不会转了,他用了一晚上的时间理清了思路,想好要如何面对她,可是当真正看到她时,他竟然手足无措了。

"钱……钱小芙……"陆铭熙嘴都不利落了。

就在两个人对视的时候,旁边的中年女子突然飞快地按下了关门键。

"喂,你干什么啊?"陆铭熙还没反应过来,电梯就上行了。

"她就是钱小芙吗?"女子的声音变得轻柔。

"原来你还没有见过她啊?已经长得很漂亮了,是不是?"陆铭熙会心一笑。

"我现在还不能见她,所以你能先帮我瞒着她吗?"中年女人缓缓摘下了墨镜,露出了一张美丽至极的脸。

陆铭熙的眼睛一下子睁圆了:"你真的是钱小芙的妈妈吗?"

"我当你答应了。"电梯在九层停了下来,女子重新戴好墨镜,刚要走,被陆铭熙一只手拦下,"你这是要去哪里?你知道钱爸爸这次住院,就是为了保住房子,等你回来吗?"

"每个电视台都在播报这则新闻,所以我才会找到这里来。"

"既然都到了这里,你为什么不见钱爸爸?"陆铭熙追问着。

中年女人沉默了。

"那么钱小芙呢?她真的很想你!"

"在见她之前,我还有事要办。"中年女子推开他,身姿娉婷地走出电梯。

陆铭熙怔在了那里。有事要办,这么多年不见,难道最重要的事不是一家团聚吗?

电梯门合上,自动下行。

门打开,钱小芙再次出现在他眼前。她似乎在那里一动都没动过,手指紧紧地捏着检查报告。

陆铭熙走出来,站在了她面前,他正犹豫着要不要把这件事说出来,就听到钱小芙声音低低地说了一句:"可以求你一件事吗?"

竟然是哭腔。陆铭熙猛地抬头。

钱小芙的眼里蓄满了泪水,她忍了又忍,眼泪终于还是滚落下来。

Chapter 05
第五章
夜幕下黎家的神秘人

陆铭熙全身都跟着紧张起来:"出什么事了?"

"取报告的时候听到实习医生说,爸爸好像查出了别的病。我现在要去找主治医生了,陆铭熙,你能和我一起去吗?"

钱小芙的身子似乎都在发抖,眼泪止都止不住。

陆铭熙伸手紧紧地将她揽在了怀里:"我陪你去,不管出任何事,我都会陪着你。"

医生办公室。

钱小芙已经进去半个小时了,在她的坚持下,陆铭熙一直在走廊外等着。

他把脸贴在门口,却完全听不到里边在说什么。他终于等不及了,正要推门进去,钱小芙就走了出来。

"怎么样?医生怎么说?"陆铭熙握着她的胳膊。

"陆铭熙。"钱小芙抬起头来,眼泪在一瞬间像泄了洪一般汹涌而落,"医生说爸爸可能要死了。"

"什么?"陆铭熙不可置信地看着她,好端端的人怎么会死呢?他拉起钱小芙就折了回去,"到底怎么回事?医生的道德就是让你们随意夸大病情吗?"

男医生扶了扶眼镜,拿起钱汇友的片子,放在了光板上,指着一块阴影:"看到这里了吗?这是我们在病人的脑子里发现的肿瘤。现在已经压迫到视神经了,病人从一年前就腿脚无力,视力下降,而且右耳已经完全没有听力,这些你们都不知道吗?"

陆铭熙愣住了。他看着钱小芙:"钱爸爸有和你说过吗?这些你都知道吗?"

钱小芙已经哭得不能自已,她拼命地摇头,再摇头。

"病人怕来医院,就一直隐瞒病情,他现在又坚持要出院,你们还有别的亲属吗?劝他还是尽快动手术吧,不然……"

"够了。"陆铭熙打断了医生的话,"不要说了,我会再来找你的。"他说完便扶着已经瘫软的钱小芙走了出去。

陆铭熙扶着钱小芙坐在长椅上,然后在她腿边蹲了下来:"医生都是吓唬人的,你知道吗?都把病情说得很严重,医好病人以后好显得他们医术高超。"

钱小芙已经什么都听不进去,她把头深埋下去,死死压抑着哭声。

陆铭熙的心也跟着痛了起来,他伸手将钱小芙揽进了怀中,手掌轻抚着她的头:"没事的,都交给我,好不好?"

钱小芙的脑子里已经一片空白,在陆铭熙的怀抱里,她终于放声大哭起来。

Chapter 4

一直到傍晚,钱小芙的情绪才稍稍平息了一点儿,在陆铭熙的劝说下,她努力再努力地挤出一个笑脸,然后慢慢地走进了病房。

陆铭熙重新返回医生办公室,把情况全部问清楚了,才知道钱爸爸之所以要出院,是因为手术费用要将近二十万元。

"手术的成功率有多少?"陆铭熙问医生。

"百分之六十。这个肿瘤的位置目前已经很危险,我希望病人能尽快接受手术。"医生认真地回答。

"把手术单给我吧。"陆铭熙站起来。

医院一楼交费处,陆铭熙刚把卡递进去,一只有力的大手就握住了他的胳膊。

他回头,惊讶地看着面前的人:"钱叔叔?"

"我把小芙支开了,能和你聊聊吗?"陆铭熙看着钱爸爸,他从未见过钱爸爸这么认真的样子。

陆铭熙点了点头。

医院后面的一座白色的花亭里,钱爸爸坐了下来。

柱子上攀爬着茂密的藤蔓。无数深绿色的叶片,簇拥着绽放的白色花朵,远远看去仿佛流泻而下的花海瀑布。

"你一直知道自己有肿瘤,对不对?"陆铭熙走到钱爸爸面前,看着他苍白的病颜,眉头微微地皱起。

钱爸爸长叹一口气:"人活着哪有那么容易啊?你们都以为我是因为没钱才拖着病不治,这世界上有人爱钱胜过命吗?我是怕万一手术失败了,小芙不知道该怎么办。"

陆铭熙确实没想到这一点,他在钱爸爸旁边坐下来:"可是现在不做手术,会有生命危险,你也一样照顾不了她呀。"

"我今天见到小芙的妈妈了。"钱爸爸目光看着前方,"她来的时候,我正好就在护士办公室里面,也看到你追着她一起出去了。"

陆铭熙不解地看着他:"那为什么你不出来留下她?"

"留下她?我凭什么留住她?要是能的话,十二年前,她也就不会离开了。半个月前,我就听说了她回到江城的消息,其实这次和陆氏地产的事情闹得这么大,也都是我故意的。我就是想引她出来,让她带小芙走。"

第五章 夜幕下黎家的神秘人

"带她走？你不要女儿了吗？"陆铭熙越听越不明白。

"她跟着我，一直会是这副穷样子，好容易考上了国立新高，却连学费都交不起，要不是因为你，可能在学校里她也抬不起头来。我查过了，她妈妈后来嫁给了一个有钱人，但是她隐瞒了曾经有过孩子的事，所以让她认回小芙就不那么容易了。或许只有我死了，才能逼着她这么做吧？"

"钱叔叔……"陆铭熙从没想到一位父亲竟然会为了女儿有更好的生活，而做到这个地步。

"我知道你有能力帮助我，但是我现在需要的不是手术费，而是钱小芙她妈妈的决心。她肯来医院看我，就说明她已经动摇了，再给叔叔一点儿时间吧，她并不是个坏女人，不会一直无动于衷的，我会想办法让她带走小芙的。"

"那你为什么不直接告诉她这些事，如果她对女儿还有感情的话，不会不管她的。"

"她不是那种可以强求的女人。反正我的病一天比一天严重，让她亲眼看到这一切，才能唤起她对女儿的母爱，以后也会对小芙好的。对小芙来说，她妈妈能够主动接纳她，总比硬塞给她强。逼得紧了，她再狠心走了，可能以后就真的不会回来了。"

"钱叔叔，医生说只要尽快做手术，你很快就会好起来的，手术费的事交给我，钱妈妈的事以后再说吧，先接受治疗吧。"

"只有百分之六十的成功率吗？万一我下不了手术台呢？"钱爸爸摇摇头，"我是快五十岁的人了，早就不怕死了。可是为了小芙，我不敢冒这个险。这颗肿瘤已经跟着我十多年了，一时半会儿也死不了，等安顿好小芙，我再做手术吧。"

"钱叔叔……"陆铭熙不知道要怎么样才能说服他，可是看着钱爸爸，他总有一种不好的预感，一位为了女儿连命都敢舍弃的父亲，他到底还有什么做不出来？

"手术费的事先不用着急，小芙自小就自尊心很强，如果知道是你给出的手术费，她可能会放弃学业，拼命打工还上你的钱。我们都不希望看到她这样吧？"钱爸爸握住了陆铭熙的手，"你帮她的已经够多了。"

陆铭熙沉默了，他知道钱爸爸说得对，以钱小芙的性格，她一定不会接受他的钱。

钱爸爸扶着陆铭熙站了起来："时候不早了，我先回去了，小芙找不到我该担心了。记住叔叔说的话，再多给她妈妈一点儿时间吧，就算为小芙的以后着想。"

陆铭熙沉重地点点头，目送着钱爸爸离开。

亭院的灯盏盏点亮，钱爸爸的背影慢慢远去，陆铭熙的鼻子一阵酸涩。

尽管贫穷，尽管困苦，钱小芙却拥有这世界上最伟大的爸爸。他在用自己的生命换取女儿的未来。

他们早已成为彼此活下去的支柱。

他绝不会让钱小芙失去爸爸。

夜色静谧，医院长廊外盛开的芙蓉花仿佛被笼上一层暗暗的薄纱，花瓣的色泽越发浓郁，有种幽静的美。

钱小芙买了粥回来，刚走进医院，就看到了刚走出来的陆铭熙。

陆铭熙顿了一下，大步迎了上去。

"去哪儿了？"陆铭熙走到她面前。

钱小芙举举手里的饭盒："去买粥了。爸爸说他想吃。你呢？怎么这么晚还在？"

"哦，有事耽搁了一下，这就要走了。"

"那我先上去了，粥要凉了。"钱小芙虚弱地笑笑，一张俏脸上有掩不住的憔悴。

"嗯。"陆铭熙点头。

钱小芙迈步向前走，在与他擦身而过时，陆铭熙轻轻拉住了她的手腕。

钱小芙怔住。

"你有什么愿望吗？钱小芙。"陆铭熙背对着她，不敢看她的脸，怕会忍不住心疼流泪。

"愿望。"钱小芙低下头苦涩地笑着，"我想要爸爸明天就好起来，可以吗？"她说完，眼泪就滑落了下来。

"明天可能不行。"陆铭熙转身从后面轻轻拥住她，"但是我保证，他一定会好起来。钱小芙，你还有别的愿望吗？"

"我想让爸爸不用担心手术费，想一觉醒来就有从天而降的钱落到病房里。"钱小芙抹着眼泪，"可是这可能吗？愿望之所以是愿望，就是因为它永远不可能被实现。对不对，陆铭熙？"

陆铭熙把她的身子轻转过来，凝视着她比芙蓉花还要洁白的面容，他的眼眸深处隐隐有浓烈的东西，凝视着她："钱小芙，你忘了是因为你，我才成为第一位公布恋情还身价飞涨的明星吗？你是幸运之星，你的愿望一定能实现。"

钱小芙微笑着点点头："对，我一定也会是爸爸的幸运之星。陆铭熙，我还欠你一声对不起，等这些事都结束，我会好好和你说的。在没有等到我的道歉之前，不要走。"钱小芙的目光好似蒙上了一层轻雾，一张美丽的脸让人看着分外怜惜。

陆铭熙手掌抚过她的长发，将她拥入了怀中。

钱小芙安静地依在他怀中。

Chapter 05
第五章
夜幕下黎家的神秘人

白色的花朵盛开在深夜，如火如荼地攀藤蔓延着，一枝枝从四面垂下来，绽开着重重累累的花朵，如同纯白的花海。

只要她愿意，他会一直留在她身边。

他想快一点儿，再快一点儿把钱小芙从这些不幸中解救出来。

他知道自己的心已经毫无保留地向她靠了过去，好像已经沾染了她的温度，她的欢喜和忧伤，他都可以深切地感受到。

什么自尊与骄傲，什么不可能的距离，终于被他通通抛到了脑后。

从医院出来后，陆铭熙一路上都在想着钱爸爸的那些话。

不管钱妈妈能不能带走钱小芙，钱爸爸都是必须要接受手术的。那么手术费呢？要怎么才能交到他们手上，又不被怀疑是他的钱呢？

陆铭熙的心被搅得一团乱。

车子驶进了陆宅，穿过花园，走到藤蔓如荫的白色建筑旁，就看到许真坐在游泳池旁边。

他走了过去，看到许真脚下一地的碎纸片。

"怎么了？"陆铭熙扬起眉。

许真赶紧站了起来："小陆总，你回来了。"

"小陆总？因为给大陆总开了两天车，话都不会说了吗？"陆铭熙一想到他竟然倒戈，就忍不住奚落他几句。

"真的是误会，你公开恋情后推掉了很多活动，谢阿吉见我没什么事做，才把我推荐给大陆总的。"许真解释道。

"随便什么原因吧，反正我也确实没有什么活动了。你呢，这是在干吗？"

"买了三年的彩票，没中过一次，本来想把这些彩票都攒起来做纪念，可是我现在看着它们就来气。"许真愤愤地说道。

彩票？陆铭熙突然来了精神："这个最高可以中多少钱？"

"这是刮刮乐，最高可以中十万元，其他小奖还有很多，五元到两万元不等。"许真答道。

"真的吗？许真，你真是我的福星啊！走，快带我去彩票站！"陆铭熙说着就向车子跑去。

"啊？哦，好的！"许真也跟着他赶紧跑回车子里，"你这是想到什么了啊？有大师算你今天会中奖吗？"

"我们今晚必须中二十万!如果中不了就谁也别想回家!"陆铭熙拍了拍许真的肩膀,"快走!"

车子从陆家飞驰而去。

陆云溪和太太换好了一身华装,有说有笑地从屋子里走出来,打算去参加晚宴,却发现车子已经不在了。

而陆铭熙的车不知道什么时候已经停在了院子里。

Chapter 5

彩票站。

许真抱着十盒刮刮乐从一群大叔大妈中挤了出来,重重地放在了陆铭熙面前。

陆铭熙搓了搓手:"开始吧!"

许真就也学着他搓搓手,拿起一张正要刮,就被陆铭熙抢走了:"你手气太臭,你继续去买,我自己刮。"

"哦。"许真站起来,又一次冲进了人群里。

陆铭熙每刮一张都认真地看了又看,确认没中奖后,才又刮下一张。后来发觉这样太慢了,就干脆两张一起刮,让许真在旁边看着。

每隔几分钟就听到许真大喊一声:"两块!小陆总,我们又中了两块哦!"这样的声音呼喊了几十次之后,陆铭熙的身边已经围满了一群白发苍苍的老人家。

他们一个个眯着眼睛瞅着这个疯狂的年轻人。

"哟哟,这一共中了不到一千块钱吧,可是都买了几十盒了吧?"一位一直在旁边观看的老奶奶说道。

"不止啊,我数了数,买了足有五万块钱的了。"一位老爷爷纠正道。

许真不好意思地抓抓头:"小陆总,咱们要不明天再继续?可能今天手气不好。"

"继续去买!"陆铭熙刮完了桌子上的最后一张,把卡扔给许真,"我一定要在今天刮出来!"陆铭熙眼睛刮红了,一副打了鸡血的样子。

"小伙子啊,你到底是为了中奖还是为了花钱呢?"一位老爷爷实在忍不住便问了一句。

"爷爷啊,我是为了爱情啊,爱情!"陆铭熙美滋滋地笑了起来,许真又买了十几盒回来,通通往桌子上一倒。

陆铭熙的脚边已经全是刮刮乐的卡片,厚厚地堆了起来,他叠着双腿,又一次埋头刮起来。

许真数了数手里的小票,加上这次,已经十五万元了,他凑过去:"小陆总,咱们的目标到底是多少啊?"

"二十万元!"陆铭熙头都没抬。

许真傻眼了。为了刮二十万元,花了十五万元,陆铭熙的脑子真的正常吗?

墙上的时钟已经指向了晚上十一点,围观的老人们已经都走了,彩票站的人也打着哈欠过来催了好几次。

许真又买了好多次,可一共才刮出了九万七千块,最大的一张中了两万块。

陆铭熙刮得手都僵了,伸了伸腰,晃了晃脖子,这才又低下头。突然,他看着一张卡片就呆住了:"许真,快过来看看,这个是多少?"

许真把头凑过去,紧接着揉了揉眼睛,再次确认。"哇!是十万块!十万块啊!"许真激动得就像自己中了奖一样,一把搂住了陆铭熙,"我们竟然中了最大奖啊!小陆总,你真是神手啊!"

"哇!这下有希望了!"陆铭熙也跳了起来,两个人抱在一起乱蹦起来。

彩票站的工作人员面面相觑,一个看向另一个:"他一共买了多少钱的?"

另一个面无表情地答:"三十万元了。"

然后两个人又同时趴在桌上睡过去了。

陆铭熙和许真狂欢之后,两个人重新坐回来,陆铭熙嘴里念叨着:"只需要再刮三千块就完成任务了!"

许真也把椅子挪到陆铭熙旁边来,陆铭熙每刮一张,他都认真地看着,生怕因为眼花看错了。

手上的很快又刮完了,许真兴高采烈地又去买了十盒回来。两个人头顶头地一起刮起来。

"五十块!"

"三百块!"

"一百块!"

"这个是……"陆铭熙刮着刮着突然又停了下来,两个人你看我,我看你,突然又同时大吼了起来!

"十万块!小陆总,我们竟然又中了一个十万块!这次我们发财了,真的发财了!"许真抱着陆铭熙在他脸上用力地亲了一下!

两个人又一次搂抱着蹦了起来。

彩票站的人又一次从睡梦中被惊醒:"买多少钱了?"

"五十五万元了。"

"中了多少?"

"二十九万七千四百五。"

"我们要不要报警,他们俩是刚抢了银行来的吧?"

两名工作人员对视了一下。

"有一个看着像明星呢。"

"管他呢,有闭路电视呢,如果真的是逃犯,就把闭路电视交给警察。我们还是别惹事,平安下班最重要。"

两个人达成了共识,一起走到了陆铭熙面前:"先生们,已经一点了,我们真的要下班了。"

"好好好!太谢谢你们了!可以再卖给我最后一盒吗?"陆铭熙开心得双眼都放着光芒。

"为什么?"许真茫然地看着他。

"把这些中了奖的重新加工一下,和新的卡片混在一起。许真,明天你要帮我上一趟医院,使出浑身解数,让钱小芙买下这些彩票。"

许真这次是彻底地呆住了。

因为陆铭熙这声指令,许真一夜没睡。

他从网上查了各种办法,终于把两张十万元大奖的刮刮乐重新涂好铅面,伪装成了新卡片,混进了彩票盒里。

之后他就乔装打扮成了推销人员,混进了仁爱医院。

在钱爸爸的病房里,他用尽了各种办法让钱家父女俩买彩票。

他们说不感兴趣,他就说中奖率很高。

他们说实在没闲钱,他就说先刮再付钱。

搞得钱小芙都要报警了,他才黔驴技穷,扔下彩票盒撒腿就跑。

他竟然丢下了一盒彩票就那么跑了,钱小芙一脸狐疑,看着爸爸说:"我们还报警吗?"

钱爸爸哈哈一笑,他心里已经大概明白了,就装作捡了大便宜一样,拉过了女儿:"管他呢,就当休闲活动了,刮了我们也没损失嘛。"

钱小芙见爸爸难得好心情,就也不再说什么,跟着爸爸一起刮起来。

陆宅,上午十点。

陆铭熙正横在床上做着梦,突然就觉得脸上一阵冰凉,他猛地睁开眼,陆妈妈正拿着一块冰毛巾敷着他的脸。

"妈,你干什么啊?"陆铭熙猛地坐起来。

"儿子,你醒了?妈妈实在等不到你醒来。但是我不来,你爸爸一会儿也会来的。"

陆铭熙一脸的迷惑。

"现在我要说两件事。第一,你的脸怎么回事?怎么肿成这样?第二,昨晚我的手机有短信一直提示附属卡被刷了,又是怎么回事?"陆妈妈忧心忡忡地看着儿子。

"嘘……"陆铭熙扑上去捂住了妈妈的嘴,"小点儿声,我昨天买刮刮乐去了!"

"真的吗?中奖了吗?"陆妈妈的注意力一秒钟就被儿子成功转移。

"中了将近三十万元!"陆铭熙一脸美滋滋的表情。

"竟然中了三十万元啊!哎哟,我的儿子,真是做什么都这么了不起!"陆妈妈惊喜地把儿子抱在怀里,她压根没查卡里到底少了多少钱。

"陆铭熙。"母子俩正高兴着,门就被推开了,一脸铁青的陆云溪出现在了门口。

母子俩表情瞬间石化。

"交给你的事办得怎么样了?新闻又是怎么回事?"陆云溪在沙发上坐了下来,口气不像在询问,更像治罪。

"爸,这件事今天我能给你搞定。"陆铭熙信誓旦旦地看着陆云溪,钱妈妈既然都回来了,钱爸爸也没有必要再赖着不搬了,所以雨石镇的难题也就迎刃而解了。

"那你妈妈昨天晚上一直收到刷卡的短信,又是怎么回事?"陆云溪简直开启了包公断案模式。

"哦,是我糊涂了,我让儿子帮我买东西去了。"陆妈妈赶紧打掩护。

"去彩票站吗?"陆云溪铁着脸,对于这母子俩他早有准备,一早就派人查了刷卡记录。

"爸……"陆铭熙打算用撒娇混过去。

"不是说当明星很有前途又有钱,不是也发过誓十九岁前不花我一分钱吗?限你一个月,把这五十五万元给我补上。"陆云溪斩钉截铁地说。

"爸,我都已经不接代言了,以前的积蓄也花光了,五十五万元没有,我现在就有几千块的……刮刮乐。"陆铭熙从枕头下面拿出了一堆皱巴巴的卡片,五千元以上大额的卡片都让许真送去医院了,那些两块和五块的陆铭熙就自己留下了。

"一口价五十万元。再敢说一个字就翻倍。还有,你要给我打张欠条!"陆云溪看到卡片,更加觉得儿子荒唐,都快要气晕了。

陆妈妈刚想张嘴,就赶紧捂住了自己的嘴巴,她太了解陆云溪说一不二的脾气。

"欠条?为什么又是欠条?"陆铭熙想起刚认识钱小芙时,就给她打过一张欠条。但是看着爸爸一张关公脸,他不情愿地拿过纸和笔,鬼画符似的写好了,递了过去。

"喏,你的欠条。"自己的老爸竟然会这么狠心,陆铭熙的心都寒透了。

"这欠条你自己留着,以时刻提醒你干过这些蠢事!"陆云溪把欠条丢在床上,见

母子俩都老实了，这才转身走了出去。

陆铭熙一脸委屈地看着妈妈："五十万元，妈，五十万元啊，我去哪找这些钱啊？我爸还让我打欠条，我的心都已经死了，都死了啊！"

陆妈妈无奈地摊了摊手："我也帮不了你了，你爸爸既然都把钱的去处查得一清二楚，那都不用猜了，我的卡一定又冻结了。"

陆铭熙栽倒在床上："我到底是不是老陆亲生的啊，他怎么能这么对我啊……"

"对了，妈妈上周刚买了一条项链，这就拿去卖了它。"陆妈妈说完就要往外走。

"妈！好了，我自己会想办法的。你儿子生平最大的两个本事，一是花钱，二就是赚钱嘛。我和谢阿吉商量一下，他肯定能解决。"陆铭熙搂住了妈妈的腰，"妈，你只要知道，这五十五万元，是你儿子生平花得最对的一笔钱就行了！"

陆妈妈笑意盈盈地点头，这么多年来，凡是陆铭熙想做的事，她从来都没有问过理由，每次她也都觉得那是最对的事。

这次也一样。

陆云溪走出门口，许真已经停好车等在那里了。

对于这个儿子他真的操碎了心，小时候的陆铭熙胆小，一见生人就哭。为了让他多接触一些人，壮壮胆，才同意他接拍了广告。谁知这条路竟然越走越顺，那些光鲜又浮夸的东西，竟然让儿子的心再也收不回来。

这次就逼一逼他，他若是来求饶，就正好趁此机会让他发个退出通告，以后一边来陆氏帮忙，一边去上学。他是当爸爸的，怎么也不想儿子一直当明星。

目前陆氏的生意运行稳定，可是还有一个不定时的炸弹早在三年前就已经埋下，连陆云溪自己都不知道，一旦炸弹引爆，陆氏能不能经受得起。

如果到那时候陆铭熙还不能在公司独当一面，那么陆氏就真的无力回天了。

陆云溪走上了车子，目光直视着前方，声音淡淡的："陆铭熙和上次电视上公开的那个女生，真的在谈恋爱吗？"

许真摇了摇头，从后视镜里看到陆云溪的表情，又赶紧点了点头。

"那为什么不向我报告？"陆云溪的声音突然就沉下去。

"我也是才知道的。"许真赶紧解释，"您对我恩重如山，要不是您我现在还在陆氏地产门口当保安。这三年来我跟在陆铭熙身边，他的事我也都是一五一十向您汇报，没有隐瞒过一次。但是这些确实我也有些意外，因为这个叫钱小芙的女孩儿还小，我以为两个人一直是闹着玩的，才没向您汇报。"

陆云溪沉默，对于许真他又怎么会有怀疑？五年前正是这个其貌不扬的年轻人，阻止了陆氏地产最严重的一场暴动，几十个失去理智的人拿着棍棒围攻了他的车，就在那千钧一发的时候，是大厦的保安许真冲上来挡在了陆云溪的身前……

等警车终于赶到时，许真已经不省人事地倒在地上，暴动的人群这才四散逃窜。

从那时起，陆云溪便看中了这个热血又勇敢的年轻人，一直把他留在身边。

半响，陆云溪的声音才重新响起："这个叫钱小芙的女孩人怎么样？"

"很单纯，虽然家里穷了点儿，但是不贪也没什么心机。我打听过了，成绩也很好呢，进国立新高的分数名列前十。"许真一五一十地说道。

陆云溪沉默了一下："那么，那个人呢？没再出现吧？铭熙有没有提起过她？"

"没有，绝对没有。而且从他的表现来看，他应该是真的忘了她了。"许真谨慎地回答着。

"看来她也确实履行了她的承诺。"陆云溪深叹了一口气，靠在椅背上。

三年前陆铭熙因为那个人所遭受的痛苦，都还历历在目，有时候那些片段从陆云溪的脑子里跳出来，都还是会让他心痛不已。

如今他能重新喜欢上一个女生，远离过去那些苦痛和煎熬，或许对于他来说，是件好事。

只是，他还担心着一个问题，如果那个人回来了，陆铭熙会不会重蹈覆辙。

陆云溪心情沉重地闭上眼睛。

毕竟那个孩子，才是陆铭熙的初恋，他根本拒绝不了她。

也正如自己在三年前，同样无法拒绝她一样。

她是他们父子俩共同的劫。

是他们一生一世都逃不开的宿命。

Chapter 6

陆妈妈离开后,陆铭熙给谢阿吉打了通电话,把事情都详细地和他说了一遍,谢阿吉在电话那边嘶吼了足足半个小时之后……答应了帮陆铭熙物色一个合适的代言,先把钱补上。

"我的条件就一个,非大牌不接!"陆铭熙提着条件。

谢阿吉"哼"了一声:"都什么时候了,还挑三拣四的。再说了,你有今天不都是靠我的英明决策吗?难道我会送你去死吗?"说完,谢阿吉便挂上了电话。

陆铭熙知道交给谢阿吉之后他不用再愁了,顿时一身轻松,哼着歌就晃到了一楼,大喊着:"刘妈,多炖点儿鸡汤,我要探病去!"

刘妈在厨房里应了一声。

客厅的电视里正在放着钓鱼节目,陆铭熙眼珠一转,又冲厨房喊了一句:"我想吃鱼,给我炖几个大鱼头吧!"

"鱼头?"刘妈探出头来,"只……只吃鱼头吗?"

陆铭熙冲着她亮出招牌式的笑容:"没错,我只要鱼头。"

正午时分,陆铭熙提着一个硕大的餐桶晃进了仁爱医院。

站在钱爸爸病房前,他刚想敲门,就听到了里边钱小芙的尖叫声:"爸爸!我好像刮中了!等等,让我数一下,个十百千万……"

陆铭熙唇角轻咧,推门走了进去,下一秒钟钱小芙的尖叫声就震荡着他耳膜:"竟然又是一个十万元啊!爸爸,我们是不是真的中奖了?"

"是啊是啊,小芙,我们真的中奖啦!"钱爸爸也配合着一脸兴奋地嚷着。

"陆铭熙!"钱小芙坐在床上的一堆彩票里,一抬头就看到了他,她鞋子都忘记穿,直奔他冲过来,一把抓住他的衣服,"你快来帮我看看,这是不是真的?"

陆铭熙被钱小芙拽到了床边,拿起一张举到了他眼前。

陆铭熙知道考验他演技的时候到来了,他先是一脸疑惑地接过彩票,看了一眼,突然眼睛瞪大,再推近看一眼,爆炸性地吼了一声。

"啊!中奖了啊!"

"真的吗?"钱小芙的眼睛已经冒了光,在陆铭熙还扮惊讶的瞬间里,一下子扑进了陆铭熙怀里!

"我真的是幸运之星,陆铭熙,谢谢你!谢谢你!我原来真的可以当爸爸的幸运之星啊!"钱小芙先是呼喊着,突然声音里就带了哭腔,接着陆铭熙的胸膛就有了一大片

潮湿的感觉。

她这是怎么了?陆铭熙茫然地看着床上的钱爸爸,却见他一脸欣慰地冲他点了点头,嘴唇嚅动着说着两个字,谢谢。

果然还是瞒不过老谋深算的钱爸爸。陆铭熙不好意思地冲他笑笑,赶紧又看向怀里又哭又笑的钱小芙。

钱小芙埋头大哭了一会儿,就从陆铭熙怀里转头扎进了钱爸爸怀里,她紧紧地抱着爸爸的身子:"爸爸,我们有钱了,我们中了二十九万元啊,爸爸,你答应我,我们做手术吧!好不好?"

钱爸爸摸着钱小芙的头,轻轻地"嗯"了一声。

窗外的阳光照在两个人的身上,暖暖的感觉,看得陆铭熙也有些眼角湿润了。

他把餐桶轻轻地放在桌上,扳起了钱小芙的身子:"喂,钱爸爸都答应做手术了,你还哭什么啊?"

钱小芙转脸看向陆铭熙,双眼湿润:"可是我还是觉得,早上来送彩票的那个人很怪异。这不会是陷阱吧?我们不会白高兴了吧?"钱小芙说着眼泪就又快掉下来。

"不会!那个人鬼鬼祟祟的,可能是他偷来的呢?反正到我们手里,就是我们的了嘛!这样,不如我们一会儿吃过饭就去兑奖吧!"

"你早上又不在,怎么知道他鬼鬼祟祟?"钱小芙在泪光中看着他。

"呃,是你说很怪异嘛。我就联想一下……"陆铭熙真是恨死了自己这张破嘴。

"算了,别想那么多了。没准儿真的是老天爷可怜咱们呢。"钱爸爸也插了一句,紧接着目光转向了桌上的饭盒,"刮了一早上彩票,都饿了。"

"啊,对了,我们还没吃饭呢。"钱小芙的注意力成功被转移。

"我带了鸡汤,还有我家刘妈的几个拿手好菜。"陆铭熙赶紧把鸡汤端在了钱爸爸面前,"小心烫。"

"嗯,好。你和小芙也一起吃吧。"钱爸爸笑着说。

"这是什么?"钱小芙从餐桶里拿出了一个小餐盒,打开一看愣住了,"鱼头?给我的吗?"

"错!这是我的午饭!"陆铭熙抢回鱼头,端着其他饭菜坐到了对面的沙发上,"好想念鱼头的味道,可惜我总是不会吃。钱小芙,你喂我吧。"

"你想死吗?"钱小芙压低了声音吼他,竟然敢在钱爸爸面前让她喂他!

"喝鸡汤要配点儿榨菜才好吃。我去楼下买一袋。"钱爸爸说着就走出了病房。

钱小芙刚想追出去,就被陆铭熙握住了胳膊,把筷子塞进她手里,然后张大嘴巴:

"啊啊，鱼脑鱼脑，帮我挑一下。"

钱小芙坐下来，夹出一块鱼脑塞进他的嘴巴里，嘟囔着："你不是说鱼头除了眼睛就是嘴巴，没什么可吃的吗？"

鱼脑的香滑顺着舌尖直达味蕾，这个味道已经让陆铭熙想念太久了！他顾不上理钱小芙，指指下一块："来，继续啊继续。"

钱小芙又夹起一块喂给他："真的那么好吃吗？你们做明星的吃个鱼头都那么夸张。"

"钱小芙，你没有听说过，食物会因为挂念一个人而变得无比美味吗？"陆铭熙舔舔唇，漂亮的眸子认真地看向她。

钱小芙的脸因为这句话而瞬间滚烫起来，她赶紧把脸埋下去，声音轻颤："神经病啊你，你来医院是演戏的吗？"

陆铭熙轻声笑起来，这个暴脾气的丫头害羞的样子还真是好看呢，所以忍不住就伸出手揉乱了她的头发："好了，我吃好了，换你吃。"

钱小芙嘟囔着："高手，肯定是高手啊你！"

陆铭熙刚想反驳回去，手机就突然响了起来，是谢阿吉，他起身走出病房。

谢阿吉一中午的时间都埋头在近期的广告合同里，因为陆铭熙之前才宣布了会减少代言，所以一年以上的代言不能选择，小品牌的也不能接，找来找去，终于找到了一个最适合他的。

"找到适合的广告了吗？"陆铭熙靠在走廊墙壁上。

"对！非常适合你！只不过可能这个代言的商品你会有点儿介意……"谢阿吉的声音突然变得很低。

当说完品牌的名字时，陆铭熙直接咆哮起来："什么？宝舒适？谢阿吉，你疯了吗？"

"并不需要长期代言，只需要你在新品发布会上出现一下，再拍几个户外广告，一百万元就到手了。这么便宜的事，去哪儿找啊？况且也是你要求的，这宝舒适都已经出口好多国家了，也是同类产品中的绝对大牌啊。"

"纸尿裤界的老大吗？所以我为了一百万元就要在十八岁的花样年华拍纸尿裤的广告吗？广告词怎么写？我用过，所以我代言吗？"陆铭熙真是要被谢阿吉气晕了。

"根本就不需要广告词啊。户外广告牌就是你俊美的身姿站在一排纸尿裤旁边，随便笑一下就好了嘛。"谢阿吉好脾气地劝着他。

"我不拍！"陆铭熙直接拒绝。

"好！那我不管你了。那五十万元你自己想办法去吧！"谢阿吉太了解他的脾气，直接挂了电话。

陆铭熙听着手机的嘟嘟声,当下杀了谢阿吉的心都有。

他竟然敢先挂他的电话!

钱爸爸刚从电梯走出来,听到陆铭熙在电话里和谁争吵着,就走到他身后:"怎么了?生这么大气?"

陆铭熙赶紧回过头:"哦,没有,是小事!"

"为了这二十万元的彩票,你一定花了不少钱吧?"

"钱叔叔,那都是小事,你不用担心。"陆铭熙看着钱爸爸,不过才几天的时间,钱爸爸的面色就已经很憔悴,蜡黄的肤色毫无光泽,让人忍不住为他的身体担忧。

"我已经想过了,镇里的老房反正也要拆迁了,等钱到手了,就还给你。"钱爸爸拍拍他的肩,"我不能总是欠你的,以后小芙还要麻烦你帮我照顾呢。"

"钱叔叔,你一定会好起来的。这里的医生都是全国顶尖的⋯⋯"陆铭熙安慰着钱爸爸。

"我的身体我知道⋯⋯哦,对了,我已经联系了钱小芙妈妈以前的好友,让她在无意中透露了我的病情,相信用不了多久,她妈妈就会出现了。"钱叔叔挤出一个笑容,"小芙的苦日子也就快要到头了。"

"如果钱妈妈带走小芙,那你就会立刻手术吗?"陆铭熙总觉得钱爸爸心里已经有了别的打算。

"医生说我身体好几项指标目前都不符合手术,要先进行调理。手术的事,你就别再为叔叔担心了,你已经做得足够多了。"

"钱叔叔⋯⋯"为什么钱爸爸会有那么悲凉又绝望的眼神,难道他对于自己的病情全无信心吗?陆铭熙看着钱爸爸缓缓走进病房,一颗心猛地被揪紧。

在走廊里站了许久,他重新打通了谢阿吉的电话。

"就按你说的办吧,等下把广告日程发给我。"陆铭熙挂上电话,走回了房门口,钱小芙正和钱爸爸不知道聊着什么,病房里一片欢声笑语。

钱爸爸的脸上终于又露出了幸福又满足的笑容。

陆铭熙静静地看着里边的一幕,他轻轻握住了掌心。

他一定会让钱爸爸好起来的,他会努力让钱小芙从不幸的生活里走出来。

比起钱爸爸和钱小芙所承受的这些,他拍一个纸尿裤广告又算得了什么。

陆铭熙轻吁一口气,脸上重新挂起了笑容,推门走了进去。

Chapter 05 第五章
夜幕下黎家的神秘人

Chapter 7

深夜。黎宅。

一间空旷又寂静的房间，屋内奢华的装饰此刻正被无声的黑暗所吞没，暗红色的丝绒窗布旁，静静地站立着一个人。

背影虽有些消瘦，但身材修长，肩上披着一条米色的披肩，一张俊美的脸上写满了忧郁。

因为上一次彻夜未归，黎阳被黎爸爸关了禁闭，一个月不准他踏出家门不说，还没收了他的所有物品以及用车。

连手机都未能幸免。

一日三餐都由管家送进来，话都不敢多说，就又赶紧退出去。

正想着，房门外就有女生硬朗的声音响起来："怎么？现在连我都不能进了吗？万一黎阳在里边出了什么事，你们谁敢负责？"

"小姐，真的不能开，黎总吩咐这一个月谁要是把少爷放出来，谁就从这个家滚出去。您就不要为难我们了……"

"佑晨，回去吧，你为难他们也没用，我没事。"黎阳的声音传向外面。

其实黎佑晨心中也明白，如果这些下人违背了爸爸的命令，会有多严重的后果。她沮丧着边走边回望着，步子沉重地走开了。

门外重归寂静。

黎阳深深地叹了口气，联系不到钱小芙，也不知道钱爸爸如今怎么样了？

他一连几天没有出现，钱小芙又有没有想起过他呢？

黎宅，书房。

身着黑色西装的年轻男子在夜色中进入了黎宅，最深处的一间屋子里，他轻轻叩门走入。

他将一个沉甸甸的牛皮纸袋放在了书桌上，然后安静地退到了一边。

书桌后一个中年男子徐徐转过座椅，看样子他已年过五十，但从五官的模子来看，也想象得出年轻时有着一张多么英俊的面孔。双鬓的头发已经花白，却梳得一丝不乱。穿着巴宝莉的暗格毛衣，腿上搭着一条棉毯，眉宇间像有着深结一般，永远无法舒展。

他就是黎氏传媒的总裁，黎耀荣。

他坐正了身子，面无表情地将那袋子里的东西倒出，几十张相片散落在了桌上。

相片上记载了两个月里黎阳在国立新高的所有轨迹。

每天几点上学,几点放学,在校期间见过什么人,又跟谁一起用过餐。

而几乎在每一张相片上,黎耀荣都看到了同一个女孩子。

扎着清爽的马尾,眼睛清亮有神,面容白皙俏丽。

黎耀荣将相片扔到了黑衣男子眼前:"上次黎阳去仁爱医院删掉的入院记录和闭路电视,就是为了她吗?"

黑衣男子将手背在后面,恭敬地点头道:"没错,她就是钱小芙。"

"钱小芙……"黎耀荣缓慢地念过这三个字,他拿起相片又仔细地看了看,这女孩子的长相让他突然联想到了一个人。

黎耀荣皱紧眉头,目光飞快地扫过桌上的其他相片,相片上这个女孩子的一颦一笑,甚至是随便一个眼神,都让他更加坚定了怀疑。

他抬起头来,声音中竟然有些颤抖:"尽快给我查清她和莫佩兰的关系。"

黑衣人愣一下,但表情很快就恢复了正常:"以前的小保姆莫佩兰?您是说钱小芙有可能是她的女儿吗?"

黎耀荣拄着拐杖慢慢站了起来:"如果是的话,那么黎阳也算为我做了贡献。我已经苦苦找了她十年了。"

"如果当真是的话,那么夫人当时带走的那个保险箱就也可能找到线索了。"黑衣人的眼中也闪过一丝喜色。

黎耀荣走到窗边,在猩红色的天鹅绒窗帘映衬下,他的嘴唇轻轻一抿,露出一个令人战栗的笑容。

背叛过他的人,这一生都不可能得到他的原谅。哪怕,是他的妻子和儿子。

这十年来,为了找寻黎阳母子俩,他派了无数的人穿梭在世界各地,可是他们仿佛从这个世界凭空消失一般,竟然一点儿痕迹都找不到。

他没有一个晚上能够安睡,不断地回忆着黎夫人闻清芸从前和他生活的点滴,他一个个排查她亲近的人,甚至连儿时的朋友都进行了排查。

可他竟然忘记了在这个家里贴身伺候她的那个小保姆,那个时候的莫佩兰不过十七岁,因为长相清秀,年纪又相仿,被闻清芸一眼选中,之后主仆关系甚笃,连黎阳出生也一直是她侍奉左右。

直到黎阳六岁时,闻清芸串通黎氏传媒的首席律师江绵恒向他提出离婚,并索要大笔赔偿金,他一气之下将他们母子关进乡下的一间土屋。

黎耀荣原本想让她冷静直到回心转意,却不料公司中屡屡传出闻清芸与江绵恒的绯闻,更有好事者拿黎阳与江绵恒的相片做了比对,竟然眉眼中有着七八分相似。

第五章
夜幕下黎家的神秘人

黎耀荣在深夜赶到乡下，不料却被人从后面用粗棍打晕了。

第二天醒来后，闻清芸母子已不知去向，还从家里带走了一个重要的保险箱。里边的支票和财产并不打紧，但是他的黎氏帝国可以做到这么大，所有的不能曝光的机密文件都在里面。

同时，保姆莫佩兰也失踪了。

这惊人的巧合，他竟然从来没有联系在一起。黎耀荣提起拐杖用力地敲向地面："给我查，莫佩兰这十年的行踪，家人，一切都给我去查！"

"是！"黑衣人听着黎耀荣的震怒声，身子不禁一颤，但还是又拿出了一份文件递了过去，"还有，这是黎阳的DNA鉴定报告书……"

黎耀荣飞快地看过那几页纸，之后揉碎扔进了纸篓中。

黑衣人看着那几个纸团，一脸的不解。他找了这母子二十年，除了那个保险柜，不就是想得知黎阳是否是他的亲生骨肉吗？

如今……

黎耀荣的情绪慢慢平息了一些，他自窗里的倒影看着黑衣人："还有，我已经安排Zoe回来了，到时候陆家那边你接应一下，顺便帮我监视Zoe的一举一动。"

Zoe。黑衣人顿了一下，三年了，她竟然还是要回来了。

黎耀荣挥挥手："好了，我安排的事你都尽快办。出去吧。不要让别人看到你。"

"是。"黑衣人颔首，退出了房间。

刚走出书房，就看到了从走廊转角飞快消失的一个人影。

一只白色天鹅绒拖鞋遗留在书房门口。

黑衣人伸手拉紧了门，大步走到了转角处的储藏室，轻敲几下，门便微微开了一条缝。廊灯柔弱的光映在了黎佑晨美丽而仓皇的脸上。

"你的鞋。"黑衣人蹲下身去，轻轻拿起黎佑晨白皙漂亮的脚，将拖鞋穿了上去，"明知道是我出来，还跑得那么急。"

黎佑晨缩回了脚，走廊柔黄的灯光下她的脸色微微泛起了潮红，她低下头，清爽的短发散发出紫罗兰的香气，她的声音轻轻地："就知道是你来，我才会每次都躲到同一个地方。"

黑衣人微笑着起身。

"爸爸看了鉴定书吗？知道黎阳是他的亲生儿子之后，他为什么还不把他放出来？"黎佑晨压低了声音，一脸的担忧。

"他把鉴定书扔了。看样子，他早知道黎阳是他亲生的，但是他似乎根本不在意这

件事。"黑衣人的眼底也闪过一丝疑惑。

"难道爸爸根本没有想要认回黎阳,他只是想通过黎阳找回保险箱吗？"黎佑晨脱口而出,一把被黑衣人捂上了嘴巴。

"不要乱说,这个家里你惹的祸还少吗？刚才你偷听到的内容,也尽量不要告诉黎阳,他斗不过黎总,只会给自己惹麻烦而已。"他说完后才移开了手掌。

黎佑晨一脸委屈地看着黑衣人："我好想快点儿离开这个家,许真,总有一天你会带我逃走吧？"她握住了他的手,一行泪水轻轻滑落。

"你也听到了,Zoe要回来了。她是黎总最重要的一步棋,看起来黎氏和陆氏的一场恶战很快就会开始了。"许真宽大的手掌抚过她的秀发,"佑晨,这一切很快就要结束了,到时候我一定会带你走的。"许真看着她,目光坚定而深情。

带她逃离这个冰冷又残酷的家,逃离和黎氏有关的一切,这是他生平第一次对女生许下的承诺,也将会是最后一次。

真正改变他命运的,并不是陆云溪,连同他到陆氏地产当保安,这所有的事都是早就安排好的。

那群来历不明的闹事者,震天响的厮杀和尖叫,还有砸在陆云溪车上的那些棍棒……

以及奋不顾身帮陆云溪挡下致命一击的许真……

这一切,统统不是真的,都只是黎氏传媒计划鲸吞陆氏地产的序幕而已。

他与那些人都只不过是棋子,只不过那些人是拿钱办事,之后可以四散天涯,而他要还的,是欠黎耀荣一份重重的恩情。

五年前,他十七岁,是被国家万里挑一选中的特种兵,格斗、擒拿、射击、散打,样样领先,在部队中拿下无数个奖项,是所有人都看好的栋梁之材,许真也曾以为他的一生已经稳妥,也终于可以凭借自己的力量,改变家乡父母的生活。

然而他的父亲因为盗窃被抓,部队领导找他谈话时,一脸为难的样子,他知道他的前程就此结束了。

许真当年夏天退伍,父亲因无力偿还款项锒铛入狱,半年后,身患重病。

他四处筹钱,想要帮父亲减刑和治病,也就是那个时候,他遇上了黎耀荣。

他说会帮他处理一切,只需要他成功接近一个人。

他几乎没有犹豫地答应了黎耀荣。通过招聘成为陆氏地产的一名保安,之后在那些策划已久的闹事事件后,为陆云溪挡车,全身九处骨折,在医院躺了半年。

黎耀荣也果然兑现承诺,许真的父亲在当天保外就医,并争取到了减刑。

第五章
夜幕下黎家的神秘人

出院后,许真成为陆云溪最为信任的人,竟然还将他安排给了陆铭熙,秘密监视他的生活。

他变成了电视剧里才会有的双重间谍。一方是黎耀荣,一方是陆云溪。

他们都视他为亲信,给予他最好的待遇和所需的一切。然而每个深夜,他总是会大汗淋漓地从梦中惊醒。

而梦中对他喊打的人全部是黎耀荣。

他知道自己的心在陆氏和黎氏两位老总之间已经开始偏倚了,黎耀荣的暴戾与残酷渐渐让他觉得恐惧,在他已经做好全身而退的准备时,却意外遇上了黎佑晨。

那个美丽而又脆弱的女生,竟然让他第一次心生怜悯,他想要保护她,想要让她离开那个让人战栗的家。

许真从黎家走出去,坐回车子里。

院子里,黎佑晨瑟瑟地裹着围巾冲他挥着手,面孔已经看不清,但许真知道,黎佑晨一定又哭了。

他与她隔着这样的身份,他们永远不可能在光天化日下牵手拥抱,连像普通情侣一起看电影,逛公园都是遥不可及的奢望。

他看了看副驾驶座椅上的护照和机票,那原本是他准备带着父亲和黎佑晨一起逃走的。可是如今保险箱的事既然已经有了眉目,Zoe也已经回国,用不了多久,他就应该真的自由了吧。

他发动车子,当再看向院落时,黎佑晨已经不见了。

可是黎家别墅的二楼,黎佑晨房间窗户上却用口红画上了一个通红的大唇印。

许真不由得笑了出来,这是他一整天里第一个笑容,打从和黎佑晨在一起,他的心总会被她一些小小的举动而激起涟漪。

他真的很想快一点儿,再快一点儿陪伴在她身边。

为了这一天的到来,他甚至自私地盼望着Zoe归来,只有她的加入,才能使黎氏与陆氏的这场争斗真正走向高潮。

而他也才能全身而退。

尽管,这个女生的出现有可能会让陆铭熙再次陷入绝境。三年前陆铭熙为她所受的苦,都还让他历历在目。

可上天已经为每个人写好了命运。如果他的命运是黎佑晨,那么陆铭熙的命运便一定是Zoe。

她将送陆铭熙步入黑暗与绝望的命运。

第六章 Chapter 06
这不是巧合

Chapter 1

洛杉矶国际机场。

一个戴着墨镜的中国男子正在几名白人保镖的护送下，大步走入大厅。

十二月的天气里，他穿着迪奥铃花系列的无袖上衣，黑色轻薄的面料上印着一片惊艳的蔚蓝，精致的剪裁正好衬托出他健硕而完美的身材，下身穿着一条白色短裤，搭一双蓝白相间的鞋子，看似随意的装扮，却在每一个细节都透露着主人绝佳的品位。

机场大厅里，男子摘下了墨镜，将护照递给了白人保镖，便悠闲地站在那里等待着。在这个白人的国度里，他高大的身材完全不逊色。短发，微长的刘海向后蓬松地梳过去，露出了光洁而宽阔的额头，一双剑眉浓密且黑，眼睛狭长而深邃，鼻子高挺，嘴唇微厚，唇形极美，全身散发着一股子桀骜。

白人保镖很快办好了登机手续，并帮他托运好了行李，一行人浩浩荡荡地走到了登机口。

男子扬扬手里的机票，冲送行的人一笑，唇角向斜上方翘起："Bye,Everyone.Bye,America（再见，各位。再见，美国）！"

几个白人也都挥手和他告别，口袋里是男子刚发给他们每人一千元的小费，于是脸上就都笑得更真诚了。

这么慷慨的中国主人，让他们再送十回机都愿意啊！

男子从VIP通道直接进入候机室，是个装饰简约的房间，几张独立黑色真皮电动躺椅，白色的百叶窗，一切都不及中国贵宾休息室奢华，但是美国人的风格如此。男子在休息室里转了一圈，除了看到一个黑发女孩在讲电话，并没有看到其他人。

他在靠近女孩的一张单人电动躺椅上坐下来，轻轻放下靠背，躺了下去。

女孩讲电话的声音很小，英语说得流利而动听，仿佛美国电台深夜的主持人一般的甜美嗓音。

他不禁回过了头。

他看到了女孩的侧脸，白皙的脸颊，挺直而精致的鼻子，睫毛长且卷翘，一头海藻般的长发披至腰间，在他看她的同时，她也无意中回过了头。

她有一张美到让人窒息的脸！男子不禁在她绝美的容颜前愣住了。

女孩也正看着他，四目对视，像与他原本就相识一般，轻浅一笑，悠然而自在。

男子缓过神，赶紧回以微笑。

女生不再看他，转回脸去，继续讲电话。

男子也重新躺好，双手放在身侧，他听到来自自己胸膛里如擂鼓般的声响。

Chapter 06 第六章
这不是巧合

他伸手抚住胸口，不禁觉得自己可笑起来，年宥泰啊年宥泰，你是太久没有见过黑发女孩了吗？连人家是哪国人都不知道，竟然就心跳成这样了。

这么想着，目光却不自觉地又看向了女孩的身影。

女孩也刚好讲完了电话，将手机收好后，觉得有一道目光久久地盯着自己，便再次转过了脸。

男子的脸莫名地一僵。

只是这一个表情，女孩便笑了，冲他伸出了手："我是Zoe，你好。"

她，是怎么认定他是中国人的？年宥泰坐起了身子，握上她的手："年宥泰。"

Zoe轻轻抽回手："回国吗？"

"你怎么知道我是中国人？"年宥泰问。

"有我喜欢的中国男生的味道。"Zoe转眼看着他，"那种熟悉的味道，是在国外多久都掩盖不住的。"

味道？年宥泰举起胳膊在鼻子前闻了闻，并没有什么特别的味道啊。他看着她，眼神里的兴趣更加掩饰不住了。

"还有两个小时登机，休息一会儿吧。"Zoe微笑着结束谈话。

"哦。"年宥泰也重新躺了下去。

女生闭上了眼，手指却在沙发上轻微地敲动着，她心里默数着："一，二，三……"

"那个……"年宥泰又重新坐了起来，转过身子看向Zoe，"你是不是认得我？"

她猜得没错，他果然对她有兴趣！

Zoe手指骤停，唇边滑过一丝隐秘的笑容，但瞬间就换上了一脸的疑问，她美丽的眸子与他对视："嗯？什么？"

"哦，没事。"年宥泰搓了搓手指，他是疯了吧？凭什么认定这个女生认识他。就因为她先和他打了招呼吗？他眉头轻拧起来，一脸的不自在。

下一秒钟，她温热的手指就那么猝不及防地落在他的额头上。

年宥泰猛地一怔。

Zoe手指抚过他的眉心："没有人告诉你，皱眉头的男生得不到女生的爱吗？"Zoe一双眼深深地看着他，她的瞳孔有如幽夜般地黑，没有尽头。

年宥泰第一次被女生这么触碰，他完全呆住。

"你的内心比外表看起来更纯情呢。"Zoe微笑着说，"第一眼见你，以为你是财阀少爷，现在看来只是个有趣的大男孩呢。"

他看着她绝美的面孔,笑容犹如昙花绽放,他心里猛地恍惚了下。

就在这时,他的胸口猛地憋涨起来,喉咙也仿佛被掐住般,他用力捂住胸口,大口地呼吸。

"你……你没事吧?哪里不舒服吗?"Zoe飞快地伸手扶住他,看着他瞬间憋得通红的脸,突然明白了什么,"你是不是有过敏史?"

"兰花,兰花的味道……"年宥泰这时才发觉这休息室中有一股淡淡的兰花的味道涌动着,他自小有严重的过敏史,根本闻不得这种味道。

"糟糕,是我用的香水。"Zoe神色一变,飞快地站起来打开了休息室的所有窗户,然后用湿毛巾捂住了年宥泰的口鼻,并按下了休息室的求救铃。

年宥泰的症状没有半点儿缓解,一张脸憋得通红,用力地呼吸着。

Zoe的眉也紧紧地拧起来,他的过敏原是她,可是现在她又不能丢下他,离开这里。

"闭上眼。"她犹豫片刻后,冲他下着命令。

年宥泰额头上有大颗的汗不停地滴下来,用力地按着胸口,脸色苍白地看着她,眼中尽是疑惑。

"算了,来不及了。"Zoe心一沉,背过身去,在年宥泰的面前飞快地褪下身上的所有衣服,只留一套白色的内衣。

姣好的曲线就那么无所顾忌地暴露在他的视线内。

年宥泰目瞪口呆地看着眼前发生的这一切,捂着口鼻的毛巾也不知道什么时候就已经掉在了地上。

Zoe也顾不得那么多,迅速抱起地上的衣物,用力向窗外扔出去,这才抓起沙发上的毛毯将自己包裹起来。

短短十秒钟的时间,年宥泰看着眼前神色紧张的女生,内心被前所未有的感觉冲撞着,他使出最后的力气握住了她的手。

这时休息室的门被重重地推开,医务人员冲了进来,Zoe赶紧站了起来,用英语飞快地和医生沟通着。

很快,年宥泰就被几名医生团团围住,训练有素的医护人员为他戴上了呼吸机,几名男医生将他轻放在了担架上,从休息室抬了出去。

年宥泰的意识越来越弱,视线里Zoe的身影越来越模糊,他的眼皮沉沉垂下去,终于晕了过去。

"从洛杉矶飞往江城的航班马上就要起飞了,请各位旅客系好安全带。"

Chapter 06
第六章
这不是巧合

空姐柔美的声音在飞机内响起。

"小姐,我们马上要起飞了,请您关闭手机。"一位中国空姐站在Zoe的身边,微笑着提示着。

"好,马上。"Zoe手指捂着手机听筒,在空姐的目光下,飞快地冲着电话那边的人说了一句,"这次谢谢你,我一下飞机就会转账给你,也希望你遵守承诺把这件事保密到底。"说完,她直接打开手机后壳,抠出了手机电池,抬头看向空姐。

"谢谢您配合。"空姐从她身边走开。

Zoe看向飞机窗外,如海水样的双眼又一次暗潮涌动,没有人知道她的内心也正经历一场狂波巨澜。

她戴上耳机,闭上眼睛,卷曲的长睫低垂,将飞机上一切声音隔离在了身体之外。

在机舱就要关上的一瞬间,一个男子不顾闸外机组人员的劝阻,从云梯上奋力地冲上了飞机。

"我认识机长,我会和他解释的。"男生在几名空姐惊讶的表情中,轻轻吁了口气,"现在我可以先进去吗?"

空姐面面相觑,看到他手里握着航空公司的白金卡,同时选择了沉默。

"您的座位。"一位空姐将他引至头等舱的位置上。

可男子并未落座,而是从头等舱径直走了出去,在机舱里飞快地寻找着一个人。

直到再次看到那个有着海藻般长发的女生时,他手扶着椅背,唇边才露出一个轻松的笑容。他把手里的头等舱票递给了女生邻座的人,这才慢慢地在她身边坐了下来。

"Zoe。"他调整好呼吸,碰了碰她的手臂。

Zoe正沉浸在音乐里,突然听到有人叫起自己的名字,她猛地回过了头。

在看到一个无比帅气的男生正微笑地看着自己时,她心里猛地掀起了一阵狂澜。

她惊讶地看着他,一张脸上写满了惊喜。

男生唇边带着笑意,目光看向前方,笑容如阳光般灿烂:"吓到你了吗?"

"年宥泰。"她看着他的脸,"你好了吗?可以坐飞机吗?"

"我给机场写了保证书,不管发生什么事,都由自己承担后果。"年宥泰轻浅一笑,"想和你搭同一班机回国,真不容易。"

Zoe手指抚过长发,微笑着将脸转到了一侧。美丽的脸颊因为羞涩而泛起了微红。

年宥泰看着她的侧颜,阳光从机窗中洒进来,这一切都美得像一场幻真的梦。

一个小时前,昏睡中的他隐约听到医生们说他刚才的情况有多危险,若不是那个女

生及时脱下了衣服，阻止那些香味蔓延，他可能会性命难保。

她在异国他乡，竟然为了一个陌生的男子做这样的事……

这样的女生，他又怎么能就这么错过？

他挣扎着从病床上坐起来，拔掉了身上所有的管子，给医生飞快地写好责任书，这才终于赶得及和她坐同一个航班回国。

他的意识还不算清楚，精神也没有完全恢复，在刚刚做这一切的时候他并不知道自己为什么要冒这样的风险。

直到此刻，坐在她的旁边，看着她的脸，与她呼吸同一片空气。他终于知道，一切都值得。

他想起在美国的课堂上，教授讲过的那段话。

上天总会安排一个人到你的身边，她主导你的思想，吞没你的神经，让你失去自我，忘却生死。

然而，你甘之若饴。

那就是爱情。

年宥泰问着自己，这真的是爱情吗？一见钟情竟然也会发生在他的身上吗？他的一颗心经历着前所未有的忐忑与雀跃。

而在Zoe的脸上，则是一种超乎平常的淡然。长发垂落，遮住了她的脸，成为她和年宥泰之间无形的屏风。

九千米的高空上，她看着机窗上自己的倒影，唇角轻轻咧起。

她知道，她此行回国的第一个保护伞已经顺利到手。

年氏集团的公子，年宥泰。

江城里最后一位可以与陆铭熙和黎阳平起平坐的财阀继承人。

Chapter 2

飞机在十三个小时后的深夜降落。

十二月的江城已经有了冬季的寒意,Zoe和年宥泰一起走出来,她只穿了一件在机场临时买来的连衣裙,纤长的小腿露在外面。

刚一走出机场的电动门,Zoe便不由得打了个寒战。

年家的加长林肯车已经停在了面前,司机利落地将行李都装上了车,恭敬地站在年宥泰面前:"少爷,我们回去吧。"

年宥泰看到司机身上的棉服,便直接扒了下来,披在了Zoe身上:"有人接你吗?不然我送你回去。"

国内和美国二十摄氏度的温差,让Zoe的嘴唇都已经冻得发紫了,她抱紧了双臂,刚想说话,就看到了一辆黑色的奔驰在她不远处停了下来。

两个穿黑色西装的年轻男子下了车,冲她大步走过来。

"好!"她几乎不假思索,飞快地钻进了面前的林肯车里,"快开车。"

"哦,好。"年宥泰不明所以,但看着她一脸紧张的样子,便也赶紧催促着司机。

车子驶离了停车场。

Zoe看着后视镜,手指紧紧地捏着裙角。

车外几个穿黑色西装的年轻人奋力地追了几十米,终于精疲力竭,弯下腰大口地喘息着。

Zoe的心落下去。她这才回头看向年宥泰,却见他一脸的笑意。

"嗯?"她不解地看着他,轻拧起了眉。

年宥泰笑出声来,指指后视镜里的那些人:"所以,你是出逃的财阀小姐吗?"

Zoe看着他,没有回应,只是沉默着笑笑。

"刘叔,暖风开到最大。"年宥泰见她不说话,便也不再继续问下去。他端了一杯热咖啡递给了Zoe,"喝了暖和点儿。"

Zoe感激地接过来,目光看向窗外。

三年了,她终于又回到了这个她以为一辈子都不能再回来的地方。

车子在宽广的街道上平稳地行驶着,每座楼,每条街,甚至是这种昏黄的路灯,都让她觉得亲切又熟悉。

年宥泰坐在她对面,她眼里那些充满回忆的光芒,让这个美丽而淡然的女生看起来多一层感性,他一动不动地看着她。

他第一次如此期待回国后的生活,他甚至都已经开始设想以后与她相处的时光。

因为她的出现，江城夜晚的空气都变得格外清新。

年宥泰的脸上露出了淡淡的笑容。

"看样子，你是不会回家了，那么你打算去哪里？"他轻声问她，从刚才追车子的人来看，她应该是逃出家了，但是时间已经这么晚了，她有什么打算呢？

回家？Zoe迟疑了片刻，他真的以为她是贵小姐了。她苦涩地一笑，世界这么大，又有几个人能像年宥泰他们一样，生来就这么好命呢？

在她回来之前，黎氏传媒就已经为她安排妥当，她也早已做好了继续帮黎总的准备，那是她欠他的。

然而当她在机场看到那辆车和那些人的时候，她突然有种莫名的抵触。

这十八年来，她每一天每一刻都在别人的棋局里生活着，说什么样的话，和什么人在一起，都是经过周密计划的。

她像是一只扯线木偶，没有一分钟是为自己而活。

她想过一回不被控制的生活，哪怕只有这一晚。

她扭脸看向年宥泰："怎么办？我好像无家可归了呢。"

年宥泰也笑起来，一副很舒心的样子，他双手交叠在一起，目光深深地看向她："很乐意招待。那么从现在开始就进入市区了，凡是那些高大豪华的酒店建筑，你随便指一家，我们就去入住。"

"我们？"Zoe笑出声来，"你也要逃离家了吗？"

"反正我被放养惯了，我爸并不在乎我哪天回来。"说到这里，一幢高耸入云的银色建筑映入眼帘，建筑的周身被灯光环绕，闪烁的光亮照耀着整座城市，连星光都暗淡下去。

年宥泰手掌捧着Zoe的脸，将她扭向了那栋建筑的方向："那里怎么样？"

年氏的钜豪酒店，三年前它便已经拿下全亚洲最高星级酒店的殊荣。

她呆呆地看着那里无比璀璨的灯光，也是在那里，她与一个男生开始了命中注定般的缘分。

"怎么样？"年宥泰见她不说话，便又问了一次。

"好。"Zoe仿佛失魂般地答复了一声。

这算是巧合，还是某种预示吗？她的心中波涛汹涌着。

车子经过了市中心，在中心广场对面，几名工作人员正在冒着寒冷替换着江城最大的一块广告牌，十层楼高的巨大的幕布在工人"一二三"的号子声中，"哗"地一

第六章 这不是巧合

下垂落展开。

一位身装黑色西装的男明星，他有着一张绝世无双的俊美脸庞，一双眼深情地看着这座城市。

尽管是寒冬，还是有无数的路人停下脚步，对着巨型广告牌拍起了照。

"停……车。"Zoe突然轻声说道。

"刘叔，停车。"年宥泰重复。

"哦，好。"加长林肯缓缓地停在了路边。

Zoe推开车门，走了下去，站在广告牌下怔怔地看着幕布上的男子。

"喜欢他吗？"年宥泰走下来，也抬起头来。

Zoe却一动不动，仿佛周遭的一切都已经打动不了她，她的世界里只剩她与幕布上的这个男子。

"如果你想和他见面的话，我可以帮你约到他。但是现在太冷了，先上车吧。"年宥泰轻轻握住她的胳膊，却发觉她的身体又冷又僵，仿佛一块寒冰。

"Zoe？"年宥泰终于意识到有什么不对劲，他用力拉过Zoe的身子，刚想说话，却见她的眼中有泪水滑落下来。

Zoe。他看着她的泪水越来越汹涌，怔在了那里。

她用力地捂着胸口，胸前的衣服已经被捏皱，她埋下头去，长发在寒风飘扬着，她终于抑制不住情绪，哭得不可抑止。

"铭熙……"Zoe的嘴唇已经冻得快要说不出话，她缓缓地坐到地上，光洁的小腿就那么生生跪在了冰冷的地面上。

铭熙，我回来了，三年了，我终于回来了，可是你呢？你还在等着我吗？

年宥泰看着情绪已然失控的她，许久之后他也跟着她蹲下去，看着她心力交瘁的样子，他不知道自己还能怎么办，他伸开双臂，将她轻轻地拉回怀中。

不知道为什么，他也仿佛被感染了一样，看着她流泪，他的心也痛起来。

他明白，他的一见钟情也许就这么结束了。

这世界上有那么多国家，那么多时区。然而，属于他和她的时间，却只有十四个小时零二十七分钟。

他喜欢的女生，她的心里，早已住进了另一个人。

"Zoe，不管你回来是为了什么，我都会帮你的。我什么都不会问你，也不会强求你，你只要记住，我在你身后，一直会在。"

Zoe双目垂泪轻轻抬起头，双眼无助地看着他。

"但是我还是会感激你,让我遇见你。"

江城入冬后最冷的那个深夜里,年宥泰对仅相识十四个小时的女生许下了一生第一个承诺。

深夜,仁爱医院。

钱爸爸在突然经历了几次昏迷之后,情况终于慢慢稳定了。

主治医生一再安慰着钱小芙,钱爸爸的病情已经得到控制,不会有生命危险了。接下来等所有身体指标都合格后,就可以立刻进行手术。

钱小芙的一颗心总算落回肚子里,她回头看着身后的陆铭熙,露出一个浅浅的笑。

陆铭熙一直双手抱胸站在门口,见钱小芙笑了之后,他先是愣了一下,之后大步走到她身边,也不顾钱爸爸和医生的目光,用力握住了她的胳膊。

"喂,你原来还会笑啊?你还记得有个我啊?"陆铭熙终于找到机会,赶紧出气。

钱爸爸入院这些天里,他推了所有活动,甚至把纸尿裤广告的拍摄日期都一推再推,天天只陪着钱小芙守在医院里。

原本是想陪着她,分担一些她的担忧,可是他的所有努力都成了徒劳,钱爸爸病发昏迷了三次,钱小芙便也跟着病倒了三次。

每一次却还是坚持挂着吊瓶继续守在钱爸爸床边,半个月的时间,她整个人已经瘦了一大圈。

一日日像个机械娃娃一样的生活,没有言语,没有表情,有时候和她说句话,她要大半天才能反应过来。陆铭熙急得恨不得拉她去看心理医生。

他变着法子想让她变开心,把她所有提起过的明星都挨个请到病房来,送花、送签名、送礼物。大牌明星的频频光临,搞得整个仁爱医院都快瘫痪了,可是钱小芙的目光始终没有离开过床上沉睡着的人。

他故技重施,继续让许真去买彩票,按着老办法偷偷送进了病房,可是自始至终那些彩票都一动不动地摆在桌上。

钱小芙的心仿佛已经跟着钱爸爸一起沉睡了。

陆铭熙的生活像跌进了没有色彩的黑白空间中,半个月过去,他发现自己竟然也不会笑了,就在他已经适应了与钱小芙零交流的生活时,钱爸爸终于在刚才奇迹般地醒了过来。

钱小芙露出笑容的同时,他终于听到自己心中整块冰山融化的声音。

"对不起啊。"钱小芙任他那么拉扯着,也不挣扎,目光里满满的全是感激,他所

第六章 这不是巧合

做的一切,她又怎么会不知道?"陆铭熙,我欠你一个大人情,你随便什么要求,我都可以答应你。"

竟然这么痛快就承认了错误。眼前这个顺从又乖巧的钱小芙竟然让陆铭熙有点儿无所适从,他松开她的胳膊,反而笑容都不自在了:"现在还没想到,我会给你攒着的。"

钱小芙轻轻一笑:"时间不早了,你也快回家吧,我送你下楼吧。"

陆铭熙点头,和钱爸爸挥挥手,两个人便一起走出了病房。

楼下保姆车前,许真正在路灯下擦着车子,一转头看到钱小芙和陆铭熙一起走出来,他心一慌,赶紧钻回了车子里。

"你最近都不自己开车了吗?"钱小芙看着保姆车,疑惑地问道,"不是又撞坏了吧?"

"呸呸!你知道你这一个诅咒,我好几十万元就没了吗?"陆铭熙还沉浸在上次的保险杠事件中久久不能释怀,"这几天总要来医院,开着车子不方便停,所以就把许真调回来了。"

"哦。"钱小芙原本对于他司机的事也没什么兴趣,便也没多想,把他推进车里,"快上车吧。"

陆铭熙这么多天没日没夜的,也确实累死了,也就利落地钻进了车子里:"钱爸爸好转一些了,那我明天就开始拍广告了,可能要晚几天再来看你。"

"知道了。"钱小芙挥手。

车子转头时,钱小芙无意中就看到了司机的脸,她怔了一下,转身向台阶走去。

刚走了几步又突然停了下来。

"那个人,怎么觉得很眼熟?好像哪里见过?"钱小芙皱起了眉头。

车子在深夜的街道上平稳行驶。

"小陆总,今天中心广场那边你的广告牌立起来了,要过去看看吗?"许真看着后视镜中的陆铭熙。

"好累,不想下车了,你一会儿帮我拍张照就行了。"陆铭熙今天莫名地就很没精神,不知道是不是入冬降温的关系,他整个人都觉得倦倦的。

到了中心广场,陆铭熙已经睡着了。许真把车子停到了一边,他轻手轻脚地关上车门,裹紧了衣领从车上跑下来。

把自己每一个代言过的广告牌都拍下来,这是陆铭熙很多年前就养成的习惯。

夜风可真冷啊，许真举着相机对着广场刚刚挂好的广告牌连续摁了几次快门，确定相片清晰后，他正要重新返回车里，目光就被不远处一辆加长林肯吸引过去。

车边似乎还站着两个年轻人。

江城市虽然富豪多，买加长林肯的却是少数。这辆五个"9"的尾号车牌，是年氏集团的总裁专用车。当了这么久的司机，每个大集团的用车许真几乎都已经烂记于心。

可是这辆车是年总两年前买给儿子十六岁的生日礼物，打从年宥泰出国后，已经很久没有出现了。

莫非，是年宥泰回来了？许真把相机重新举起来，对准林肯车，拉长了焦距，终于看清了车外站着的两个人。

一个气宇轩昂的男生正扶着一个女孩走进车里。

许真赶紧摁下了快门。

林肯车门已经关上，车子缓缓驶进了街道。

他也赶紧跑回车里，外面冻得他双手通红，把相机放到一边，刚想暖和一些再看，谁料就看到几个举着"陆铭熙粉丝团"的女生从这边张望着走过来。

看来陆铭熙真应该换辆车了，这辆保姆车已经是众人皆知了。许真也顾不上相片的事，搓了搓手指便发动了车子，从广场驶离。

Chapter 3

陆铭熙在酒店门前下了车，刚走了几步，又返了回来，手伸进车窗："相机给我，我一会儿回去看看广告牌。"

"哦。"许真把相机递了出去，"小陆总，你脸色不大好啊，还是早点儿休息吧。"

"跟了老陆总之后，你怎么越来越像我妈了呢？"陆铭熙撇撇嘴，握着相机走进了大厅。

许真从酒店驶出去，就看到了门口停着的那辆加长林肯车。

车子的司机正站在外面擦拭着车窗，许真认得他，是在年氏很多年的司机刘叔。他便也停下车子走了过去。

"刘叔。"许真恭敬地行了礼。

"哦，陆氏的许真啊。好久不见了。"刘叔长得很可亲，脸被冻得通红，但还是笑容满面。

"这辆车很久没开出来了吧？"许真试探性地问着。

"对啊，年少爷今天刚回来，年总让我来接他。"刘叔答得很痛快，"你呢？陆铭熙还住酒店吗？这孩子什么时候能改改这习惯啊。"

"是啊。我刚才在广场好像看到你们了，和年少爷一起回来的是年小姐吗？"许真越想越觉得那个女生有些眼熟。

"不是，好像是少爷的朋友，一起从美国回来的。"说到这里刘叔脸上也有些疑惑，"以我对少爷的了解，他虽然看起来很爱玩，但是和女孩子向来保持距离，可是对这个女孩很关照呢。"

"光看背影都觉得是美女呢。"许真赔着笑脸。

"对对，是个很漂亮的女孩子，但是名字很奇怪，我听少爷叫她……"刘叔仰着头回想着。

"哦！叫索伊！"刘叔轻拍了下手掌，"是不是很奇怪，姓索的很少见吧。"

"Zoe。"许真的心猛地收紧。

她竟然在今晚回来？

许真转头看向酒店，心里"咯噔"一声，喊了一声："坏了，陆铭熙也住在这里！"说罢也顾不上和刘叔道别，撒腿就往酒店里跑去。

如果在陆铭熙毫无准备的情况下与她遇见，他不敢想象他会有什么反应！他分明知道Zoe这次回来就是针对陆铭熙，在黎总的安排下，他们一定会见面。

但是他不知道为什么会如此紧张，或许他的忠心早已偏向了陆氏这一边。

他飞快地穿越大厅,所有的电梯都还没到,他心下急成了一团乱麻,转身跑向了楼梯间,一口气跑上了顶层,大汗淋漓地敲响了陆铭熙的房门。

陆铭熙也刚回房,刚拿起相机,就听到了门外激烈的敲门声。

他一开门就看到了双手支着大腿大口喘息的许真,那么冷的天气里,大滴的汗从许真的额头上流下来。他被许真吓到了,赶紧探出头左右看看:"怎么了?有人追杀你吗?"

许真见陆铭熙安然无恙,心终于放下来,他把陆铭熙推回房间里,刚一关上门,他就一屁股坐到了地上。

认识许真这么久,陆铭熙从没有见他这么慌张过,就赶紧蹲在他面前,拍拍他的脸颊:"喂,你老实说,你是不是欠了高利贷……朋友一场,我也实话实说,我的钱都买彩票了,是真的没钱替你还啊。"

许真看着陆铭熙一脸嫌弃他的样子,虽然话说得很没良心,但是这样的陆铭熙让他真的很安心。他伸出手掌拨乱了陆铭熙的头发,像对待小孩子一样,声音里尽是娇纵:"小子,你就这么没义气吗?"

"小子?"陆铭熙眼睛都瞪圆了,"好嘛,你是跟了几天大陆总,敢公然挑衅我了是不是?快给我起来,出去!管那放高利贷的把你扔入海里还是挖坑埋了我都不管你!"

扔在海里,埋在坑里?我们这位小陆总真是电视剧拍多了吧。许真缓了半天,终于恢复了精神,他这才慢慢站起来,拍了拍陆铭熙的肩膀:"你没事就行,我走了。"许真说罢,便伸手打开了门。

"喂!"陆铭熙飞身过来一把推上了门,"你找死啊!算了算了,大不了我多拍几个尿不湿广告,说吧,欠了多少钱?"陆铭熙已经转身进去拿钱包了。

许真看着陆铭熙的背影,心里突然有种说不出的感觉,这么多年来,他小心翼翼地为两家服务,有多少次都差点儿行迹暴露,又有多少次被黎总欺压辱骂,他一直觉得黎佑晨是他坚持下来的理由。

然而此刻,看到陆铭熙将钱包递到他手上,目光里满是担忧的样子……

他知道自己的选择是对的。

他低头轻轻一笑,将钱包塞回陆铭熙手中,然后用力握住他的肩:"铭熙,我会守护你的。"

陆铭熙被他握住的瞬间,突然浑身一冷。

"不管日后你看到什么,听到什么,你都只要记住,我许真是站在你这边的,记住

第六章
这不是巧合

这句话。"许真一字一顿地说着。

"好好好,我记住了。"陆铭熙推开他,"时候不早了,我们都安歇吧。你先回去好不好?"陆铭熙被他整出一身鸡皮疙瘩。

"我走了。"许真走出房间,把一脸错愕的陆铭熙留在房间里。

在酒店奢华的走廊里,许真深呼一口气,尽管陆铭熙与Zoe的重逢根本不可能避免,但是他也希望这一天晚一点儿到来。

他跟了陆铭熙这么些年,他知道他虽然不再提起Zoe的名字,但是从心里她依然是如梦魇一般的存在。

无论她何时出现,都依然会让他陷入绝望崩溃的境地。

许真走到楼层尽头,等着电梯上行。

"叮"的一声,电梯门开启。

行李服务生推着车子从他面前走过去,许真向后退了一步,从几件高大的行李箱间隙中,他看到了一个长发披肩的女生从电梯里走了出来。

许真看着那个女生,她的一颦一笑,甚至是举手投足的每一个细节,都不可抑止地唤醒着他的记忆。

Zoe!许真愣在了那里。

"先生,先生,请让一下。"服务生站在许真面前轻声说道。

"先生,你还好吧?"服务生见许真一动不动,立刻换上了一副关切的表情。

"怎么了?"年宥泰和Zoe一起停了下来,作为酒店的少东家他还是很有责任心的,转身看向许真,"您有什么事吗?"

Zoe长发轻扬回过头来。在她看到许真的一瞬间,她也呆住了。

"许……真。"Zoe的声音中满是惊讶。下一秒钟里她目光飞快地扫向长廊,许真会在这里,就说明陆铭熙也在。

"Zoe,我陪别人来的,他不在这里。"许真轻握了掌心,镇定地走到她面前。

三年不见,她出落得更加迷人,比起十五岁时,她的美更加摄人心魄。

就是这张脸,这双如海水一般的双眸,曾让陆铭熙一念生死。

Zoe看着许真,努力压制着情绪,她知道时机还不到。就算陆铭熙真的在这里,她也还不能贸然地去见他。

她的目光终于回归淡然。

"好久不见,许真。"她并没有伸出手,只是轻浅地看着他,仿佛上一次见面只是

几天前的事。

"我以为我们不会见面了呢。"许真也笑道,"时间很晚了,改天再见吧。"许真见她如此迅速就能控制情绪,看来这三年她已经更加成熟深沉。

"是朋友吗?"看着许真离开,年宥泰问道。

"嗯,以前更像朋友吧。但是现在看来,好像不在一条阵线了呢。"Zoe静静地看着电梯门关上,唇边始终挂着一抹笑容,只是短短几个字的问候,她却分明感受到了许真对她的抵触。

也是,三年前她的那番作为,别说是旁观的人,就连她自己都觉得不堪回首呢。

"好像有很多秘密呢,你。"年宥泰摸摸下巴,意味深长地看着眼前这个美丽却有如谜题般的女生。进入江城短短一个小时的时间里,她已经让他有了无数的疑问。

Zoe歪歪脑袋,纤细的手臂轻挎起年宥泰,笑容如少女般绽放:"所以从现在起,你要守好你的钱袋和你的心了。"

年宥泰不置可否,耸肩轻笑着,被Zoe拖着走向了房间。

陆铭熙送走许真后,冲了一个热水澡,再走出房间时,突然发觉一直放在床上的相机不见了。

他愣了一下,翻开床单四处找着。

手机突然响了一声。他拿起来,是许真发来的短信。

小陆总,晚上的广告牌照得不太清晰,我拿去重拍一下。

陆铭熙赶紧跑向房门口检查了一遍。

门锁安然无恙,房间里也一切无常。

陆铭熙身子突然颤抖了一下,他下意识地包好浴巾,目光环绕着房间内。

许真是杀手出身吗?他到底是什么时候返回来的呢?关键他是怎么进来的呢?

酒店停车场。

许真把随身携带的一张万能房卡收了起来,然后拿起相机把刚才拍到的Zoe的相片一张张地删去。他的脑子乱成了一团麻,他要如何把Zoe回来的事情告诉陆铭熙,而又不被黎总发现呢?

以黎总的风格,他不会这么快安排Zoe去见陆铭熙,这么重要的一颗棋子,必然会安排在最为关键的时候。

那么在此之前,陆铭熙就还有时间做心理准备。

第六章 这不是巧合

可是以他对陆铭熙的了解,他一定会在得知Zoe回来的第一时间里,冲去找她。如此一来,他便有可能毁了黎总的计划……

他还没有资本得罪起黎氏。

许真烦躁地将头贴在车窗上。

他要怎么做,才能让陆铭熙躲过这一劫?

这一命定的劫数。

Chapter 4

钱爸爸的身体经过一段时间的调理之后,已经好了许多。

医院也开始积极为钱爸爸的手术做起了准备,钱小芙看到钱爸爸日渐红润的脸颊,也终于放心了一些。

钱爸爸刚精神一点儿,就开始催促着钱小芙早点儿回到学校去。

钱小芙担心着钱爸爸执意不肯回去。陆铭熙眼见着父女俩就快要闹僵了,就赶紧站了出来,答应会请几名护工过来24小时看护钱爸爸。

见陆铭熙举起双手保证,钱小芙的表情才松动了一些。

"真的没有问题吗?"钱小芙的眉心轻轻地拧着。

"如果钱爸爸少一根汗毛,我用我自己的补给你!"陆铭熙发誓。

钱小芙白了一眼他:"我要你的汗毛干什么用啊?倒是你,你这段时间天天守在这里没关系吗?"

她终于知道关心他了?陆铭熙双手抱在胸前:"哦,有关系,丢了很多代言,损失了很多很多钱,怎么,你有办法吗?"

"真的吗?那你还不快去和人家解释一下?"钱小芙伸手就把陆铭熙向外推。

"喂喂喂!"陆铭熙被她一口气推出了病房,"钱小芙,你就是这么对待恩人的吗?喂,你是吃了什么,劲怎么这么大啊……"陆铭熙嘶喊着就被推到了走廊里,病房门被飞快锁上。

"小芙……"钱爸爸无奈地看着女儿,嘴上却挂着淡淡的笑容。

"谁让他蹬鼻子上脸啊,有他在太吵了,爸,你也被他吵了好久了吧,这下好了,咱们可以安静一会儿了。"

陆铭熙手掌推着门,脸扭在一边,深呼了一口气,然后大步走到护士台,敲敲桌面:"那个……把对面病房的钥匙给我。"

"对不起。"年轻的护士头都没抬,"病人有隐私权,我们不提供钥匙的。"

"真是,我说,你难道不认识吗?之前一个月里我每天都快住在这个病房里了……"陆铭熙埋下脖子,拼命把脸往护士眼前凑过去。

护士终于抬起头,当认出眼前这个人时,眼里超乎寻常地镇定,让陆铭熙浑身不觉地一冷。

他这么快,就被大众遗忘了吗?陆铭熙脚都有些站不稳了。

"陆铭熙,我从五岁开始就崇拜你,凡是有你的见面会和演唱会,就是省下早点钱也一定要去参加,可是巨星私下里就是这么让人失望吗?为了一个女生,说退出就退

出,你知道我们为了加入你的后援会花了多少钱吗?那些钱你打算都用来干什么?给这位未来的岳父交住院费吗?"

护士已经对陆铭熙的不务正业忍无可忍了,爱之深恨之切,她追了他十几年,为了与他见一面,甚至连高考都差点儿误过,可谁知这位梦中的王子,私下里竟然让人大跌眼镜,除了这张脸还让人着迷外,其他的简直都负分了。

陆铭熙被护士的一席话说得目瞪口呆,他木木地站直了身子,真的有那么明显吗?他为了钱小芙的付出竟然这么令人失望吗?他转头看向那扇紧闭的病房门。

连护士都看不下去了,钱小芙难道是石头做的吗?她怎么会完全不被感动呢?

想到这里陆铭熙重新压低了身子凑到护士面前:"我说……"

"求你去拍部电影,或者广告,再不然拍个广告牌也行啊。你不要把时间和我们的心血浪费在一个铁石心肠的女生这里了,好不好?"护士几乎都恳求着他了。

"好好好,我明天就去拍广告!但是,你可以帮我个忙吗?"陆铭熙发挥影帝效应,一双眼灼灼地看着护士。

护士的心终于被看融化了,脸上的坚冰消失,出现了一个骨灰粉应有的满面绯红。

"你可以把刚才那些话,和病房里那个女生再说一遍吗?她吧,脑子好像慢一点儿,有点儿看不出我的付出呢……"

"陆铭熙!你还我入会费!还我十年的白金会员费!"护士的怒吼响彻整个医院。

钱小芙正给钱爸爸削着苹果,就觉得头顶的灯都晃动起来,她飞快地开门跑出去,就见护士一脸怒火盯着陆铭熙,而陆铭熙像吓傻了一样,面色苍白表情惊恐地立在那里一动不动。

她赶紧走过去握住了陆铭熙的胳膊:"出什么事了,你没事吧?"

陆铭熙这才慢慢缓过神来,张开嘴巴深深地呼了口气,然后从钱包里抽出厚厚一沓钱放在了护士面前:"退会吧,我衷心恳求你退会吧。这些是补偿你的,不用客气了。"说完,便依然是一副丢了魂似的表情,扯着钱小芙一起挪出了走廊。

"陆铭熙……你这个负心汉!我爱了十几年啊!"身后护士的痛哭声惊天动地。

医院庭院里,陆铭熙找了张椅子坐了下来,双眼呆滞地看着钱小芙:"我也不希望你知道我的真心了,只希望你以后要是在路上遇上我十年以上的粉丝时,千万要绕着走啊。"

钱小芙几乎猜到发生了什么事,看着陆铭熙"扑哧"一声笑了出来,她走过去手掌轻轻抚过他的头:"你干吗做这么多没用的,你不是说我的心是石头做的吗?"

陆铭熙抬头,钱小芙难得有这么柔美的表情,竟一时让他有些不知所措了。

"所以,一旦石头做的心融化了,就很难再复原了。陆铭熙,你的好我都记得。记在石头的纹路里,而因为这些纹路,石头也越来越温热了呢。总有一天,它会裂开吧,会裂成每一瓣都有你的温度的石子。虽然知道是早晚的事,但是我还是觉得害怕。害怕到那个时候你或许已经不在了……"

"钱小芙……"陆铭熙刚想说什么,就被她轻轻捂上了嘴巴。

"以后的事谁又想得到呢?十六年来,我都像蜗牛一样习惯了自己的壳,或许树林再深,或许山洞再隐秘,都始终不敢信任,能让我自由呼吸的只有自己的壳。所以表白这种事,在我看来像将真心剖出来递给别人,我原也以为这辈子我都不会表白呢。"

钱小芙顿了顿,像鼓足了一辈子的勇气,低垂下头,长长的睫落下,一个吻就那么猝不及防地隔着自己的手印在了陆铭熙唇的位置。

"不论你如何对待我的真心,陆铭熙,我喜欢你。"

陆铭熙眼睛睁得大大的,看着眼前的钱小芙,她的呼吸、她的发香都那么近地袭向他。他只觉得自己心跳都已经停止,全身的血液冲向头顶,这个突如其来的表白,让他的心涨得满满的,像一颗快要炸开的炮弹,他不知道自己要如何回应她,只是伸手将她紧紧拥住。

没有任何征兆,一滴眼泪从眼眶滑落。

他将头埋进她的发间。

他不知道属于钱小芙的那颗石头心何时才能融化,而他清楚地知道,他的心已经被她占满。

"我喜欢你"那四个字,像藤蔓般一路向心房缠绕过去,一节节地侵占他的心肺脾脏,直至每条神经、每根血管……

钱小芙轻轻地闭上双眼,感受着陆铭熙的心跳。她只觉得自己是全天下最幸运的女生,她嘴巴轻轻地张开:"喂,陆铭熙,遇到你之后我一直在想一个问题,我上辈子一定是做了很多很多好事,像拯救人类什么的大事吧,才会在这一生里遇到你。"

"就是说啊。"陆铭熙强忍住心中翻江倒海般的悸动,"想遇到我,估计光拯救人类是不够,你一定是拯救了银河系,挽回了外太空吧。"

"喂,你想让我收回刚才的话吗?"

"你当我傻吗?刚才那些话我都录下来了,一字不落地全录下来了!"

"录在哪里了?给我看看!"钱小芙嘟着嘴巴推开陆铭熙。

"心里。"陆铭熙双眼灼热地看着她,手掌放在心脏的位置,"听说只有这里才能保存到死。"

第六章
这不是巧合

星辰之下,晚风吹动医院庭院的树木,两个影子交叠在地上,像两颗天空最美的星坠入了凡尘。

第二天一早,陆铭熙就带着六名护工齐刷刷地出现在了钱爸爸的病房里。

钱小芙刚从睡梦中醒来,睁开惺忪的睡眼,就看到六个穿着粉色衣服的女生冲着自己微笑着。她赶紧从床上爬起来,看着另一边一脸得意的陆铭熙。

"这是护工吗?"钱小芙一脸不可置信的样子,陆铭熙这哪是选护工,分明是选空姐吧,这六个美少女,一样的身高体型,一样的俏美脸蛋,引得走廊里路过的人都一个劲地冲里张望着。

"当然啦。是我从几百名护工里精心挑选的,专业熟练,笑容可亲,形象可人。钱爸爸看着心里也舒服嘛。人也自然好得快一些。"

钱小芙真是败给了他,她走到那些护工面前,微笑着说:"那个,我爸爸不需要这么多人,而且我们也出不起这么多钱,就留一个好了。"

"钱小芙,我都已经预付过了!"陆铭熙挡在了护工面前。

"想死吗你?你这是要给我爸爸开演唱会吗?"钱小芙一个握拳的动作把陆铭熙直接吓退在一边。

"那么,就留你好不好呢?"钱小芙选了一个看起来最可爱的女生,"白天你留在这里,下午一放学我就回来接替你。"

"好好好!就按你说的办。"陆铭熙又一次横在了钱小芙面前,"你们五个先出去吧。"

反正钱小芙要放学后才回来,在她回来的时候保证病房里只有一名护工不就行了。其他五个都照旧留下来。

陆铭熙对自己的机智越来越钦佩了。

"行了,小芙,我这里有人看护了,你就赶紧去上学吧。"钱爸爸看着眼前这些小护工,心里却担心着钱小芙耽误下的那些课程。

"知道了。"钱小芙和护工做了沟通之后,这才背起书包,恋恋不舍地走了出去。

"我送你。"陆铭熙和护工们做好安排,从医院里大步走出来。

"你也上学吗?"钱小芙回头看着他。

"今天去不了,推了很久的广告排在今天了。我送你去学校之后,就去找谢阿吉。"陆铭熙边说边握着钱小芙的胳膊走到了车前。

若不是他说要拍广告,钱小芙都没发觉今天的他帅得超乎寻常。

寒冬季节里,陆铭熙穿着一件米色的长风衣,里边套一件满是桃心的深蓝色衬衣,下面是一条瘦腿的蓝色九分裤,搭一双刚及脚踝的羊皮短靴,整个人英挺又潮气。

他终于又从医院的陪护小生变身回巨星模样。

钱小芙坐在副驾驶座位上,偷偷地用余光看着陆铭熙俊美的脸颊,忍不住浅浅地笑出来。

"其实呢,以你和我的关系,你用不着偷看的。"陆铭熙边开车边臭屁地打击着钱小芙。

"我知道啊。"钱小芙挺直了身子,然后大大方方地转过脸去,盯着陆铭熙专注地看起来。

陆铭熙起先还很得意,转换着角度让她看,几分钟后,发觉钱小芙还在直勾勾地看着他,他的脸就开始火热起来,他清了清嗓子,立起了风衣领子:"喂,你这样很影响我驾驶。"

钱小芙不说话,目光继续盯着他。

"钱小芙,你正常点儿啊!"陆铭熙见惯了一说就脸红的钱小芙,对于这么厚脸皮的她还真有点儿不适应。

钱小芙却依然没有回应。

陆铭熙终于忍无可忍,打了转向灯,将车子停在了路边。

他回头,把手肘撑在方向盘上,也开始怔怔地盯着她看。

钱小芙原本还有些小得意,当目光与陆铭熙猛地相遇后,她突然就局促起来,忙不迭地转正了脸:"还……还不走吗?我要迟到了。"

陆铭熙却仿佛来了劲头,伸手把她的脸轻轻扳过来,一张俊美的脸上写满了麻麻的爱意,继续盯着她。

一分钟后,钱小芙只觉得脸红脖子烫,被他看得全身都不自在。

三分钟后,钱小芙的身上像有一万只蚂蚁爬动着,她紧紧地咬住了嘴唇。

五分钟后,钱小芙终于忍不住了,她大声地冲着陆铭熙吼了一声:"喂!你到底要看到什么时候啊?"

陆铭熙的笑容却依然淡淡的,灼热的目光里包裹着万千宠溺,在钱小芙正准备第二次大喊时,他伸手揽过她的脖子,将她整个人贴在了自己怀中。

"就一分钟。"他的声音静静地,温热的手掌轻摁着她的后脑,"你不知道我期待这样的时刻有多久了。"

钱小芙呆呆地靠在他的怀中。原来,他对她的喜欢早已超出她的想象了吗?

第六章 这不是巧合

车窗外，正是一天里最拥堵的时候，车水马龙的街道和此起彼伏的鸣笛声，让这个清晨格外喧闹。

然而在陆铭熙的怀中，在这辆小小的车内，却是另一种静谧与温存。

钱小芙的心被一种前所未有的温暖所包围。

是连钱爸爸都不曾给过她的安定与周全的感觉。

就一分钟吧，她轻轻地闭上了眼睛。

Chapter 5

"好了,有了这套手续之后,你就是国立新高高三年级的一员了。"教导处门口,年宥泰晃了晃手上的一个文件袋。

"除了把我变成这里的一员,你好像还使了别的小手段哦。"清晨的阳光下,Zoe站在洒满日光的走廊里,长发自然垂下,白皙的脸颊如陶瓷般晶莹,此时她正微笑地看着年宥泰,可这一场景却引得无数学生驻足观望。

"怎么,你不想和我同班吗?可是如果没有我,你在班里一定会被男生骚扰到烦死,凭这一点我们可以做同学了吗?"

Zoe浅笑:"总之谢谢你,帮我转学到这边。"

"小事情,简直不值得你说谢。"年宥泰为Zoe轻轻整理脸颊的发丝。

一个小小的动作,人群中就已经激起了一片惊呼声。

"年宥泰!他真的是年宥泰啊!"

"对啊,对啊,他小时候出了名的丑啊,像蜡笔小新一样粗眉细眼的,现在怎么帅成这样啊!"

"男大十八变啊,真是离奇啊。"

"那女的是谁啊?"

"没有见过哦,哇,肯定是明星了!"

人群中的对话让年宥泰帅气的脸瞬间就被转移到了Zoe身上。只是两位当事人完全无视议论,勾着手臂从围观的学生中悠闲走过。

"酷啊,国立新高以后会变成明星校园吧?"

"说的就是啊,江城三大财团的公子这下可就聚齐了耶!"

"不过那女的到底是谁啊?从韩国回来的吗?真的有人会天生就长成那样吗?"

"她到底姓什么啊?我们江城有外资的财团吗?"

听着身后的声音,年宥泰轻轻地笑了,看来关于Zoe的身份将会是国立新高又一个热门话题了。

钱小芙在校门口与陆铭熙分别之后,走进了阔别一个月的学校。

原本以为这么久没见的同学们,会很亲切地迎接她。谁知,所有人都仿佛当她是空气似的,一个叫Zoe的女生已经成为最炙手可热的话题。

钱小芙左右看看,竟然没有一个同学关注她的回归。她低头长叹一声,她果然还是没法融入这所学校吧。

Chapter 06
第六章
这不是巧合

她悻悻地掏出书本，目光无意中看到了旁边的座位。

就算全世界都冷落他，那个坐在这里的人，都会一如继往地给她最最灿烂的笑容。然而，如今这张桌子的主人已经消失了。

他的桌上都已经落了一层轻尘。

她拿出手机看着这段时间的通话记录，在这一个月里，她竟然拨打了一百多次他的号码。

每一次爸爸病情变坏，每一次她心里无力承受，每一次医院的夜又来临，每一次她闭上眼他的脸出现在她眼前的时候……

她都会拨打他的号码，哪怕只是为了听一句："您拨打的号码已关机。"

黎阳仿佛一场梦一般地消失了。

没有一句留言，没有一点儿线索。

黎阳……钱小芙手指轻轻划过桌上的那些灰尘，在上面画了一个哭泣的脸，你到底去了哪里呢？

突然钱小芙的脑子里闪过一个人，黎佑晨！

钱小芙猛地想起了黎阳曾经提起过的姐姐，她就在这所学校的高三部。

去找她打听一下！她一定知道！

钱小芙趁着下午自习课时间，偷偷地溜到了楼上，然后在每个教室门口的名单上飞快地寻找着黎佑晨的名字。

刚走到第二个教室门口，她便一眼看到了列在名单左下角的黎佑晨。

她欣喜地踮起脚来向教室里张望着，却突然想起自己根本没有见过黎佑晨，这要怎么找？

正犹豫着，一只手轻轻拍了下她的肩膀："找人吗？"

钱小芙飞快转身，只看了面前这女生一眼，目光就完全挪不开了。

是个十七八岁的女生，穿着淡紫色的连衣裙，如海藻般浓密的长发，微微卷曲，皮肤很白，象牙色，眼睛如海水一般，浅粉色的唇。

她有张美到让人窒息的脸！

此时她正看着钱小芙，重新问了一遍："你是在找人吗？"

钱小芙连忙把头点得像捣蒜。

女生轻轻地笑了，那笑容恍如风吹过湖心，让钱小芙的心里都激起了一片涟漪，她吞了吞口水："我找黎佑晨。"

"哦,是我同班呢,不过她不在。"女生答道。

"是吗?"钱小芙这时的脑细胞才复活过来,连忙追问了一句,"是很久都没来,还是只是现在不在?"

女生指了指门上那张名单:"这个我不大清楚,我只知道名字后面画圈的,就是请假的意思。"

钱小芙顺着她白皙的手指看过去,确实在那后面已经画了很多个圆圈,看来她也很久没来学校了。

钱小芙抬头看向女生:"我知道了,谢谢你啊。"

这时女生的目光看向钱小芙胸前的校牌,脸上突然多了些惊讶:"钱小芙?哦,你就是那位明星的女朋友吧?"

钱小芙的脸猛地红了,在这样的大美女面前,被发现卑微的自己竟然还是个校园名人,这确实让她有些不好意思。

"我叫Zoe。"

"索伊?"钱小芙重复了一下这个名字,却让女生又笑了。

"是我的英文名。刚才不好意思,我刚从国外回来,所以一时没认出你,真的很抱歉。"女生超级有礼貌地握住了钱小芙的手。

她的手指关节分明,光洁而纤细,手臂的皮肤在日光下仿佛透明。

钱小芙也赶紧回握她的手:"千万别这么说,欢迎来到国立新高,作为你的学妹很开心。"钱小芙都已经语无伦次了。她的出现,好像在一瞬间把她打回了原形,让她变回了自卑又胆怯的自己。这么多天来,因为陆铭熙的喜欢而刚刚建立起的信心,只因为Zoe的一个笑容,就已经全然归零。

她才是更合适陆铭熙的女生吧。钱小芙握着她温暖的手,心里不由得想。

"我回去上课了,要不等黎佑晨回学校,我通知你?"Zoe微笑着问道。

"好啊,好啊!"钱小芙的心都被她融化了,世界上为什么会有性格这么好又美丽的女生啊。

"我回来时间不长,所以在这所学校还没什么朋友,以后可以找你玩吧?"Zoe轻歪下头,长发垂落下来,可爱中带着少女的妩媚。

"当然了!我就在楼下,高一年级的,我也没什么朋友!你有空就尽管找我!"钱小芙连连点着头。

"那先再见了,我回去上课。"Zoe挥手与钱小芙道别,推门走回了教室。

Zoe回到座位上,目光垂落下去,那里边便涌起了层层云雾。

Chapter 06 第六章
这不是巧合

钱小芙。原来她便是陆铭熙现在的女朋友。

可明明只是个乖巧又稍有些姿色的女生,为何在看到她的那一瞬间,她的心会有种莫名的不安和忐忑?

Zoe用手抚住胸口,钱小芙还不配成为她的障碍。一定是她很久没有见过陆铭熙,凡是看到与他有关的人和物,心里都会有这些奇怪的反应吧。

走廊里,钱小芙还沉浸在与Zoe美好的遇见中,空气中还飘散着属于她的香水味,清新而香甜。钱小芙闻了闻手掌残留的香味,慢慢地往楼梯走。

刚走了两步,突然就看到迎面走来的几名学生。

定睛一看,竟然是值勤生!钱小芙愣住,她竟然忘了现在是月初,是学校严查逃课的重点时期!

而她戴着高一的校牌,竟然在自习课溜到了高年级的楼层!钱小芙的脑子里立刻联想到自己的名字被用白纸黑字挂在学校公告牌的一幕。

值勤生越走越近,正贴在前面一间教室的窗户上清点着人数,钱小芙当下脑子一片空白,慌不择路地冲进了身后的卫生间里。

轻轻地关上门,然后靠在门板上屏住呼吸听着门外的动静。

走廊寂静依然,看来她逃得够快,还没有被发现。钱小芙轻轻地呼了口气。

就在这时,卫生间里边突然响起了一阵冲水的声音。

钱小芙猛地挺直了身子,目光飞快地环顾四周,在这一瞬间她彻底石化了。

几个从来没有见过的勺子形的池子,正长长地排列成一排,展现在她面前。

后面才是两排与女厕一样的隔间。

难道!这里是男厕?钱小芙目瞪口呆地看着眼前的场景,脑海里回想起了那阵冲水声……

她的身子已经一节节地僵硬了。

这里……还有男生……他正在方便……

钱小芙赶紧屏住呼吸,蹑手蹑脚地转身,手指刚握住门把手,就听到走廊里的说话声:"喂,我上趟卫生间,你们继续查下个班级。"

该死!值勤生,你非要这个时候上卫生间吗?钱小芙双手抓着头皮,都快要抓狂了,听着脚步声越来越近,她也顾不得想,飞快地冲进了旁边的一个隔间里,然后轻手轻脚地锁上了门!

几乎是在同一时间里,卫生间的门被推开,钱小芙从隔间的门缝里看着值勤生走到

水池边,洗着手……

钱小芙僵在里边一动都不敢动,全身都紧绷着,生怕发出一点儿动静。现在已经不是逃课那么简单了,一个女生竟然在上课时间私闯男厕所,如果传出去……

钱小芙把头埋下去,她简直不敢想象……

突然在她的视线里出现了一只黑色的鞋子,然后是深色的袜子,再往上看是一条米色的校服裤……

这里还有人!钱小芙的脑子顿时就炸开了,正要尖叫时,一只宽大的手从后面紧紧捂住了她的嘴巴!

"我还没做好和你一起出名的准备。"一个极其轻微的声音传来,陌生的男生气息直袭向她。

她惊呆在那里,双手停在半空中,像只在空中被击中的小鸟。

就这么僵持了几分钟,值勤生终于在照了十几遍镜子,又摆弄了几十回发型后,满意地走了出去。

门被关上的同时,那只宽大的手掌从钱小芙的脸上利落地拿开,在她还来不及任何反应的时候,身子已经被轻轻挤到了一边,一个高大而健硕的男生从她面前走了出去,径直走到了洗手池边。

钱小芙这才恢复了神志,跌跌撞撞地从隔间里跑出来,原本想看看男生的脸,可是想到自己的处境,她果断地选择了落荒而逃!

她用双手挡住脸,夹着小腿风一样地从男生身后过去,手指刚碰到门,男生的声音又响起来。

"谢谢都不说的吗?"男生打开水龙头,蘸了点水,对着镜子整理着头发。

镜子倒影里,一个穿着红白格子相间大衣的女生侧身站着,双手挡着脸,因为紧张,背还微蜷着,高高扎起的马尾后露出一小截雪白的脖子。

男生停下了手里的动作,转过身靠在水池边上,双手抱胸,饶有兴致地看着眼前的女生。

钱小芙咬紧嘴唇,在心里对自己说,不可以说话,也不可以让他看到脸,所以就当什么事都没发生好了!于是硬着头皮再次打开了门,正要走出去,一条大长腿就这么霸道地侵入她的视线,"砰"的一声将门踢上。

钱小芙的头猛地就撞在了门板上,生疼的感觉让她一下子抬起头来,转身看向那个可恶的男生。

男生扬起眉看着她,唇歪向一边,一脸坏坏的笑容。

Chapter 06 第六章
这不是巧合

是个并不帅气的男生，甚至这样的五官拼在一起还有些奇怪，可是偏偏就是这张脸，让人移不开目光。他微长的刘海像座小山似的在头上挺立着，露出了宽阔而饱满的额，如剑般的眉宇有种说不出的霸气，眼神明亮，鼻梁高挺，只有那张唇极为漂亮，有着完美的弧度，点亮了整张脸。

与这国立新高的那些贵族家的男生一样，他有着生来就秒杀万物的气场，只是站在那里，什么都不做，周身都弥漫着一股王者般的气息。

钱小芙在打量过他之后，不自禁就蹿起一阵寒意，她的直觉告诉她，这是个她惹不起的人物。

可是门被他踢上了，那条大长腿也还像座桥似的横在她面前，她强装镇定，冲他扔过去一句："你有意思吗？大白天躲在女厕所里！"

如果胡搅蛮缠可以考资历的话，她绝对完美过关。

"哈。"男生脸看向一边，轻笑了一声，也捎带着收回了横在她面前的长腿。

钱小芙看中了时机准备再次开溜，肩刚刚转了一丁点儿……一只大手就绕过她，直接握住了她的后颈。

他一米八几的大个子也俯下来，胳膊担在她的肩上，一张脸无上限地贴近她，近得她几乎可以看到他脸上的毛孔……

"喂，偷窥妹，想逃吗？没人告诉你有些男生是你根本逃不开的吗？既然闯进来，总得告诉我，你看到些了什么吧？"男生的声音中依然带着戏谑。

看到，看到什么？钱小芙的脸拼命向后靠，却被他放在她颈后的手紧紧地束缚住，她能清楚地感受到他的每一次鼻息。

是陌生却让她有些晕眩的属于男生的味道。

钱小芙不自觉地吞了吞口水，刚吞完，就看到男生笑得更加深邃了，她悔得肠子都青了。

她为什么要在这个时候吞口水啊！

"我……我什么都没看到。"钱小芙目光闪避开他，看向地面，"我进去的时候，根本没看到你，更不知道你在干什么。"

"哦，原来是这样。"原本以为她这样说，他就会放开她，谁知他却眯起眼更深地看着她，"所以你想说，你不是老年派来盯我梢的人吗？"

"老年派？"钱小芙忽闪着眼睛，"是什么东西？"

男生终于忍不住大笑起来，笑得直起了身子。

钱小芙趁他不注意，把脖子从他手掌里逃了出来。

"看来是误会。"男生也不再碰她,只是手掌撑在她身后的门上,认真地看着她,"但是过程很有趣呢。"

喊,有趣个头啊!

钱小芙白他一眼,有钱人了不起啊,有钱就可以随便调戏女生啊!但是为了息事宁人,她只是在心里吼了几句,然后就从他手臂下钻过去,拉开了门走出去。

"喂,不等下课再走吗?"男生的声音又响起来。

钱小芙大步向前走,头都没回。

下课铃声在这时也响了起来。

学生们似乎早已收拾好了书包,就等着铃声。一瞬间狭长的走廊里就蜂拥出了好多人,熙熙攘攘地把钱小芙冲撞到了一边,她顾不上那么多,加快脚步向前走。

"喂,钱小芙!"那个声音在一片喧嚣中再次响起来,男生高大的身影站在长廊上,双手插在口袋里,一脸的笑意。

一切声音在那一刹那停止,所有人都停下来驻足回望着男生。

钱小芙猛地停了下来。

他怎么知道她的名字?

"你应该是国立新高里唯一一个不认识我的人。"男生迈开修长的双腿,从人群中走向她,在她面前转身,站立。

依然是玩味的笑容,却多了些许真诚。

"我是年宥泰。"他双手撑在胯上,俯身,脸再一次逼近她。

"你欠我一个人情,我会向你讨回的。"男生手掌抚起钱小芙耳后滑出的一缕碎发,一个简单的动作,却依然有一种难以名状的贵气。

钱小芙怔住,浑身仿佛都石化,呆呆地看着这个笑容有着霸道的男生。

昔日喧嚣的走廊静得连呼吸都听得见,所有人都被这一幕惊呆在了原地。

只有一个女生,怀中抱着几本书,正静静地看着不远处的两个人,微曲的长发披在肩后,阳光洒在她如陶瓷般白嫩的脸上,如黑夜般幽黑的瞳孔中,闪过一道邪魅。

转瞬即逝。

Chapter 6

陆铭熙一大早就去和厂商见面,直到午后他才跟着剧组一起前往拍摄地。

一路上他在保姆车里睡得死沉,等他睁开眼时,车子已经行驶在一条雨林中的柏油小路上了。

周围的空气开始变得湿凉而清新,阳光丝丝密密地透过这些古老的参天大树,让人有种说不出的舒爽。

当后面随行的工作人员都开着窗户呼吸好空气的时候,陆铭熙却一个激灵坐了起来,脑袋飞快地左右看看,然后一把握住了前排谢阿吉的肩膀。

"这是哪里?吸血鬼庄园吗?"

"吸你个头啊!"谢阿吉回手一掌拍在陆铭熙头上,"这是蔓斯红酒庄园!你六岁就在这里拍过广告了!"

"蔓斯?你没有骗我吧?鬼屋什么的你知道我最怕了!"陆铭熙一脸警惕地看着周围,抚了抚胳膊上的汗毛。

谢阿吉翻了一记白眼。

"但是我们来这里干吗?在红酒庄园拍尿不湿广告?"陆铭熙继续问。

"等一下你就知道了。"

"啊!我知道了,是不是你想给我个特别惊喜?明明是红酒广告,故意骗我说是尿不湿广告?"陆铭熙的思维瞬间从吸血鬼庄园抽离。

这一次,谢阿吉连嘴都不想张了。

见他不说话,陆铭熙又把脸转向许真:"你肯定知道些什么吧?让我拍广告,总得告诉我行程安排吧?就这么把我带过来,不是要急死我吗?"

"小陆总,我也是今天早上才接到谢阿吉的通知,说你今天要来这里,其他的我也不知道啊。"许真如实回答。

"喊!就知道你跟了老陆后就会忠贞扫地!"陆铭熙靠回椅背,长腿一叠,不再理前面两个人。

谢阿吉从后视镜里看着陆铭熙,看来这次故意没告诉他行程安排是对的,现在就已经闹上了脾气,要是事先知道了这里还有他不想见到的人,恐怕来都不肯来了。

可是这个广告开出的条件确实还不错,错过也实在可惜。他了解陆铭熙,等一会儿导演和剧组都到了,他就是再不高兴,也会强撑着留下来了,这事也就算大功告成了。

想到这里,谢阿吉轻咳一声,向后扔了一包纸巾:"马上就到了,大明星,下车前擦擦你的眼屎吧。"

陆铭熙不屑地抽出一张纸，在眼角用力地抹了抹，冲着前面叫嚣着："告诉你，千万不要小瞧一位巨星的眼屎，曾经有粉丝在论坛里出十万元买我的唇印，总有一天眼屎也会卖出天价的！卖出天价啊！你懂不懂！"

六辆越野车齐刷刷地在庄园前的树荫下停了下来，工作人员已经利落地跑下来，开始搬车内的拍摄设备。

一个留着短发的女生跑过来，轻轻敲了敲黑色保姆车的窗户："请您先下车去休息室等候吧，这边准备好了会叫您的。"

车窗摇下，陆铭熙微笑着点头。

女生刚一跑开，陆铭熙突然像神经病似的狠狠抽了自己一下："我一位巨星，对着工作人员点什么头嘛，就应该假装听不见，闭目养神嘛！"

谢阿吉帮陆铭熙打开车门，对着他嚷道："你这时候才想起来你的偶像定位是高冷吗？每次拍照都比剪刀手的时候，是头被门夹了吗？"

"那……那是因为我手指很好看啊！唉，真是的，看来今天我的星座不适合和你在一起，我去休息室了，你最好不要跟过来！"陆铭熙走下车子，头都不回地向着前方一幢古朴的别墅走去。

庄园贵宾休息室。

屋内简单而朴素的装饰与摆设，几乎和十多年前一模一样。

木色的地板虽已经陈旧却被擦得一尘不染，墙上的相框里依然是这个庄园第一任法国女主人的全家照，相片已经褪色发黄，却还是能感觉到上世纪欧洲贵族的韵味。

陆铭熙跷着腿靠在暗红色的丝绒沙发上，茶几上摆着庄园各个年份的自产葡萄酒，他拿起一瓶刚倒在酒杯里，房门就被轻轻推开。

一阵不和谐的高跟鞋的声音响起来。

陆铭熙没回头，继续倒着红酒，直到高跟鞋的声音在他面前停下，他这才缓缓抬起了头。

"好久不见，陆铭熙。"一个卷发女生站在他面前，化着清纯少女的大眼妆容，却穿着风骚的低领长裙，整个人有种说不出的怪异，而这种似曾相识的怪异感却让陆铭熙猛地回忆起了这个人。

这不是上次在派出所见到的精神病少女吗？

"年……年那个什么？你怎么会在这里？"陆铭熙话到嘴边，发现自己还是没有记

第六章 这不是巧合

住她的名字。她不过十五六岁的年纪，却每次非得把自己打扮成少妇模样，真是让人想忘记都难。

"什么？年那个什么？你偷了我的车，欺骗了我的感情，半夜把我扔在派出所，现在竟然连我的名字也叫不出来吗？"年雪凝原本在进来之前还对陆铭熙充满幻想，如果见到她时，他的眼神中有惊喜、有激动，那么不愉快的前尘往事她也愿意一并忘记。

可现在，这算什么？他竟然连她的名字都记不起，他又一次伤害了她！

"喂，你不说车我还没想起来，谁是小偷？你的车我已经还你了，那我的手机呢？"陆铭熙叠起长腿，双手抱胸看着她。

"怎么？有秘密吗？除了你窝藏的地下女友钱小芙，还有没被我揭穿的吗？"年雪凝瞪起了眼睛，可能假睫毛粘得太多，竟然让陆铭熙一时恍惚地没看到她的眼球在哪里，加之庄园常年湿润阴潮，避不见日，他突然就哆嗦了一下。

"被我说中了吧？陆铭熙，原来你也有害怕的时候啊！"见陆铭熙眼中闪过一丝畏惧，年雪凝瞬间认定了那手机里还有别的秘密，语气也更加张狂起来。

"对啊，我真的好怕。"陆铭熙站起来，长腿从茶几上直接跨过站到了年雪凝的面前，双手插在裤子口袋里，目光直视她，"那就求你一定要找出我的把柄，你知道明星最怕没新闻，巨星也一样。找到什么也最好别通知我，就和上次一样，直接告诉记者，我已经迫不及待地想让我的身价后面再多一个零了。"

"你……"年雪凝愤怒地看着陆铭熙，这个有着绝世俊美容颜的男子，为什么总对她这么冷漠？

陆铭熙重新跌坐回沙发里，目光不再看她，语气中已尽是冰冷："时间宝贵，不如你现在就回去把我的秘密找出来。我很忙，不送了。"

"陆铭熙，你凭什么这么对我！我现在已经不是你的粉丝了，我签约了黎氏，马上也会成为明星……"

年雪凝这么多年来已经娇纵惯了，她拒绝过的男生都可以排出一条街，可每次遇上陆铭熙还是让她霸气全无。

"加油。可以出去了吗？"陆铭熙头都不抬。

"你！你会得到报应的！"年雪凝看着陆铭熙不理不睬的样子，从来没受过委屈的她，一下就要哭出来了。

这时一名工作人员敲响了房门，恭恭敬敬地走了进来："外面已经准备好了，导演请两位过去。"

"好。"陆铭熙刚站起来，突然觉得有什么不对劲，就又叫住了工作人员，"什么

叫请两位过去?"

"哦,这次的广告是您和新人年雪凝一起拍摄,饰演一对在庄园意外捡到婴儿的热恋情侣。"

"热恋……情侣?"陆铭熙双眼快要瞪出来,指了指旁边正在掉眼泪的年雪凝,"你是说我和这个妖怪吗?"

"陆铭熙!"年雪凝已经彻底抓狂了。

工作人员这时也感觉到了屋内不和谐的气氛,忐忑地点了点头。

陆铭熙吞了吞口水,只觉得胸腔内有股气息逆行,从五脏直接冲向他的脑子里。

"谢阿吉!"

下一秒钟里,一阵地动山摇般的吼声从庄园的别墅里传了出来,惊起了林中的一群群飞鸟,连在院子里正在指挥现场的导演都突然后背一凉,惊出了一身冷汗。

片场林荫下。

"我不拍,就算给一千万元我也不拍,和一位新人拍广告能证明什么?只能证明我陆铭熙被收买了,我没有市场了……好吧!反正这些我也不在乎,但是我凭什么要和年雪凝这个妖怪拍,你看到她的脸了吗?看到她的身材了吗?看到她像妖婆一样的卷发了吗……"陆铭熙站在保姆车外嘴巴像机关枪一样不停地对着谢阿吉说着。

听了半天,谢阿吉终于听明白了,他捂住了陆铭熙的嘴巴:"好好好,那我猜猜你和年雪凝拍广告最忍受不了的原因是什么?她和你有过节,还是她捡了你的手机,还是她长得不够漂亮?"

陆铭熙被谢阿吉的大手捂着嘴,也说不了话,就眨眨眼睛,然后默默地伸出了三根手指头。

果然,这个祖宗滔滔不绝地说了一个小时,就是嫌年雪凝丑。

谢阿吉松开了手掌:"那之前和她的过节真的没什么了吗?"

陆铭熙的脸飞快转向一边:"我一介巨星才不会和一个丑女人计较!"

"这就好办了!这年头长得丑是什么大事吗?让我们的化妆师去给她化一个整容妆不就行了吗?到时候画完看看,要还是这么丑,我都赞成你辞拍!"谢阿吉除了缓兵之计,已经无计可施。

陆铭熙拧起眉头看着谢阿吉,其实现在辞拍也确实对他不利,他倘若一走了之,明天报纸的头条就一定是陆铭熙耍大牌嫌弃新人,他好不容易积攒多年的好人缘也会瞬间崩塌。

Chapter 06
第六章
这不是巧合

为了一个丑女人，实在不值得。

"好吧，就看在你的面子上，让阿强去给她重新化妆。"陆铭熙弯腰钻回车里，将谢阿吉挡在了车门外。

"许真，给我瓶水。"陆铭熙在后座上闭上了眼。

几秒钟后，坐在前面的许真没有任何动静，他睁开眼，见许真正看着手机出了神，就踢了踢他的座椅："喂，许真！"

"什……什么事？"许真这才恍过神来，慌忙想要将手机塞回口袋，却一不小心滑到了陆铭熙脚下。

许真刚想探着身子捡回来，却被陆铭熙抢先捡了起来，在他面前晃了晃："看得那么入神，女朋友的短信吗？"

许真顿时慌乱起来，手机的屏幕还亮着，就停在他刚才看到的那条信息上。

"小陆总，别玩了！还给我。"许真伸手去拿手机。

"哎，先让我看看。"陆铭熙原本还没那么好奇，可看到许真竟然紧张成这样，顿时就来了兴趣，他把手机换到另一只手上，远远地伸到许真抢不到的地方，然后伸长脖子照着短信念。

"Zoe去了，小心接应。"陆铭熙念完后，眉头就皱了起来。

"Zoe是谁？要谁接应？你吗？"陆铭熙一脸迷惑地看向许真，"喂，陆氏给你发的薪水不够用吗？你竟然还接私活？"

"我……"许真手掌握紧，他犹豫着要不要把实情说出来。

"快点儿告诉我，Zoe是谁？你新接手的明星吗？她要来干什么？和我制造绯闻吗？"陆铭熙很快就投入了自己的想象力之中。

"小陆总……"许真原本就紧张得头皮发紧，结果在看到陆铭熙一脸愤怒的表情时，他反而轻松了一些，"不是你想的那样。"

"那是怎样？许真，你不要这么天真了，你就是脑子机灵一点儿，开车技术还不错，你说人家为什么要用你啊？分明就是冲着我来的啊。你也知道现在女明星上位的那些招数，大老远地跑来庄园，难道是来喝葡萄酒的吗？肯定是为了拍几张相片制造新闻啊。"陆铭熙看着许真，一副"你就是个小学生"的表情，"好了好了，大家兄弟一场，对方给你多少钱，我双倍把你买回来。"

"小陆总……"许真被他这一大串话顶得一个字都说不出来，以陆铭熙的情商，他要怎么告诉他，他其实也在为黎氏卖命。

时机不对，他还不能说。于是许真抢回了手机，装出一副被识破的表情，蔫蔫地答

了一句:"小陆总,你未卜先知,真是什么都瞒不过你。"

"就是说嘛!你当我爆红这么多年,真的是只凭姿色吗?还有脑子啊,无与伦比的判断力和推理能力啊!"陆铭熙指着自己的额头,越说越来劲,瞬间把自己的形象定位成了私家侦探。

"是是是。"许真一连串地点着头。

"行了,今天的事我也不会再提了,你回复那个什么Zoe一声,让她回去吧,不用在我这里白费心机了,知道了吗?"陆铭熙不耐烦地挥了挥手。

许真装出一副感动到流泪的表情。

陆铭熙也满意地重新靠回了椅背上,闭起眼继续睡起了美容觉。

一条危机四伏的短信,陆铭熙从起疑到释然竟然只用了短短五分钟,而且在当事人许真一个字都不用解释的情况下,危机就已经成了云烟。

许真转回身去,抹了抹额头上的汗水。虽说这次已经蒙混过去,但是陆铭熙既然已经看到Zoe的名字,那么他的身份暴露也是早晚的事。

与其被陆铭熙发现,不如他主动说出来,更容易取得他的原谅吧。

许真轻叹一声,只是什么时候才能有适当的时机说出来呢?

他重新拿起手机,删除短信的同时,脑子里浮现出了Zoe的脸。

如果她来这里是黎总安排的,那么他应该昨天就收到消息了啊。

以黎总的性格,不会突然安排他接应。

除非……是她忤逆了黎总的意思,私自跑来这里。

许真的心不禁揪紧,为陆铭熙,也为Zoe。

那天在酒店遇见她和年宥泰,他就料到她要利用年家的势力,却没有想到,她要用年家来对抗黎总!

那么一场对抗,她只会输得惨不忍睹。

庄园门外,一辆金黄色的越野车在半个小时后驶了进来。

车子停下,一个女生走下车,裸粉色的长裙被庄园的风轻轻吹起,及腰的长发下一张无与伦比的美颜,吸引了剧组所有人的目光。

众人在园子里热烈地议论着,可是陆铭熙已经睡得不省人事了,全然不知外面正发生着什么事。

许真走下车,目光直直地看着不远处的女生。他知道,陆铭熙三年前没完成的宿命又一次来临了。

Chapter 06
第六章
这不是巧合

　　他想过现在就带着陆铭熙离开庄园，可是下次呢，下下次呢？他不可能无时无刻地和他在一起，可是Zoe是为了目标会不惜一切的人。

　　原来他根本守护不了陆铭熙，他只能这么呆呆地看着，什么都做不了，也帮不了。

　　这时，Zoe的目光也无意中扫过来，在她看到许真时，莞尔一笑，笑容坦然而直接。

　　她在告诉许真。

　　没错，这一次，她就是奔着陆铭熙而来。

第七章
糟糕,被设计了

Chapter 07

Chapter 1

"你是谁,凭什么来给我化妆?我有自己的化妆师,你给我滚出去!"庄园树荫下一辆银色的房车里,年雪凝的声音响起来。

"我是陆铭熙的御用化妆师何强,你的妆容和今天的拍摄不符,我帮你改妆。"阿强好脾气地解释着,若不是和陆铭熙合作这么多年,他才不会跑来为一位新人化妆。

"我偏不用!需要改妆就让导演亲自来和我说!"年雪凝把化妆台上所有的东西一把推在地上,冲着阿强大喊着。她受陆铭熙的气也就算了,现在竟然连他的化妆师都敢来挑衅她,她怎么忍得了。

"年小姐……"阿强压着火气,还想说什么,却见年雪凝突然抓起桌上的镜子,胳膊一挥,镜子砸在他身上。

镜面在阳光下发出一道刺眼的光,阿强怔了一下,想避开已经来不及了,就在镜面冲着他脸飞过去的一瞬间里,车外一只胳膊伸进来,牢牢地将镜子接住。

年雪凝愣住,阿强则向后重重跌坐下去。

一个五官挺立的男生缓缓走上车,把镜子重新在化妆台上放好,然后手掌压到年雪凝肩上:"原本是为了自己的妹妹第一次拍广告来探班的,可是看来进展不太好。"男生的声音缓慢而富有磁性。

"哥!"年雪凝一见到年宥泰,委屈的眼泪都快掉下来了,"哥,你来得正好,你妹妹被人欺负啦!"

"被人欺负?"年宥泰伸手拉起跌坐在地上的阿强,"你是说他吗?"

阿强惊魂未定地站起来,甩开年宥泰的手,愤愤地走下了车。

"惹她生气的,应该另有其人吧。"车上这时走进来一个女生,海藻般的长发披在肩后,白皙的脸颊仿佛骨瓷般散发着光芒,她有着夺人心魄的美丽。

她走到年雪凝身边,握住了她的手。

"就知道哥不是一个人来的。Zoe姐。"年雪凝亲切地拉着Zoe,"你来得正好,快帮我想想办法,我这一早上快被气死了。"

"陆铭熙吗?"Zoe在沙发上坐下来,虽然笑靥如花,可一双眼却如海水般深不可测。

"看来现在是女生时间了。你们聊。"年宥泰见两个女生已经进入了话题,便走下了车子。

见哥哥走远了,年雪凝这才放心地转回脸来,认真地看着Zoe:"就是那个陆铭熙,不知道是不是还记着上次害他公开恋情的仇,今天打从见我,就一直摆臭脸。这不,

刚才还派自己的化妆师过来，说要给我改妆……Zoe姐，你也知道我多想当明星，为了这组广告甚至都和爸爸吵翻了，才当上了女主角，还偷偷把自己家的庄园借出来供他们拍摄，这里所有人都知道我的身份，可是他让我颜面全无，这要是传出去了我还怎么见人啊？"

"雪凝，之前陆铭熙的手机，你带着吗？"Zoe一副云淡风轻的表情，仿佛年雪凝讲的这些都不足挂怀。

"一直随身带着呢。"年雪凝飞快地从包里取出手机，递到Zoe手上，"可是手机里面的文件都有密码锁，相片和视频这些都看不到呢。"年雪凝正说着，就见Zoe打开手机，在密码输入那里熟练地按了六个数字……

"叮咚"一声。

手机解锁成功。

"啊……"年雪凝不可置信地看着Zoe，"姐姐，你怎么会知道密码？"

"因为他从来不会更改密码。"Zoe这时打开手机里一个藏得极为隐秘的子文件夹，又一道密码提示跳了出来。

"哇，这个陆铭熙真是看不出来，竟然会这么小心，手机里要设这么多道密码。"年雪凝抬起头看着Zoe，"这个也解得开吗？"

"这道密码是我三年前离开时设置的。"Zoe淡然一笑，解开了最后一道锁，"还有这里面的文件也是我放进去的。"

一段三分钟的视频出现在年雪凝面前，画面徐徐播放。

深夜波涛汹涌的海边，一堆篝火旁一个男生正单膝跪在Zoe面前，镜头慢慢推进，从那男生的背影切到近镜……

"陆铭熙！"年雪凝一把抢过手机，整个人目瞪口呆。

"Zoe姐……陆铭熙竟然在三年前向你求过婚？那时候他多大？十五岁吗？你难道是他的初恋吗？"年雪凝虽然听哥哥提起过Zoe和陆铭熙是旧相识，可万万没有想到两个人竟然是这样的关系。

"这个已经不重要了，我已经解锁取消了密码，你就拿着这个去找他吧。"Zoe站起来，手指抚过年雪凝的头发，"有陆铭熙在，你一定会大红大紫的。"

Zoe走下车，年雪凝愣在那里，她不可置信地看着视频。

难道说Zoe姐是在三年前离开的时候，就已经策划好了要重回陆铭熙身边吗？

哥哥从飞机上带回来的那个女生到底有多么大的本事啊。

见Zoe走下来,年宥泰双手抱胸侧靠在房车上,微笑道:"这么快就办完了吗?"

Zoe点头:"来的时候我就说过了,只是给她探班而已。"

年宥泰抿嘴轻笑,迈开修长的双腿追上了她,拦在她面前:"真是探班吗?你好像对我妹妹比我还积极。"

Zoe侧脸轻笑着:"不是说永不相问吗?要反悔了吗?"

"那我就当你这么急匆匆让我载你过来,就是为了雪凝。只不过那个人应该也在这里,不去见一面吗?"

微风吹来,拂动Zoe的长发,她手指拨过发丝,阳光穿过树冠洒在她姣好的面孔上,声音缓缓地说道:"反正早晚都会见到。可是比起我去见他,我更希望是他主动一些呢。"

"看来你心里早有打算了。"年宥泰捂上了自己的嘴巴,"我不问了,走吧。"

早在两个人在飞机上初遇那日,他便答应过她,她的一切他都不会过问。

即使是一周前在机场那块巨型的广告牌下,看着她盯着上面那位帅气的明星哭得不能抑止的时候,他都只是默默站在她身侧。

永不相问,是他给她的承诺。

"不过倒是你,我有个问题想问。"Zoe转回身。

"嗯?"年宥泰看着Zoe。

"你好像对钱小芙很有兴趣。"Zoe眼神淡淡的。

"哇哦,要是和她说了几句话就会挑起你对我的兴趣,那钱小芙以后可是有的忙了。"年宥泰笑得有些得意。

"她怎么样?是个什么样的女生?"Zoe对钱小芙确实有些好奇。

"有些可爱,也有些迟钝。但是很有趣。"年宥泰想到早上与钱小芙的相遇,想到她胡搅蛮缠的样子,嘴边不禁出现一抹笑容。

Zoe唇角轻轻弯起来。年宥泰对钱小芙有兴趣是好事。以他的背景若是频繁出现在钱小芙面前,一定会惹恼陆铭熙。

她倒是很想看看,陆铭熙会怎么守护自己的这位小女朋友。

她目光看向年宥泰,看来她接近他是很正确的一步棋,开始不过想利用他的财阀公子身份获得一些便利,如今看来他的作用远不止这些。

这时,她的手机响了一声,是一条美国发来的短信:*钱已收到,我会保密到死的,谢谢*。

"什么事?"年宥泰见Zoe的眉头轻拧了一下,关切地问了句。

Chapter 07
第七章
糟糕,被设计了

"没事,一条很贵的短信,足有十万美元。"Zoe换回了笑容,云淡风轻地答道。从某种程度来说,她只是利用他,却不想欺骗他,和陆铭熙的关系也好,接近他的手段也罢,她都一直有意无意地透露着一些信息。

甚至是她接下来要帮黎总做的事,她都不准备瞒着他。

可惜年宥泰太过信任她,有时真相就在眼前了,他也完全不会质疑她。

就是这十万美元,让她从年家的女仆口中买到了他回国的航班号,以及他的兰花过敏史信息。

只不过成事在人,比起兰花过敏,使她成功走近年宥泰的,还是她这张让人无法拒绝的脸。

从小她便比同龄的女孩更成熟一些,十五岁的时候,便已出落得亭亭玉立。

在黎总的安排下,从那时候起她就开始频繁接近那些财阀家的儿子,套取公司股票与资金的信息,帮助黎家在几年之内迅速地累积资本。

凡是黎总安排她认识的男生,她从不曾失过手。

所以在年宥泰看向她的第一眼,她便已经知道,他不可能逃出她的掌心。即便让他得知她的心里有别人,他都一样会留在她身边。

然而,在这世上唯独有一个人,让她后悔得到他的心。

如果时光倒回,她宁愿自己在那一年的那一天,对他失手。

两个人刚走到车前,一个男子就伸手拦下了Zoe。

"许真?"Zoe有些意外。

"聊几句。"许真的脸上没有任何表情。

"我上车等你。"年宥泰在酒店里见过一次许真,知道两个人是旧相识,便识趣地走开。

"说吧,聊什么?"Zoe一双美目看向许真。

"来见陆铭熙吗?"两个都早已熟知彼此的身份,许真便也直奔主题。

"老爷子已经下了命令让我来见他,我当然不敢违抗。"Zoe习惯了称黎总为老爷子,这样总比称呼他黎总让她心里舒服一点儿。

"果然是黎总的命令吗?"许真追问,他要证实自己的猜测。

"不是的话,又怎么样?我来见一位故人,老爷子派那么多人跟着我,早晚都会知道。这么件小事,也不会把我怎么样吧?"Zoe的口气强硬起来。

"希望如你所期盼的。你这些年一直得宠,没有见过黎总的威严。他如果真的生

气,我怕你承受不起。"

"大不了让我这颗棋子消失。"Zoe转眼看向许真,一张脸早已处变不惊。

"老爷子为什么让你回来?还是为了陆氏吗?他开出的条件是什么?钱还是别的?或者你开口,出多少钱可以让你离开这里?"

Zoe突然就轻笑开来:"钱吗?三年前我和陆云溪的交易你应该也记得吧。那一年我的身家就已经超过这座城市一半以上的富豪了。我与你一样,是因为对黎家有还不完的恩情。"

原来,也是恩情。

"我不过是暂时忤逆老爷子一下,但是你呢?你刚才问的这句话,是要帮陆云溪收买我吗?这算是背叛老爷子了吗?"Zoe笑容依然,口气却冰冷下来。

"我……"许真被她一下子问住。眼前这个女生非敌非友,他不敢也不能对她真心相待,所以每说一句话都要小心翼翼。现在这么莽撞地将她拦下来,让黎总知道已经会大怒,若再让他得知谈话内容,许真不敢想象后果。

"我会保密的。不过许真,好好守在陆铭熙身边。或者,有一天我也会知难而退的。"Zoe手指轻轻拍去许真肩上的落叶,"下一次,我们不会再这么明目张胆地见面了,对不对?"

Zoe说完便转身走开,身姿娉婷地上了车。

车子从庄园飞驰而去,许真还呆呆地站在那里。

Zoe果然已经不是三年前的那个女生,那个时候的她,伤害了别人还会自责,还会哭泣,然而现在在她的脸上,除了那迷人的笑容,一点儿真实的情绪都看不到了。

但是他想不通的是,黎家现在已经拥有了所有,甚至已经超越陆家成为首富,为什么还要让Zoe回来。

要发生什么事了吗?他们又想在陆铭熙身上得到些什么呢?

许真的脑子真的乱了。

第七章
糟糕，被设计了

Chapter 2

陆铭熙在车里睡得四仰八叉时，车门突然被拉开。

他猛地惊醒，刚一睁眼，一张浓艳的脸就伸到了他面前。

"我的娘！"陆铭熙被眼前的人吓得猛地向后一缩。

年雪凝因为刚才在车里偷偷哭过，一脸浓妆此时已经惨不忍睹，可她一心惦念着来威胁陆铭熙，竟然连镜子都没照一下。

"你搞什么啊？阿强呢？让他化个整容妆，怎么化成了毁容妆？"陆铭熙一脸惊恐地看着年雪凝。

年雪凝见他此时竟然还有闲心嘲笑她，就更加嚣张了，她掀起裙边大步迈进车中，在陆铭熙身边肆无忌惮地坐下来。

"想死吗？长得丑影响智商吗？还不给我下去！"陆铭熙皱起了眉。

"想死？对啊。看完这段视频，就知道到底是谁想死了。"年雪凝拿出手机在他面前晃了晃，然后冲着播放键摁了下去。

"这不是我的手机吗？"陆铭熙突然觉得这手机很眼熟，屏幕上方的一道划痕就是他有一次和许真打赌谁的手机更结实，他咬出来的牙印。

趁年雪凝没有防备，陆铭熙猛地一把抢回了手机，直接塞进了口袋里。

"陆铭熙，你……"这个突发状况让年雪凝直接傻眼了。她原本是拿着他的把柄来威胁他的，在上他的车之前她的脑海里甚至都已经浮现过了几百次陆铭熙的脸。

当他看到这段视频时，惊讶的脸，心痛的脸，悔恨的脸，以及泪流满面的脸。

要知道这可是陆铭熙人生里第一次求婚。是多么隐秘又珍贵的一幕，当然会给他一个巨大的震撼。

然而……一分钟不到，事情竟然发生了天差地别的扭转。

那是年雪凝好不容易得来的把柄，哪能这么轻易放弃。她眉毛一横，眼睛瞪得像铜铃大，冲着陆铭熙大吼了一声："还给我！快点儿还给我！"

"还给你？你费尽心机接近我，不就是为了把手机还给我，讨我欢心吗？怎么我的反应没有达到你的期望吗？我应该热泪盈眶感激你吗？不要搞笑了，一部手机而已。"陆铭熙叠起长腿，将一张俊脸骄傲地扭向一边。

管不了那么多了，年雪凝就是再笨，都知道那段视频对她来说有多重要，就算不能让陆铭熙对她毕恭毕敬，也起码能让这次拍摄顺利完成！她一咬牙，冲着陆铭熙就飞扑了过去，"快点儿把手机还给我！最好不要逼我做更离谱的事了！"年雪凝整个人已经压在了陆铭熙身上，七手八脚地从他的口袋里抢夺着手机。

"喂,你个疯子,你是不是吃错药了,快给我下去!"陆铭熙飞快地撑起腿来支住她,这女生看起来瘦瘦的,力气却不小,陆铭熙几次想把她推下去,竟然都又被她顽强地爬了上来……

"按理说……我是不应该和一个女生这么拉扯的,但是……但是凭你的力气你已经不算……不算是个女生了,我也已经警告过你了……从现在起我要不客气了……"陆铭熙的衣服和头发都被年雪凝拉扯得不成样子,他在她的魔爪下奋力地挣扎着,连说话都已经没有力气。

他终于发现了一个惊人的事实,他并非因为她是女生才让着她,而是这几回合招下来,他发觉自己真的有些打不过她!

别说守护口袋里的手机,就算要保住自己这张脸不被她抓破都很困难!于是陆铭熙急中生智,用尽全身力气抽出了手机,用力地向窗外扔了出去……

"喂!不要啊!"年雪凝看着手机在她眼前抛出一个弧度,然后"咣当"一声落在了地上。

后壳、电池、电路板、内存卡都已经摔得四分五裂,好端端的手机在几秒钟里变成了废物。

"陆铭熙!"年雪凝转过身来对着他嘶吼着。

陆铭熙唇角艰涩地挤出一抹笑意,捂着被她掐得红肿的脸,轻哼了一声:"跟我斗,斗得过体力,你斗得过智商吗?"

全剧组的人员从十分钟前就觉得陆铭熙有些不对劲,这会儿车里又吵闹声不断,有几个热心的人刚想去看看情况,就被一位年纪较大的灯光师拦住了,他看着大家说:"年轻小演员讨论剧情,有些争吵是避免不了的嘛。这样也更有利于我们拍戏,就随他们去吧。"

大家一听,说得也在理,就都散了。

这时,谢阿吉和导演从另一边也走了出来,两个人一直有说有笑的,结果刚一走回片场,就发觉气氛有些不对。

谢阿吉下意识地看向保姆车,只听保姆车内一阵又一阵的喊声传来,他心下一惊,撒腿就跑了过去。

突然一个物体飞出了车窗外。

谢阿吉用力地拉开了车门。

车内年雪凝跌坐在地上,精心梳理过的发型乱成了鸡窝,脸上的妆更花了。陆铭熙一副胜利者的表情,可修长的手臂上还是被抓了一道长长的伤痕。

看着车里的这一幕,所有人都震惊了。

这哪里是讨论剧情啊,分明就是一场灾难片。

"还都待着干什么,还不快过去帮忙!"导演在愣了几秒钟后,冲着所有人大喊了一声。

"慢着!"陆铭熙伸手示意所有人都停下,他吞了吞口水,扶着下巴看向谢阿吉,"你往远站一点儿,把现场给我拍下来。"

"陆铭熙!"谢阿吉原本就一直忍耐着,听他这么一说,直接发狂了!

"大家都冷静。谢阿吉,你拍吧,多拍几张,然后给陆氏集团的方律师打电话,我要告年雪凝她人身攻击,而我绝对不会和这个疯女人和解!"

一众人惊得下巴都掉下来了。

谢阿吉一把推开年雪凝,把陆铭熙从车上拽了下来,飞快地整理好他的衣服和发型,然后又摘下自己的墨镜按在了陆铭熙的脸上。

"不好意思了,今天的拍摄先中止吧,陆铭熙不舒服,我们先回去了。"谢阿吉强压着情绪,给大家赔着礼。

"喂!这就想走吗?"年雪凝从车上跳了下来,横在了陆铭熙面前,"只有你受伤了吗?难道你没有还手吗?我也有权请律师,你要是有胆量,就在这里等着!"

"好啊!"陆铭熙双手抱胸,一副天不怕地不怕的架势,"我不走,不过我也有要求,这广告我拍了,你敢就这副模样拍吗?"

"我……"年雪凝语结了,她就是再傲娇也知道这次广告对她有多重要,就算不能一次成名,也总不能以这副模样上镜吧。

"怎么?怕了吗?"陆铭熙看看地上那堆手机残骸,"那好,我退一步,如果你能让这部手机恢复原样,我就考虑继续和你拍。"

恢复原样吗?年雪凝看着地上那堆零件,连屏幕都已经碎成了好几截,怕是神仙也修不好了吧。

"陆铭熙,签合同的时候你就应该知道女主角是我,也应该知道这个纸尿裤是年氏集团旗下的,广告拍摄全程也都是年氏出钱,那个时候你为什么不拒绝,非要在这里让我难堪?怎么,就是因为上次我曝光了你的小情人吗?所以你就用这么卑鄙的手段来报复我吗?你这个人,真的太恶劣了!"年雪凝长这么大第一次在众目睽睽下衣冠不整,还被一个人奚落成这样。

她的骄傲已经和这部手机一样,被打击得粉碎。

年氏集团?陆铭熙皱了下眉,看向谢阿吉:"你签约的时候就知道吗?那时候女主

角就是她吗？为什么不告诉我？"

谢阿吉没想到枪口会突然扭转向他，就支吾起来，他压低了声音："不是你急用钱吗？为了帮你筹钱，我怕说了你会拒绝。"

原来……陆铭熙不自在地抿了抿嘴，心底也隐隐有了些愧疚。看来错不在年雪凝，接了广告这么久，他哪怕抽一分钟时间看一眼合同，也就不会出这些事了。

刚才在休息室看到年雪凝的时候，他真的以为是她为了和他一起拍广告，使了手段才拿下了角色。原来从一开始，这个广告就是年氏为了自己的女儿出道才投资的。

他抬起眼看向年雪凝。

她用力地咬着嘴唇，一张脸憋得通红，手腕上他用力握过的痕迹还清晰可见，泪水在她眼底打着转。

陆铭熙的悔意更深了，他呼了口气，走到了年雪凝身边，握起了她的手臂，他想看看她手上还有没有别的伤。

这一次，年雪凝却用力地甩开了他的手。

"你不用再假惺惺了，怎么？觉得在这么多人面前欺负我会破坏形象吗？大可不必了。"年雪凝的眼泪终于还是落了下来，她抬头看向所有人，"今天的事，如果有一个字传出去，我保证年氏集团会告到你们倾家荡产！"

"知道了……"

"知道了……"

人群中响起了低低的回应声。

"年雪凝……"陆铭熙从来没经历过这种事，一时间也不知道如何是好，或许他是真的错怪她，除了骄横跋扈一点儿，眼前这个女生似乎也没有那么让人讨厌。

"这样够了吗？你不用再担心你的形象吧？陆铭熙，我喜欢了你这么多年，也默默地为你做了很多事：你的第一个粉丝会成立，第一次见面会的组织，让你声名大噪的那个珠宝广告，以及在你今年生日那天全城所有报纸的整版庆生广告……陆铭熙，就算你要请律师，我也根本不欠你的……"

原来那个一直被他挂在嘴边的庆生广告……是年雪凝出钱刊登的。

陆铭熙的心里猛地酸涩了一下。

"但是，都结束了。陆铭熙，我对你所有的喜爱都结束了。"年雪凝抹着眼泪，目光中满是痛楚地看了他最后一眼，转身走开。

谢阿吉也被年雪凝最后的这番话感动了，见她走了，他赶紧撞撞陆铭熙，还不等说话，就见陆铭熙迈开长腿大步走过去，从后握住了年雪凝的手。

第七章 糟糕,被设计了

"不是说爱了我十年吗?这么走掉怎么行?为我做了那么多事,我能力有限,也只能回赠你一次。拍完广告再走吧。"陆铭熙松开了手,等她回应。

年雪凝拼命才止住的眼泪,终于又一次放纵奔流。她哭得低下头去,瘦小的身子不住地颤抖着。

陆铭熙轻轻扳过她的身子,用袖子帮她抹着眼泪:"但是化妆方面能听我的吗?那个……烈焰红唇波浪卷发什么的,真的不适合你……"

年雪凝慢慢地抬起头来,不到两个小时哭了三回,脸上的妆都快要冲淡了,露出了原本清纯的面容。

她看着陆铭熙,他正用前所未有的温柔目光看着自己,她的心被那目光填得满满的,刚才的委屈也如春雨洗过的天空般渐渐放晴。

"阿强,给雪凝重新上妆吧。"陆铭熙双手插回口袋里,对于眼前这个女生已经彻底改观了。

年雪凝顺从地跟着阿强进了化妆间,陆铭熙转身看着所有人,双手拿出来放在两侧,恭敬地鞠了一躬。

"对不起,耽误了大家这么多时间。"他慢慢起身,"拍摄继续!"

片场里突然间爆发起了雷鸣般的掌声,有几个女生还大声尖叫起来。

"陆铭熙好帅!"

"永远的偶像陆铭熙!"

剧组的气氛瞬间像粉丝见面会一般狂热。

谢阿吉在一边静静地看着陆铭熙,唇间挂着欣慰的笑容,看来他是真的长大了,不再是从前那个骄横又不可一世的浑小子了。

他走过去,用力地拍了拍陆铭熙的肩膀:"干得好,是我看中的陆铭熙。"

陆铭熙手指蹭蹭鼻子,作势撞了谢阿吉一下:"不是你看中的陆铭熙,而是生来就是巨星的陆铭熙啊!"

谢阿吉"扑哧"一声笑出来。

众人都又回归了工作岗位,导演在一边激情四溢地指挥着,他好久没有看到这么感人又清新的画面了,突然想从广告转型去拍偶像剧了。

剧组重新忙碌起来。

陆铭熙走到那堆手机残骸面前,慢慢地蹲下身子,这是他第一部用了三年的手机。若不是在无意中丢失,他会一直用下去吧。虽然之后又买了同一款的,但是感觉完全不同了。

在这部手机里有一个三年前就存在的文件夹,设着一个连他都无法破解的密码。

他不知道里面放着什么,但是他知道那是为他而设的。

那个文件夹的名字叫作永恒的陆铭熙。

虽然现在有很多手段可以解开它,但是他执意让它存放在那里。

他知道,总有一天,会有人来解开它。

然而现在手机支离破碎,那个密封的文件夹也就随着一起消失了。他捡起内存卡,吹落上面的灰尘。

在他心里那个文件夹如同一段记忆,一个谜题,一个遗憾,一个人。

如今他已经不想再去解开它了,也不想知道那里边到底装着什么,他的心应该是放下了。

他将内存卡用力地抛进了对面的树丛之中。

一个完美的弧度从他手中飞起……

他飞快地背过身,低下头的瞬间里,一行泪滑过了脸颊。

他想起了年雪凝的话——"我喜欢了你十年,我也默默为你做了很多事……"

对于文件夹中的那个人,他也想说同样的话。

我喜欢过你,也默默为你做过很多事。

为了你,我还一直在继续当着明星,拍着广告和影视剧,只为了有朝一日你可以在荧幕上看到我,哪怕只有一眼,哪怕只能唤起你的一丝记忆,也希冀着你可以回来。

为了你,我还会去那家餐厅吃味道怪异的咖哩,喝那苦涩的咖啡,只为了有一天你可以回到这里,哪怕只是坐在我的邻座,哪怕只是路过那个窗口,也期盼着可以再见你一面。

为了你……陆铭熙的眼泪那么多地掉下来,他的肩膀轻颤着。

然而今天,我可以当是命运。命运让手机丢失,命运让它在我面前粉碎。

那么我与你之间,是不是也只剩最后一句?

云若溪,我再也不欠你的了。

Chapter 07 第七章
糟糕，被设计了

Chapter 3

之后，广告便一直拍得很顺利。

年雪凝换了妆容之后，穿着一条鹅黄色的裙子，搭着一条白色的羽毛披肩，卷曲的头发也换作了飘逸的直发，从化妆间出来的时候，让所有在场的人都惊艳了一把。

陆铭熙站在她面前，露出淡淡的笑容："看吧，清纯甜美的装扮才更适合你。"

年雪凝不好意思地低头笑着，换了这个形象后，她觉得整个人都好像转变了，连张嘴大笑都觉得不适合了。

原本在十几摄氏度的天气里穿得这么单薄，她还有些怨言。但是在听了陆铭熙的称赞之后，她觉得一切都值了，就是让她穿着泳装站在冰水里她都义无反顾。

"准备好了吗？现在开始第一次拍摄！"导演坐在机器跟前，做了个开拍的手势。

银色的房车里，年雪凝的手机一直在振动着。
振动停止，屏幕上显示着十几个未接来电。
全部来自一个人，Zoe。

国立新高的天阶花园里，Zoe坐在一架草编的秋千上，一袭绯红色的连衣裙外搭着一件长款的针织衫，光洁的小腿裸露在外面。

在窗外日落的余晖下，美得仿佛一幅传世的油画。

年宥泰拿着两杯果汁走过来，在她面前坐下来："怎么，雪凝还是不接电话吗？"

Zoe轻轻点头，将手机放进了包里。

"这不像你啊，Zoe，那个遇事永远沉着冷静，就算遇见生命危在旦夕的人都不会慌乱的女生到哪里去了？"年宥泰靠在椅背上，饶有兴致地看着Zoe，"这失魂落魄的表情是为了雪凝，还是陆铭熙？"

Zoe唇角微弯了下，便算是回答了。她的心里已是一片狂波巨浪，她也不能肯定陆铭熙在看过那段视频后，会是什么反应。

如果他看完便冲出来找她，那么这个时候也应该到了。

可是如果他看了，却没有任何反应……Zoe手指紧捏起来。

她设想过无数次他的反应，可能是愤怒，绝望，伤心，甚至是对着年雪凝咆哮……她都还有胜算，他的反应越强烈，代表着她重新回到他身边的概率越大。

然而，像现在这样风平浪静，却让她的心无端地慌起来。

情人之间，最可怕的并不是争吵与冷战，而是那种云淡风轻的无视。

而她与陆铭熙之间,已经到了这一步了吗?

她从秋千上走下来,走到了花园的栏杆旁边,这是国立新高附楼楼顶的天台,是年氏集团找国外的设计师建成的空中花房。

因为年夫人酷爱花草,梦想便是有一个离天空最近的私家花园,于是年氏在投资这座附楼的时候,便将平台运用了这样的理念。

这里集全了世界各地的花草,除却让年宥泰过敏的兰花,那些富良野的薰衣草、非洲的粉野菊、保加利亚的玫瑰……一丛丛、一片片地将空间点缀得仿若世外桃源。

花房的外墙与屋顶全部用玻璃构造,里边的温度和湿度也都是国际先进的分段式智能控制,何时何地进来,都有花在盛开,空气中弥漫着清郁的芬芳。

在这个三十多层高的楼顶上,迎着花香赏景也是另一番享受,清晨的日出,夜晚的星空,仿佛伸手可触,一切都美得如诗如画。

比起校园里神秘的八号餐厅,这里更加不为人知,除却年宥泰和他的母亲,Zoe是第三个到过这里的人。

"原本带你来,是希望这里能让你觉得舒服一些,这么看来并没有达到效果呢。"年宥泰走到Zoe身边。

"我没事。反而是这里太美了,把我的回忆都勾起来了。"Zoe站在那里,目光幽深地看着那丛保加利亚玫瑰。

三年前的夏夜里,也曾有人用几千朵香槟色玫瑰铺满了海边白色的沙滩。

那人用最美的花在最美的夜里,给过她一生难忘的夜晚。

然而那时,她的心却被仇恨所堆满。

面前那个单膝跪地、一脸清纯的俊美男孩,他笑得越开怀,她便越想要给他加倍的痛楚。

她答应了他,戴上了草环编的戒指,与他一同对着星空发誓,做彼此今生的唯一。

之后,她加快了她的复仇之路。

他也如她所愿,从那天开始,他的脸上除了绝望和痛苦,再也没了如那晚般明亮的笑容。

摧毁了她全部生活的人,有什么资格过着无忧无虑的生活?

她要毁掉陆铭熙,毁掉陆云溪,毁掉整个陆氏集团。

Zoe的手指紧紧地握着,目光里的愤怒仿佛要点燃这一整间的花草,她的指甲深深地陷入肉中,血印飞快地散出来……

年宥泰看着Zoe的表情开始扭曲,手指的关节已经发了白,他慌了神,赶紧握住了她

的手腕:"Zoe,松手!快点儿松手,你伤到自己了!"

然而她还沉浸在自己的噩梦之中,呼吸越来越急促,手指的力道也更加强了,血从指缝中缓缓流出……

年宥泰彻底惊慌了,他用力地撬开了她的手指,把自己的手放了进去,她依然像失去控制一般,长长的指甲毫不犹豫地扎进了他的掌心中……

"Zoe,Zoe,你怎么了?"年宥泰不知如何是好,一把将她摁进了自己怀中,紧紧地抱着她。

Zoe只是感觉到自己的胸口越来越闷,连呼吸都开始变得困难,这才突然惊醒过来,用力推开年宥泰,俯下身大声地咳嗽起来。

"Zoe,你怎么样?你好些了吗?"年宥泰不顾掌心里的伤口,重新握住了她的手。

"头好痛。"Zoe眉头紧皱,脸色苍白,"宥泰,我的头像裂开一样。"

"去医院吧。我这就带你去医院!"年宥泰拦腰抱起Zoe,飞快地从花房冲了出去。

"病人以前有过类似的症状吗?"

医院病房里,医生测完了Zoe的心跳,转身看着年宥泰。

"我……我不知道。"年宥泰紧张地看着医生,"她现在怎么样?有危险吗?"

"暂时不会有。但是如果再有什么事刺激到她,让她有过激的行为,就很难说了。我刚才给她打了镇定剂,睡一觉就好了。"

"她这到底是什么病?会常常发病吗?"年宥泰不放心地追问。

"体征中除了心跳加快、呼吸急促之外,并没有什么异常。应该是心理疾病吧。可能病人有心理障碍,每当想到与此相关的东西,就会诱发一系列的激烈反应。你若是不了解病人,最好想办法联系到她的家人。等这次好了之后,做一些心理治疗。"医生说完,便走了出去。

心理障碍。

年宥泰站在病床前,看着Zoe沉静而美丽的面孔,到底你的心里藏着什么样的心结?是与陆铭熙有关吗?

深夜的医院静得如同深海,只有床边的监测仪器在轻声嘀嗒着。

Zoe,好好地睡一觉吧。年宥泰伸手抚平了她轻拧着的眉头,沉睡中的她仿佛等待被唤醒的公主一样,那睡颜美得好似一场梦。

他轻轻坐在她的床边,视线再也没有离开过她。

夜更深了。

蔓斯庄园。

剧组一直忙到天黑还是有几个镜头没有拍完,导演向陆铭熙走过去:"今天就先收工了,明天还要拍日出的镜头,所以今晚剧组就在庄园住下了。你呢?你是要回市里,还是留下?"

拍摄进度没有完成,陆铭熙也有责任,要不是他挑剔年雪凝,可能大家收工能更早一点儿。

事到如今,他也不好意思搞特殊,就一脸歉意地对导演说:"来回赶路也耽误时间,我也在这住下吧。"

导演欣慰地笑了笑,就去安排收工的事情了。

许真和谢阿吉已经脸贴脸在车上睡着了,陆铭熙走过去敲了敲窗户:"喂,自助餐开饭了,都醒醒吧。"

谢阿吉正睡得浑浑噩噩,猛地因为这个"饭"字醒了过来,他摸了摸瘪瘪的肚子:"收工了吗?还真是岁数大了,饿得连觉都睡不踏实了。"

陆铭熙翻了个白眼,扔过去一条毛巾:"擦擦口水吧!这也叫睡不踏实!"

许真这时也醒了过来,见片场的灯都黑了,他才赶紧坐起来:"怎么样?要回去了吗?"

"你和谢阿吉吃过饭就回去吧,没必要陪我住在这里,明天收工了我搭剧组的车回去就行。"

"那怎么行,小陆总,你好歹是位巨星啊……"许真一脸的抗议。

"停!我很饿,说话很费体力。就按我说的做。"陆铭熙转身向庄园的餐厅走去。

他边走边拿出手机和钱小芙通了个电话,果然不到三句话两个人就又战起嘴来。

"我就是告诉你今晚不回去,你也应该表示一下关心才对吧?竟然那么利落地和我说再见?"

"喂,你前呼后拥那么多工作人员,我根本不用关心你的吃住吧?难道没认识我之前,你都睡在猪窝里吗?"钱小芙在电话里反战回来。

"我夜不归宿,身边还都是美女,你哪来的自信心啊?"陆铭熙越听越恼火。

"随便你喽,我巴不得早日从你的绯闻中脱离出来,过上我钱小芙的正常生活!"

"钱小芙,你!"陆铭熙险些被自己的口水呛到。

"不和你说了,爸爸要睡了。再见!"钱小芙麻利地挂了电话。

"喂……"陆铭熙还想说什么,手机里已经只剩忙音。

他站在餐厅门口发了半天的呆,他到底在期待什么?分明知道钱小芙的个性,难道

Chapter 07 第七章
糟糕，被设计了

他还真的指望她会一口一个铭熙，问他冷不冷，困不困吗？

算了，还是面对现实，冷暖自知吧，因为他喜欢的这个女生，根本就是个坚不可摧的压菜石！

他迈步走进了餐厅，刚坐下，年雪凝就不知道从哪儿蹿了过来，抠着手指头在他面前坐了下来："陆铭熙……今天，对不起，总之，谢谢你。"

她刚一说完，就看到陆铭熙一副被雷劈过的表情。她到底说了些什么啊！

"没关系，那个，你不饿吗？一起吃？"对于年雪凝的突然转型，陆铭熙也是在惊吓中慢慢适应着。

"真的吗？真的可以一起吃吗？那我去拿吃的！你想吃什么？"年雪凝一脸喜极而泣的表情。

"不……不必了，我自己去拿就好了。"陆铭熙胆战心惊地站起来，从她面前挪了过去。

"哇！怎么办，还是觉得他好有型！我没救了吧！我的心都快跳出来了啊！"

年雪凝一头栽到了餐桌上，兴奋得连气都喘不过来了。

旁边桌子的人都不约而同地摇了摇头，这应该就是传说已久的陆铭熙病毒吧。

凡是中了这种病毒的女生，不论陆铭熙多冷、多酷、多暴躁，她们都只看得到他的那张帅脸。现在连只相处了一天的广告女主角都变成了这样，看来大家还是少看陆铭熙几眼为妙。

一瞬间，桌子周围的人就已经端着盘子走空了。

第二天清晨，年宥泰正睡得迷迷糊糊，被一阵手机铃声吵醒。

他坐起来，寻找着铃音的来源，原来是在Zoe的口袋里。

手机屏幕上闪烁着一个名字：**老爷子**。

是她的亲人吗？

Zoe还在沉睡中，年宥泰犹豫了一下，接了起来。

他刚要说话，电话那边就传来了一个中年男人的声音："你在哪儿？"

年宥泰愣了一下，这声音也太生冷了吧，他赶紧回道："Zoe身体不舒服，现在在医院，您是她的家人吗？昨天就应该通知您的，但是……"

"我会派人过去。"中年男人打断了他的话，语气依然冷得像冰。

"哦，好，这里是仁爱医院……"年宥泰还说着，对方便已经挂了电话。

真的是亲人吗？怎么态度会这么冷漠？而且都没有等他把话说完，仁爱医院这么

大,他们能找到吗?

年宥泰呆呆地望着床上的Zoe,脑子里的疑惑更多了。

Chapter 4

快要放学的时候，钱小芙才听同学们说，下月初就要期末考试了。

而期末考试的成绩会直接算入总学分里，成绩太差的，会被分到最差的班级里去。钱小芙光是听着，就出了一身的冷汗。

她赶紧给爸爸打了电话，说要留在学校里补习功课，这段时间她落下的课程实在太多了。

刚补完了一科的笔记，天就已经完全黑了。因为心里还担心着爸爸，就匆匆收拾书包，赶回了医院。

医院的夜晚格外寂静，甚至有些吓人，钱小芙缩了缩脖子小跑起来。突然一片灯光把医院照得通亮，两辆黑色的车子驶进了医院，从钱小芙面前飞驰而过。

"哇，这么晚还开这么快。"钱小芙撇嘴，边看边继续向前走。

两辆车子在医院门口停下来，车子里走下来七八个穿黑色西装的人，一个个身形高大又魁梧，齐刷刷地走进了医院。

无端地，钱小芙的脑海里就出现了电影里帮会的那些画面。

"有钱人真是钱多得发慌吗？用得着把工作人员都打扮成超黑侠吗？"钱小芙掂了掂书包，也走进了医院。走了两步，又实在好奇这帮人的去向，她左右看了看，便也猫着腰在医院的走廊里小跑着，跟在了那帮黑衣人后面。

那帮人并没有上电梯，而是飞快地冲进楼梯间，一口气跑上四楼，钱小芙又要轻手轻脚，还怕跟丢了，等到了四楼，人都快要断气了。

眼看那帮人已经消失在了走廊尽头，她长吸一口气，继续追上去。

VVIP病房区前，那帮人停了下来，为首的一个冲着一间病房走过去，从窗上看了一下，之后冲其他人招了招手，这七八个人就一窝蜂地冲了进去。

"啊！这不像探望病人吧？"钱小芙愣在了角落里，她飞快地掏出电话，报警！她得赶紧报警才行！

手指刚拨了一个号，就又停下来。万一他们不是坏人呢？她岂不是报假警？钱小芙的手已经颤抖得快要握不住手机了，却还是捂着胸口努力地平复着情绪，慢慢地向病房挪了过去。

透过门上的窗户，钱小芙清楚地看到一个男生的嘴巴被捂住，身体正在奋力地抵抗着，他的手紧紧地抓着床上的一个女生，而这帮黑衣人却像鬼差一般，强行将女孩用被子蒙住扛到了肩上。

男生依然在用力地挣扎着，一个黑衣人皱起了眉头，拿起桌上的花瓶用力砸向了

他的头……

"啊……"眼前的场景早已超出了钱小芙的承受能力,这帮人分明就是来医院抢人的!

钱小芙眼睛瞪得大大的,刚要喊出来,嘴巴就被紧紧地捂住。

完了!她被他们的同党发现了吗?钱小芙的心脏都停止跳动了!

她被身后的人拖行着,她手指紧抠着墙角,全身紧绷着,想喊却又喊不出来,心里的恐惧快要被她淹没了!

"我还不想死,我还有爸爸要照顾,谁能救救我!可恶的陆铭熙,你快来救救我啊!"钱小芙在心底嘶喊着,可她终究力气太小了,根本敌不过身后的人,终于被拖进了走廊后一间漆黑的库房里。

"救命……救……"钱小芙突然觉得那人的手有些松动,就飞快地喊了一声,同时回过了头。

"你不要命了吗?竟然敢一个人跟着走过去?不懂得报警,还不懂得先逃跑吗?"一个熟悉的声音在黑暗里响起来。

"陆……陆铭熙?"钱小芙惊魂未定地看着站在眼前的人,窗外隐约的路灯灯光下,她终于看清了对方的脸,竟然真的是他!下一秒钟,她飞起一脚就踢到了他的身上,"你想死吗?你吓死我了你知道吗?"

"啊……"陆铭熙飞快地抬起腿呻吟起来,"你上辈子真的是压菜石吗?怎么会有这么狠心的女人?"

"喂,你没看到吗?他们把一个女孩抢走了!我们要快点儿去把人抢回来啊!"钱小芙回过神来,又想起了刚才那可怕的一幕。

"我们?抢回来?"陆铭熙嘴一撇,"你当我拍过几部动作片,就真的能变身钢铁侠吗?对方有八个人啊,八个魁梧大汉啊!"

"那怎么办?报警!我们还是报警吧!"钱小芙又拨起了报警号码。

"等警察来了,人早跑光了!真是败给你了!对一个陌生人这么热情,你以后多分给我一点儿热情好不好?"陆铭熙拍了两天的戏,已经精疲力竭,但是看着钱小芙一脸紧张的样子,他妥协了。

"这里是仁爱医院VVIP病房区,全江城能住进来的人不超过五家,所以肯定是私人恩怨了。为了满足你的天使心,我去跟着他们,你留在这里等我的消息。"陆铭熙边说边打开一小条门缝,向外张望着。见走廊里已经空无一人,他开门走了出去。

"喂,你一个人去啊?"钱小芙一把揪住了他,一脸担心的样子。

Chapter 07 第七章
糟糕,被设计了

"那我上去找钱爸爸一起去!"陆铭熙作势要上楼。

"你疯啦。我爸是病人!"钱小芙嘴唇嚅动着,"那说好了,你只是跟在他们后面,千万不要动手救人。我去病房看看那个被打伤的人。"

"知道了!"陆铭熙伸手揉揉她的头发,转身大步跑了出去。

钱小芙也赶紧跑回了刚才那间病房,地板上男生缩着身子躺在那里,看不清长相,只见一行血已经缓缓流到地上,周围是碎了一地的花瓶……

钱小芙猛地向后退了几步,在走廊里大喊起来:"快来人啊,快来人,有人被打晕了……"

陆铭熙从医院里飞快地追出去,正巧看到那两辆黑色的车子从他面前开过。

头车司机的脸一晃而过,让陆铭熙突然愣了一下。

那人不是许真吗?

很快他就否定了这个想法,他不久前才跟许真通过电话,让他从家里拿些换洗的衣服来酒店,分开也不过一个小时。又怎么会在这么短时间就召集人手来医院抢人呢?

但是……那个侧脸也真的太像了。

陆铭熙猛地就想起了许真手机里的那条短信,难道说,他真的还有兼职?是在做打手还是保镖什么的吗?

陆铭熙猛地摇摇头,他一定戏拍多了,才会有这些不着边际的想象。

眼看着两辆车子已经从医院飞驰而去,陆铭熙这才恍过神来,跳上车子就尾随在了后面。

钱小芙的喊声把整个医院的人都惊动了。

几名护士立刻冲了进去,帮男生做起了急救,有眼疾手快的一个,竟然一下就认出了男生,还飞快地打电话通知了他的家人。

钱爸爸刚从后院散步回来,就见人们都往四楼跑,他怔了一下,便也好奇地跟在人们后面过去看个究竟。

病房外已经有不少人围在那里,医生正在对男生进行急救,钱小芙站在门口,始终不敢进去,回想起刚才那一幕,她的腿又在发抖了。

钱爸爸在人群后张望着,突然觉得里面的女生眼熟,便挤了进去,一看是钱小芙,脸都白了。

"小芙,你在这里干什么?发生什么事了?"

"爸爸……"钱小芙正手足无措,突然看到了爸爸,她一下子扑到了钱爸爸怀中,"里面的那个男生好像不行了,他受了好重的伤!"

"跟我出来。"钱爸爸向里张望了一眼,便揽住女儿的肩膀从人群中走了出来,"到底怎么了?"

钱小芙便把事情的经过都给钱爸爸讲了一遍,钱爸爸的脸一阵白一阵青,表情也跟着惊一下愣一下的,刚听完了原委,就紧张地问:"陆铭熙呢?他有什么消息吗?不会出什么事了吧?"

陆铭熙。钱小芙被这边的事情搞得晕头转向,完全忘记了陆铭熙还在跟踪那些人。她赶紧拿起手机拨他的手机。

手机一直是长音,拨了四五次,都无人接听。

"陆铭熙不会也被抓走了吧?"钱小芙的脸僵硬了。

"唉,这根本不是你们小孩子能管的事,你们也太冲动了,报警吧。"钱爸爸刚拿过手机,就听到走廊里响起了一阵急促的高跟鞋的声音。

一位装扮靓丽而贵气的中年女子一脸慌张地走了过来,后面跟着三名警察。

"请让一让,伤者的家属来了,大家都请让一让。"一位警察好心地疏散着围观的人们。

"警察来了!"钱小芙冲着警察跑过去。

"警察叔叔,我看到了全过程,他们带走了一个女生,我朋友跟着追出去,但现在失去联系了。"钱小芙伸开双手挡在了来者面前。

走在前面的中年妇人眉心一紧:"我不关心谁失去联系,我只知道我儿子受伤了!请让开。"妇人用力推开了钱小芙,继续向前走。

"喂!听我说啊!"钱小芙又握住了一名警察的手,"我朋友现在失踪了!爸爸,你快来帮帮我啊。"钱小芙冲钱爸爸着急地招着手。

可是钱爸爸此刻整个人都仿佛僵硬了一般,他的目光一动不动地盯着正冲着他走来的那位妇人,在擦肩而过时,他突然失控般地伸手抓住了她的胳膊。

"是……是你吗?"钱爸爸的口齿莫名地不利落。

"放开我!"妇人本能般地甩开了钱爸爸的手,正想说什么的时候,突然脸上的表情一变,她也愣住了。

"是……是你?"妇人不敢相信自己的眼睛。

"是我!是我啊!"钱爸爸更紧地握住了妇人的手,虽然她的容貌已经有了些许变化,似乎做过稍许的改动,比十几年前更为精致美丽,但他还是一眼认出了她。

Chapter 07 第七章
糟糕,被设计了

"美兰,怎么还不进去!"说话间,走廊里一个中年男子的声音响起来,男子的头发有些稀少,却气宇不凡,一身名贵西装搭着巴宝莉的格子围巾,即便是深夜出门,都装扮得十分得体。

在他身后还跟着两个看似保镖的年轻男子。

"哦,没事!"妇人在一瞬间表情已回归自然,她甩开钱爸爸的手的同时,伸手挽住了中年男子的手臂,"儿子在里面,快进去吧。"

中年男子一心掂念着受伤的儿子,完全没有发现身边的妇人有什么异样,焦急地走进了病房。

"爸爸……"刚才那一幕钱小芙却看得清清楚楚,她一脸疑惑地走回爸爸身边,"你刚才叫她什么?难道说,她是妈妈吗?"

"不是。爸爸认错人了。"钱爸爸赶紧摆手否认着,他想过千万次小芙与妈妈见面的场景,却万万没有想到,其中还有一种,便是今天这样。

看受伤男生的年纪,应该比小芙还要大一些。

他要怎么和女儿说,她的妈妈已经改嫁富人,当上了豪门公子的继母?

而就在刚才,她还推开了自己的亲生女儿,急急奔向了继子。

钱爸爸的心狠狠地拧痛着,他的身子突然失去了所有力气,虚弱地倚在了墙上。

"认错了?"钱小芙眉毛皱起来,也对,她的妈妈怎么会变成贵妇人呢?而且现在的样子也和之前有着天壤之别。况且她刚才还甩开了爸爸的手,如果她是妈妈,一定不会这么做的。

看着爸爸苍白的脸,钱小芙伸手扶住了他:"你一定很失望吧。等了她那么多年,天天都盼着能再见她。可是爸爸,那位阿姨只是有一点点像妈妈而已……"

"小芙,我有些不舒服,我们回病房吧。"钱爸爸打断了钱小芙的话,嘴唇已经泛了青,他努力撑在钱小芙的身上。

"哦,好,我们回去!"钱小芙紧握着爸爸的手,向电梯走去。

"贵公子已经没有大碍了,刚才失血过多,我们已经为他输了血,再过一会儿就能醒过来了。"医生看着心电仪上一切数据都已恢复正常,也深呼一口气。

"谢谢你了。"中年男子不再看医生,对身后的保镖说道,"我想知道事情的经过,把监控录像给我拿来。"

"是,年总。"身后的男子轻轻点头,转身走了出去。

"年总,那我先出去了,有什么事随时找我们。"医生谦恭地从中年男子面前退了

出去。

"幸好没什么大事。宥泰刚一回来就碰上了这样的事。我一定会查清楚是谁做的……"年总深叹一口气,看向身边的妇人。

"美兰,你脸色很差,是不是不舒服?"男子宽大的手掌轻握住了妇人的手。

"哦,没有,来的路上因为太担心了,可能走得急了。"尹美兰慌忙掩饰着情绪,"你留在这里,我去问问医生,还有什么需要注意的。"她冲他虚弱地笑了笑,从病房走了出去。

Chapter 07 第七章
糟糕，被设计了

Chapter 5

医院的洗手间里，尹美兰锁上门，看着镜子里的自己。

岁月在她三十四岁的脸上并没有留下任何痕迹，加之数年前曾做过面部整形，所以整个人看起来更加美艳照人。

只是与十年前相比，比容貌变化更大的，是她的周身散发出的气质，有股让人难以靠近的冷傲和矜贵。

此时，这张美艳的脸却如纸般苍白。

刚才那个拦着自己的孩子，就是小芙吗？她已经长这么大了吗？之前在医院电梯里匆匆见过一面，甚至连脸都没有看清。

今天终于让她真真切切地看到了她的样子。

跟她年轻时的样子如出一辙，却比她更加灵动清纯，那双眼如水晶般明亮剔透。

那真的就是，她的小芙吗？

尹美兰的身子突然一软，手掌用力地撑住了水台，这个从小一直黏在她身上的孩子，竟然面对面都没有认出她吗？

她的脑海里浮现出了十多年前的那个清晨，窗外下着瓢泼大雨，屋里地上摆着大大小小十几个水盆，雨水还是顺着房角一行行地流下来。

她打了门，用力地撑开伞，她终于下定决心离开那个残破又穷苦的家。

就在她迈出门槛的一瞬间，一个温热的身体贴在了她的胳膊上，是小芙。

小芙揉着惺忪的睡眼抱住了妈妈的胳膊，抬起头来看着她。

那一刻，她积攒了那么久的决心，几乎全部溃散。她蹲下身将女儿抱在怀里，眼泪顺着脸颊落下去。

"小芙，妈妈知道有一个地方埋着宝藏，妈妈现在就去把它找回来，到时候就给小芙换新房子，买小芙一直喜欢的那条公主裙，好不好？"

"宝藏吗？"小芙圆圆的眼睛睁得大大的，盯着妈妈，"小芙陪妈妈一起去！"说着，她便跑回屋里套上了雨鞋，穿好了小雨披。

"不行，小芙……"她的眼泪扑簌簌地落下来，她用力地咬着嘴唇，"那个地方只有大人才可以去，你等妈妈好不好？不管是一天，还是一个月，还是一年，你都等着妈妈回来，好不好？"

"真的吗？那爸爸呢？他不去吗？"小芙的小嘴巴嘟起来。

这时院子外响起了两声汽车鸣笛声，她赶紧抹干了脸上的泪，把小芙推回了屋里："记住了，妈妈总有一天会回来带你离开这里的，一定要等着妈妈，要记住妈妈

的样子!"

"哦。"四岁的钱小芙看着妈妈在大雨里越行越远,直到出了院子,汽车驶过积水的声音响起来,她才慢慢地走出了屋子,呆呆地站在院子门口。

车后窗女儿的身影越来越小,直到完全不见,她终于号啕大哭起来。

一双苍白的手握住了她的肩,一个同样憔悴的女声响起来:"佩兰,对不起,让你离开你的女儿。但是我需要你,帮我一起带大孩子……你相信我,四年后我会如约给你一笔钱让你开始全新的生活。"

后座上一个六岁的男孩眉眼清秀,正在这大雨的清晨里酣睡着。

莫佩兰手指摸过男孩的额头,眼泪再次落下来。

一个小时后,三个人搭乘最早的航班,飞往英国。

这一走,便是十年。

想起这些过往,尹美兰的眼泪不禁又流下来,听到门外有脚步声,她才慌乱间抹掉了眼泪,拿出粉饼补了补妆。

一个精致而美丽的女人重新出现在镜中,尹美兰深呼一口气,走了出去。

病房里,年总正握着儿子的手静静地坐在床边,尹美兰走过去,轻轻握住了他的肩:"天远,今天很晚了,你开了一天的会,回家歇着吧,我陪在这里就好。"

年天远抬头看着她,反握住她的手:"这两个孩子真让我头疼啊。好在比起雪凝,宥泰似乎和你更亲近一点儿,但是让你刚嫁过来就当两个孩子的继母,还是辛苦你了。"

"放心吧,我能处理好的。"尹美兰体贴地笑着。

"真怀念那些年在国外的日子,不过人总要面对现实,不过我已经协商好了一切事宜,六年了,你终于可以名正言顺地做年夫人,以后我们就是你的家人了。"

人总要面对现实。尹美兰恍惚了一下,她要面对的现实,又何止要嫁入年家,面对年家的一对孩子呢?

她的小芙,她答应过她,让她远离现在的生活,她又该怎么做呢?

她十八岁时在一间破旧的土屋里生下了小芙,在她四岁时狠心离开了她,跟随着黎夫人远赴英国,为的就是有一天可以拿到一大笔酬劳,开始新的人生。

在英国的日子里,她一边照顾着黎夫人母子,一边努力学习语言,挤出所有时间自学金融。

四年后,黎阳十岁时,她得到了约定中的丰厚酬劳,离开了黎家。

她用那些钱买到了英国国籍,更名尹美兰。又用半年时间改头换面,从整形到形象

Chapter 07 第七章
糟糕，被设计了

包装，把自己打造成了上等社会的千金。

在得知英国有一所大学专门为亚洲成功人士设立了金融课程时，她不惜花光全部财产报名课程。在大学的讲堂上，她终于邂逅了年天远。

亚洲最年轻的酒店大亨，不到四十岁便拥有全亚洲数百家五星级酒店。他多情而浪漫，在她倾城的美貌和过人的聪颖下俯首称臣。

她为自己编造了一个上流社会的身世，父母都是外交官，在空难中罹难。

她的眼泪落在他肩上，她说此生都会在这样无依无靠的生活中度过。

他对她的爱如同身陷深潭，不可自拔。他让她等着他，用了六年的时间，以近一半的身家换取一张离婚协议书。

伦敦大本钟下，年天远为她设计了一场浩大而浪漫的求婚仪式。

十八岁前遭遇的一切，对她来说，仿若噩梦一场。遇到年天远，是上天对她最大的眷顾，没有任何人、任何事值得她再去冒险，失去眼前的一切。

即便是小芙，也不可以。

而对于年氏来说，多一位年夫人，就已经让董事会因为股份的事吵翻了天，如果他们得知还会有一个异姓的女孩儿也加入这场财产争夺战中，她不敢想象年天远要承受多大的压力。

她看向病床上的年宥泰，他们是年家的嫡系继承人，如果她的小芙也有这样的身份，那该多好。

嫡系……尹美兰突然顿了一下。

如果年宥泰可以和小芙在一起，以后两个人结婚，那么所有的问题不就都迎刃而解了吗？

尹美兰的眼中闪过一丝光芒，她要想办法给钱小芙一个机会，让她进入年宥泰的视线中。

她重新看向年天远："对了，雪凝的生日是不是快到了？"

"哦，对。你真是有心了。"年天远一脸的感激。

"到时候宥泰也应该康复了，我作为孩子们的新妈妈，给她举办一个生日宴会吧。"

"也好，公司的事正好也解决了，你这位女主人也应该正式亮相了。那么生日宴的事就辛苦你了。"

尹美兰冲着他柔美一笑，点了点头。

陆铭熙尾随着两辆车从市区一路向着郊外开去。

来这么偏僻的地方，难道是要杀人灭口吗？这帮人冲进VVIP病房，抢走的到底是什么人？

陆铭熙满脑子的疑问，却也不敢松懈，他始终与他们保持几百米的距离，为了不被发现，他关闭了车灯，在黑暗中尾随前行着。

眼前的这片地方是陆铭熙从来没来过的，一大片刚建到一半的厂房，却又没有任何施工车辆和工人，看样子是烂尾工程了。

道路越来越颠簸，过了一会儿连路灯都看不见了，除了前车的灯光，四下没有任何光亮。

陆铭熙顿时有了种拍恐怖片的感觉，只不过剧本未知，道具未知，连下一秒的出场演员都未知。他吞了吞口水，踩着油门的脚都有点儿发颤了。

不知道又走了多久，前车终于停了下来。

陆铭熙也赶紧减速，将车子停到了五百米外的一栋建筑后面，贴着墙蹑手蹑脚地摸黑向前跑过去。等跑到刚才停车的位置时，除了地上有几排零乱的车胎印，两辆车子都没了踪影。

陆铭熙的头"轰"的一声就大了，难道他这一晚上遇到的都是灵异事件吗？

汗毛一瞬间就立起来了。

他裹紧了衣服，原地转了好几圈，确定一个人都没有之后，又对着空旷的工地虚弱地喊了两声。

除了自己的回声，没有任何声响。

他的心跳才稍稍平缓了一些。

他拿出手机拨给钱小芙，刚响了一声，对方就接了起来，紧接着一声咆哮震破了他的耳膜："陆铭熙，你死了吗？你干吗不接我电话，你知道我有多担心你吗？我都已经向警察报案了……"

钱小芙配合警察做完笔录后，便一直坐在走廊的长椅上拨着陆铭熙的电话，脑海里全是那帮黑衣人的样子……

一个个看起来危险又暴力，她真是后悔让陆铭熙去跟踪他们。

她手指紧紧地握着手机，第一次因为担心一个人而坐立不安。

直到走廊的时钟指向了凌晨一点，她的手机才终于响起来，她像点燃了引线的炸弹一般，又是担心又是恼火，终于在这一瞬间里被引爆了。

"喂，你小点儿声啊。"陆铭熙目光还是机警地扫着四周，"我跟丢了。"

"跟……跟丢了？"钱小芙的声音顿了一下，"那你就快回来啊，警察已经继续找

Chapter 07 第七章
糟糕，被设计了

了，你现在在哪里啊？"

"我也不知道我在哪里。只能看到一大片厂房，算了，人已经不见了，我打算回去了。"

"好！我在医院等你，陆铭熙，我必须见到你，你才准回家！"钱小芙咬紧嘴唇，对他下着命令。

原本还被恐惧包围的陆铭熙猛地笑了出来，他的心已经在一瞬间被钱小芙霸道的甜蜜堆满，他向着车子走去，步子也莫名地轻松起来："知道了，知道了，所以说我干吗要和你表白啊？我这分明就是给自己又找了一个妈嘛……"

"小心开车。"虽然听着陆铭熙的声音里满是愉悦，但是钱小芙有种怪怪的感觉，总觉得莫名地担心和焦虑。

"知道了，一会儿见。"陆铭熙坐回了车里，把电话扔到了一边，正要发动车子，突然一只手从后面猛地伸过来，紧紧地捂上了他的嘴。

陆铭熙下意识地回头，刚转了一半，就听后面一个熟悉的声音响起来："铭熙，这里不安全，开车！"

是许真！陆铭熙只觉得胸口有什么"轰隆"一声倒塌。

果然，从医院抢人的那伙人里有许真。

许真慢慢地松开了手，人却还躲在后座的一片黑暗之中："他们已经发现你了，有什么回去再说，快点儿开车！"

陆铭熙也来不及多想，发动车子，一脚油门踩到了底。

车子却纹丝未动。

"坏了，车子被动过手脚了，你留在车上，我下去看看！"

"等下。"陆铭熙回手扯住了许真的衣服，"先告诉我发生了什么事。你到底在干什么？"

"铭熙，记得在酒店我和你说过的话吗？我会守护你！你记住这一点就好！"许真说完，挣脱开他的手，飞快地跑到车前。

"你这样说服不了我，我不能让你继续留在我和爸爸身边！"陆铭熙推开车门，大步走到许真面前。

突然十几束光芒把整片工地照得通亮。

陆铭熙手臂挡在额前，飞快转身。

六辆车子堵住了他们的去路，每辆车边都站着四五个身型魁梧的男子。

许真心一沉，他知道不论是他还是陆铭熙，都跑不了了。

一个身穿黑色夹克的短发男子慢慢地走了过来，在两个人面前站定，唇角轻轻弯起，露出一个令人寒战的笑容。

陆铭熙看到了他下巴处一道清晰的刀疤。

"是我约他来的，他什么都不知道。"许真伸手将陆铭熙挡在了身后，"让他走，我和你们解释。"

"解释？"刀疤男鬼魅般地笑了几声，"我们的计划差点儿就毁在你手里，这小子分明是看到你之后才跟来的，现在放了他，让他回去找警察吗？真哥，你是不是好日子过久了，太天真了？"

陆铭熙也终于听出了些眉目，眼前这个刀疤男应该就是医院里抢人的头儿吧，那么许真呢？又是什么角色？

"别动他，我会和老爷子解释。"许真还在为陆铭熙争取着。

"来不及了，他还有别的用，陆氏地产的少爷加偶像巨星，我们应该能大赚一笔了！"刀疤男说完，便冲后招了招手，几个大块头的男子跑了上来，陆铭熙刚想挣扎，手臂就被从后紧紧钳住。

"喂，你们知道你们在干什么吗？"陆铭熙大喊着，刚想继续喊，一块毛巾就堵上了他的嘴。

"这是……犯……法的……"一股刺激的味道直袭向他，陆铭熙只觉得头晕目眩，眼皮重得直向下坠，几秒钟时间，他便软软地瘫倒在了地上。

"你呢？朋友一场，你这样回去见黎总，恐怕不合适。"刀疤男话音刚落，一拳就落在了许真脸上，"多点儿伤疤，我才好和黎总说，你也尽力了。"

许真被这一拳打得踉跄倒地，刚想爬起来，几个人就上来重重将他围住。

许真知道硬来的话，这么多人他占不到什么便宜，也根本救不出陆铭熙，便也不再挣扎。

"我知道你是特种兵出身，但是打自己人不合适吧？"刀疤男双手抄在口袋里半蹲下去，双眼眯起来，"被你压了很多年了，这次该我出头了吧。带他去见黎总！"

紧接着一阵骇人的笑声在工地上空响起。

"把这位明星和那女的关到一起去！"刀疤男弯腰捡起陆铭熙掉落的手机，看着上面的一条短信。

你到了吗？我在大厅等你。发件人是钱小芙。

刀疤男轻笑一声，点下了回复，手指轻敲着：*别等了，我回家了。*

然后抠掉了手机电池。

Chapter 07
第七章
糟糕，被设计了

钱小芙站在医院大厅里，满心焦急地走来走去，就看到了刚才那三名警察从楼梯上走了下来。

她挤出一个笑容。

"对了，是你刚才说你朋友联系不到了吗？"其中一名警察停在她面前。

"已经联系到了。"钱小芙晃了晃手机，"不过，警察叔叔，你们一定要抓到那帮人，他们看起来好可怕！"

"一定能抓到他们的。有什么线索随时来找我们。"警察拍拍她的头，走了出去。

钱小芙轻吁了一口气，她虽然也很担心那个被抢走的女生，却更担心陆铭熙，恨不得他现在就出现在她面前。

突然她的手机响了声，她赶紧打开来看。

是陆铭熙的短信：别等了，我回家了。

钱小芙顿了一下，不是说好先来医院吗？怎么又回家了？

她赶紧拨了回去。

"您拨打的电话已关机。"

为什么会关机？难道是因为她晚上呼叫太多次，让他的手机没电了吗？

钱小芙盯着手机，心里闪过了几十种假设……但是既然都已经跟丢了，刚才还通过电话，就应该没什么事吧？

钱小芙犹豫了一会儿，终于还是慢腾腾地走进了电梯。

摁下电梯层数的时候，她突然想起了那个受伤的男生。

不知道他怎么样了？还是去看看他吧。

VVIP病房里，男生的头被一层层的纱布包裹着，手上还输着液。

一位妇人靠在旁边的沙发上，已经睡熟了。

钱小芙推开门轻轻走了进去，目光不自觉地就停在那位妇人脸上。她真的与记忆中的妈妈很像。

她们有着一样漂亮的眉眼，弯弯的唇角……只不过她比妈妈更加精致美艳，那种富贵的气势让人望而却步。

钱小芙转过身，突然发现男生的液快要输完了，她赶紧走过去放慢了液体流下的速度，然后摁下墙上的呼叫键。

转眼间她看到男生的脸，不禁一愣。

225

竟然,是他。

这一晚上她都在慌乱中度过,几乎都没来得及看一眼这男生的样子,没想到是他!

那个在走廊拦下她,让她要记得他的名字的男生——年宥泰!

钱小芙正发着呆,就听到门被推开,护士拿着药瓶走了进来,看着她,一脸疑惑:"你是家属吗?"

"哦,不是。"钱小芙怕惹上不必要的麻烦,便飞快地从床房里退了出来。

Chapter 6

Chapter 07
第七章
糟糕,被设计了

隔日,蔓斯庄园。

"喂,你倒是快帮我找啊。找不到的话我就和你分手!"一个短发女生双手叉着腰对一个胖男生喊着。

"好好好,正在找!可是草长得这么高,真的很难找啊。你也是,怎么会这么马虎,不过来当了两天实习生,就把耳坠弄丢了。"

"不要啰唆啦,我那天就一直拿着反光板站在这里啊,所以一定就丢在这里了!"

"你真的给陆铭熙打反光了?他真人怎么样?有那么帅吗?"男生边找边问道。

"哇,简直不能回忆,真人帅到哭啊!我做了一夜的梦,梦里全是他!"女生不禁停了下来,一副沉浸在美梦中的样子。

"啊,我好像找到了!"男生尖叫了一声。

"是吗?"女生赶紧跑了过去。几秒钟后,女生发出了一声尖叫,"亲爱的,我爱死你了,竟然真的被你找到啦!"

"小点儿声啊,一会儿惊醒了这里的管家,我们会被抓起来的。"男生一个劲儿地做嘘声手势,刚准备离开,突然就又停了下来。

"咦?这是什么东西?内存卡吗?"男生弯腰捡起一个脏脏的小卡片。

"应该是废弃的吧。好脏啊,扔掉吧。"女生一脸的嫌弃。

"作为一个工科男生,对这种小卡片简直太有兴趣了。拿回去看看,没准有什么惊人发现呢。"男生拉着女生,小跑着从庄园跑出去,上了一辆旧汽车。

"等下哦,我看看卡里有什么。"男生一副饶有兴致的样子,打开了随身的笔记本电脑。

几分钟后,他撞了撞旁边的女生,一脸被雷劈的表情。

"喂,这个是不是陆铭熙,这应该不是拍电视剧吧?像私人视频!"

女生这时也凑了过来,双眼紧紧地盯着电脑,半晌才说出一句:"完了,真的是陆铭熙,他不是有女朋友吗?这里边被他求婚的女生又是谁啊?"

"我有预感,我们要发财了!我们可以买房子了,可以换车子,总之我们真的捡到宝了!"男生欣喜若狂地抱住了女生,"我们真的要发财了啊!"

黎氏传媒。

"喂,你好,这里是黎氏传媒娱乐头条编辑部。"一位一身职业装打扮的美女接起了电话。

"你好，我发了几张相片到你们的信箱，有兴趣的话可以联系我。"

"好，如果有价值我们会联系你。谢谢。"美女挂了电话，顺手点开了信箱。

果然一封邮件已经躺在了那里。

附件是十几张相片，像从视频里截出来的，她随意点开，向下拉动着页面。

一分钟后，她的脸像打多了美容针一样，僵在了那里。

她颤颤巍巍地拿起了电话，打给了总监室："您……您最好来看一下，我收到了一个爆料……"

"我很忙，一个小时后再说。"总监刚要挂电话，美女的声音就又响起来。

"总监，这个可能关系到您的升职，甚至……甚至关系到公司的股价……"

半个小时后，这些相片出现在黎耀荣的办公桌上。

黎耀荣揉揉太阳穴，转过身来。

昨晚审问了许真一宿，耗了他太多精力，虽然他知道许真不会一直逆来顺受，但是他还期望着他能心存感激，多留在黎氏几年。

却不想，他终究背叛他，可让他不能忍受的是，他的心竟然倒向了陆氏。

这简直是天大的笑话，派出的内应竟然被策反。

就凭陆云溪，这个靠着女人爬到今天的窝囊废，他凭什么能动摇他精心培养了这么多年的许真！

"黎总，您看……"女秘书在一边请示着。

黎耀荣这才缓过神，拿起那沓相片，一张张翻过之后，他的脸色明显转晴，看到最后一张，他甚至露出一丝笑意。

"不论对方出多少钱，拿回来。"

"是。"女秘书退了出去。

黎耀荣把相片摆放开来，陆铭熙这小子单膝下跪的样子还真是让人动容啊。

看来陆云溪的儿子别的没有继承，倒是这副情根深种的样子，像极了他老子年轻的时候。

可是，关于这段视频Zoe为何从来没有向他汇报过？三年来，他竟然对此丝毫不知情，甚至不知道陆铭熙当年对她这么痴情过。

莫非她早就留了一手，想着以后以此来威胁陆铭熙？

还是她有什么别的打算？

但是不管怎么说，这个女孩子的心机深沉得已超出了他的意料。

Chapter 07 第七章
糟糕，被设计了

黎耀荣靠在椅背上，点燃一根雪茄，明明灭灭的火光中，他嘴角下弯。

这次，陆云溪又肯为这个儿子付出多少筹码呢？

一间脏乱不堪的旧仓库里，陆铭熙缓缓地睁开了眼。

他下意识地伸手，却发觉手被紧紧地绑在身后，他猛地坐了起来。

此时，他正坐在几张破旧的席子上面，手脚都被紧绑着。他看看四周，不到十平方米的房间里，四周堆满了破旧的渔网和渔具，房间没有窗户，只有一扇铁门紧锁着，门上的换气扇在呼呼地吹着风。

他挣扎着站起来，刚向后蹦了一下，就猛地被一个东西绊倒。他身子向后一跌，倒在了地上。

一个女生正背对着他，躺在墙角，长发散乱地披在肩上，裙子虽然脏皱，却完好地穿在身上。

如果他猜得不错，这就是那帮人从医院抢出来的女生吧。但是既然抢出来了，又为什么把她丢在这里？难道，她是有钱人家的女儿，是被绑架了吗？

陆铭熙扫视了一圈女生，发觉她的手脚并没有被捆上。

"喂，醒醒！"陆铭熙用身子用力地碰碰她，"能听到我说话吗？"

这时，女生的身子微微动了一下，陆铭熙赶紧又碰碰她，"醒了吗？你还好吗？哪里受伤了吗？"

女生撑着身子慢慢坐起来，拨起散乱的长发，转脸看向他。

两个人对视的一瞬间，表情同时僵住。

"若溪……"

"铭熙……"

陆铭熙简直不敢相信自己的眼睛，三年前无故失踪的人，怎么会在这里遇见？他难以置信地看着眼前的女生，一句话都说不出来。

"铭熙……"女生在震惊过后，手指抚上了他的脸。

陆铭熙依然像座雕像一般，呆呆地望着她，没了呼吸，没了心跳，仿佛世界在这一刹那已经停止。

"是我，是我回来了，铭熙。"Zoe的眼泪一瞬间落下，她伸开双臂将陆铭熙紧紧拥在了怀里。

温热的泪水落在他的脸上，陆铭熙终于缓过了神，他猛地撞开了她，目光片刻间变成一片清冷。

"你怎么会在这里?"声音也仿若被冰封。

"我先帮你解开绳子。"Zoe扳过了他的身子,将他的双手松绑,刚要帮他解开脚上的绳子时,她却被他推开。

"我自己来。"陆铭熙不再看她。

"你呢?怎么也会在这里?"Zoe一脸关切地问道。她想了很久要怎样与他重逢,原本以为年雪凝给她看过视频后,他就会去找她。

可她没有等到他来,却等来了这样的重逢。

"也在这里?"陆铭熙眉心拧起,"莫非你早知道自己会被绑来吗?"

"没……没有。"向来处变不惊的Zoe,不知道为什么会突然慌乱起来。

"那是什么?一个女生看到自己被关在这样的地方,首先要问的不是自己为什么会被抓来吗?你好像并不担心呢。"陆铭熙冰冷地看着她。三年前他早已领教过了她的狠心与残忍,如果说现在是她策划了这样的遇见,他都毫不吃惊。

"我……我只能说,是我连累了你。"Zoe殷切地看着他,她有多久没有近距离地看过他,看过这张让她魂牵梦萦的脸?

"果然……"陆铭熙没想到自己竟然能笑出来,"除了这张楚楚可怜的脸还能骗到人,你果然已经没有善良的地方了。"

"铭熙,是我得罪了人,才会被带到这里来。但是我想知道,你为什么会在这里?"Zoe已经猜到这是老爷子一手策划的,为了惩罚她这些天来的逃避,以及私自跑到片场去见陆铭熙。

"我为什么会在这里?"陆铭熙轻"哼"一声,站起身来,"为了不让心爱的女生失望,原本想着当一回她心目中的英雄,却不想救了个不相干的人。"

Zoe的头低下去,苦涩一笑:"对你来说,我已经是不相干的人了吗?"

"想想怎么出去吧。"陆铭熙的情绪已经稳定下来,从刚才提起钱小芙起,他的心就再次坚定起来。他对自己说,这个女生真的与他无关了。

陆铭熙走到铁门前,上上下下地敲了一圈,很多地方都是松动的,或许找个坚硬的东西能把门撬开。他转身在一堆杂物里找寻着工具。

Zoe看着他忙碌的身影,呆呆地站在那里。

这便是他与她的重逢吗?这三年来真的只是她一个人的思念和牵挂吗?

在陆铭熙刚找到一条细铁棍的时候,她走上去,轻轻地从身后环住了他。

"铭熙,对不起。当年扔下你那样一走了之,对不起。对你说过所有的残忍的话,对不起。拒绝你的求婚,对不起。烧掉草编的戒指,也对不起……"

第七章 糟糕,被设计了

陆铭熙身子僵立,好不容易稳定的心,再次被这个拥抱动摇了。

Zoe把脸轻依在陆铭熙的背上,泪水如泄了的洪:"铭熙,我还喜欢着你,三年来,无时无刻不喜欢着你。"

陆铭熙站在那里,一颗心被她搅得混乱,所有的回忆如电影画面一般从他脑中闪过,那些说过的情话,答应过的誓言,那些欢笑和幸福……一幕幕地袭来,摧毁着他心中的堤坝。

"铭熙,我爱你,因为爱你,我才会回来。因为爱你,我才会忤逆了那个人,跑去片场看你……也是因为爱你,我才会被关在这里……"

往事与现实的交替间,陆铭熙也终于忍不住,眼泪顺着脸颊一行行地落下来,他强忍着泪水,转过身推开了她。

"记得我给你的承诺吗?那枚草编的戒指,我曾说过,不论何时何地,只要你拿着它回来,我都会抛开身边的一切,重新接受你。"陆铭熙的泪水再也忍不住,哭得连声音都颤抖开来,"可是它又在哪里?在那年的熊熊火焰里,你烧毁的,不是我的誓言,也不是我们的约定,是我的心。我承诺一生一世都对你不离不弃的心……"

"铭熙。"Zoe也已经泣不成声,她慢慢地伸出手,右手的中指上一枚草编的戒指赫然出现在那里,"我并没有烧掉它,当年只是作势将它扔进火里。对我来说,它亦是我人生中第一枚求婚戒指,第一个喜欢过的男生,第一段完美的感情……我怎么舍得……"

陆铭熙盯着她指间的戒指,难以置信地摘下来,没错,是他亲手编的那一只,草绳中缠了金丝和紫萝。

他猛地抬起头。

"我不求你回到我身边,也不求当日的诺言还能兑现。只是铭熙,不要无视我,不要把我当作陌生人,不要再把我从你身边推开……"Zoe说着,就重新倚回了他的怀抱。

他的诺言。是他与她曾在海边的海神庙里一起宣誓过的,他曾说过若有违背……

天地不容,众叛亲离。

他生平第一只也是唯一一只自己做的戒指,还有那句对着海神的承诺,让他彻底动摇了。

原来在他心里,他一直不曾放弃过她,在心底一直为她留有余地。

只要她回来,只要她拿着戒指重新站在他面前。

他将抛弃一切,原谅过往的一切,再次接受她。

哪怕在三年前,他已经被她折磨得遍体鳞伤。

"若溪……让我想想。"陆铭熙的手轻握住了她的腰身,他的脑子已经失去了思考的能力,只有眼泪汹涌而出。

眼前的一切发生得太突然,那些过往的记忆像藤蔓一样,缠绕着他,束缚住他。

他的心真的乱了,他要怎样面对曾经背叛过自己的她?

就在两个人相拥的时候,一个藏在纸箱里的摄像头,正在清晰地将里面所发生的一切完整地传送到几百米外的一辆货车里。

货车的车厢里,已被完美地改造成了一个电子监控室,一台台的电脑在黑暗的空间里闪着幽幽的光,一个下巴有刀疤的男子看着屏幕,不禁冷笑了几声。

他把两个人拥抱的镜头截了下来。

"重温旧梦?陆铭熙,你一定很爽吧?含着金汤匙出生的人又怎么样?当了巨星又怎么样?只要我随便在网上发这么一张相片,你的明星路也就算到头了吧……"

——本季完——

意林品牌书系推荐

意林女生文学·《小小姐》品牌书系 为中国女生量身打造，纯正、阳光、向上，优质女孩喜爱的文学品牌

萌灵小说系列
《悠莉宠物店Ⅰ》	18.80
《悠莉宠物店Ⅱ》	18.80
《悠莉宠物店Ⅲ》	19.90
《悠莉宠物店Ⅳ》	19.90
《悠莉宠物店Ⅴ》	19.90
《悠莉宠物店Ⅵ（大结局）上》	19.90
《封印之书·九尾狐》	19.80
《封印之书·独角兽》	19.80
《玛丽晴异闻录》	19.90
《薇妮天使旅行》	19.90
《苍岛有风①·人鱼过境》	19.90
《萌物委托社①世外萌龙天然呆》	22.80

冒险励志系列
《迷藏·海之迷雾》	18.80
《迷藏Ⅱ·月影迷踪》	19.90
《迷藏Ⅲ·幻梦迷城》	19.90
《花与梦旅人Ⅰ》	19.80
《花与梦旅人Ⅱ》	19.90
《花与梦旅人Ⅲ》	19.90
《花与梦旅人Ⅵ（大结局）》	19.90
《花与守梦人①·大公的苏醒》	19.90
《花与守梦人②·占星师的眼泪》	19.90
《萌侦探纪事Ⅰ》	18.80
《萌侦探纪事Ⅱ》	19.90
《萌侦探纪事Ⅲ》	19.90
《萌侦探纪事Ⅳ（大结局）》	19.90
《迷宫街物语》	19.90
《艾蜜儿宇航日记》	19.90

幸福蔷薇系列
《蔷薇少女馆Ⅰ》	18.80
《蔷薇少女馆Ⅱ》	18.80
《蔷薇少女馆Ⅲ》	19.90
《蔷薇少女馆Ⅳ》	19.90
《蔷薇少女馆Ⅴ》	19.90
《蔷薇少女馆Ⅵ》	19.90

浪漫古风系列
《七寻记Ⅰ》	18.80
《七寻记Ⅱ》	19.90
《七寻记Ⅲ》	19.90

果绿年华系列
《蝴蝶飞过旧时光》	19.80
《第一女执政官》	19.90
《风之少女琪琪格》	19.90

《霓裳小千金》	19.90
《两生花开时》	22.00
《风云俏萝莉》	19.90

月舞流光系列
《前方江湖请绕行》	19.90
《三色堇骑士之歌》	19.90
《守望彼岸星海》	19.90

萌淑女驾到系列
《萌淑女驾到之美女训练营》	19.80
《萌淑女驾到之天使候补生》	19.80
《萌淑女驾到之人鱼的信奉》	19.90
《萌淑女驾到之天鹅公主成人礼》	19.90

星愿大陆系列
《星愿大陆①·天命巫女》	19.90
《星愿大陆②·白银蔷薇》	19.90
《星愿大陆③·幻月手杖》	19.90
《星愿大陆④·永恒星钻》	19.90
《星愿大陆⑤·夜之王子》	19.90
《星愿大陆⑥·晨光微曦》	19.90
《星愿大陆⑦·琉光暗影》	19.90

浪漫星语系列
《处女座：完美年华初相见》	20.90
《天蝎座：假面黑桃Q》	20.90
《双子座：闯进你的孤单星球》	20.90
《巨蟹座：追梦的水晶鞋》	20.90
《天秤座：优雅走过下雨天》	20.90
《白羊座：裙摆是花开的地方》	20.90
《摩羯座：寄给青春一座城》	20.90
《双鱼座：浪漫满分灰姑娘》	20.90
《金牛座：微笑天使倔强心》	20.90
《狮子座：再会，骄傲小时光》	20.90

淑女风尚馆·气质养成系列
《我要我的淑女范儿》	18.80
《优雅女孩的秘密》	18.80
《清新森女在路上》	18.80
《俏女孩的甜美主义》	18.80

小MM迷你爱藏本
《蝴蝶停在十六岁》	18.80
《焦糖玛奇朵天使咒》	18.80
《那一年，花开半夏》	18.80
《雨季微凉时》	18.80
《只穿一天公主裙》	18.80
《月色银蔷薇》	18.80
《傲娇公主的美丽回旋》	18.80

《花田明月照年少》	18.80	《少女果味杂志书⑨：蓝莓布朗号》	18.80
《亲爱的小气鬼》	18.80	《少女果味杂志书⑩：薄荷方糖号》	18.80
《青春如诗，静谧花开》	18.80	《少女果味杂志书⑪：樱花紫苏号》	18.80

重磅作家系列

《薄荷香女孩》	19.80	《少女果味杂志书⑫：柠檬红茶号》	18.80
《不说再见好吗（上）》	17.90	《少女果味杂志书⑬：红豆奶昔号》	18.80
《不说再见好吗（下）》	17.90	《少女果味杂志书⑭：芒果西多号》	18.80
《风走过树林》	17.90	**蝴蝶蓝系列**	
《忆棠的夏天》	17.90	《蝴蝶蓝（第一季）·千面桃花姬》	19.90

唯美新漫画系列

《钢琴小淑女（第一季）》	17.90	《蝴蝶蓝（第二季）·紫莲山庄》	19.90
《钢琴小淑女（第二季）》	17.90	《蝴蝶蓝（第三季）·落跑小郡主》	19.90
《钢琴小淑女（第三季）》	17.90	**班花朵朵系列**	
《钢琴小淑女（第四季）》	17.90	《班花朵朵①·我是艺术生》	20.90
《钢琴小淑女（第五季）》	17.90	《班花朵朵②·电影初体验》	20.90
《最佳女主角（第一季）》	18.80	《班花朵朵③·偶像保卫战》	20.90
《七寻记·鎏金龙纹镯（漫画版）》	15.00	**现在是女生时代系列**	
《七寻记·夔龙黄玉佩（漫画版）》	15.00	《现在是女生时代！》	28.80
《天鹅座·鹅黄》	18.80	《现在是女生时代！②·我们闺蜜吧》	28.80
《天鹅座·柳青》	18.80	《现在是女生时代！③·女生都是小怪物》	28.80
《天鹅座·冰蓝》	18.80	《现在是女生时代！④·嗨，女孩，你好漂亮》	28.80
《天鹅座·禧红》	18.80	**小MM六周年主题书**	
《天鹅座·蜜粉》	18.80	《淑女王冠》	29.80
《天鹅座·浅紫》	18.80	**欢乐联萌系列**	

绘色缤纷系列

《淑女绘·花的学校》	22.00	《养只萌呆镇镇宅①》	19.90
《淑女绘·童话诗人》	22.00	《养只萌呆镇镇宅②》	19.90
《淑女绘·雪花的快乐》	22.00	《养只萌呆镇镇宅③》	19.90

日光倾城系列

《巧克力色微凉青春Ⅰ》	20.90	《养只萌呆镇镇宅④》	19.90
《巧克力色微凉青春Ⅱ》	20.90	《养只萌呆镇镇宅⑤》	19.90
《巧克力色微凉青春Ⅲ》	20.90	《萌师上线，顽徒请签收①》	19.90
《浅蓝色时光舞步Ⅰ》	20.90	《千金当道（一）》	19.90
《女生宿舍Ⅰ·南栀向暖》	20.90	**天使在身边系列**	

纯美小说系列

		《路过心上的哈士奇》	20.90
《少女果味杂志书①：甜心草莓号》	14.80	《当心！浣熊出没》	20.90
《少女果味杂志书②：蜜桃慕斯号》	14.80	《萌动之森①·雪地精灵伶鼬》	20.90
《少女果味杂志书③：焦糖布丁号》	16.80	**公主天下系列**	
《少女果味杂志书④：香草海绵号》	16.80	《清河公主·洙宛传》	22.80
《少女果味杂志书⑤：可可森林号》	18.80	**小MM花漾青春版**	
《少女果味杂志书⑥：果果米苏号》	18.80	《少女说①·花醒了》	22.80
《少女果味杂志书⑦：香橙泡芙号》	18.80	《少女说②·青春里的不速之客》	22.80
《少女果味杂志书⑧：樱桃芝士号》	18.80	**极致小清新系列**	
		《女孩子的清甜小说绘①·淡白栀子号》	20.90
		《女孩子的清甜小说绘②·浅草茉莉号》	20.90
		《女孩子的清甜小说绘③·鸢尾蝴蝶号》	20.90
		《女孩子的清甜小说绘④·冰蓝花楹号》	20.90

意林·轻文库品牌书系 　　倡导校园小说阅读新潮流

绘梦古风系列

		《倾世迷迭书》	23.80
《公主驾到》	23.80	《凤九卿（一）》	23.80
《花颜错》	23.80	《凤九卿（二）》	23.80
《山寨世家》	23.80	《凤九卿（三）》	23.80

《凤九卿（四）》	23.80	《我的青春，以你为名②蜜炼偶像》	23.80
《凤九卿（五）》	24.80	**奇幻仙境系列**	
《凤九卿（六）》	24.80	《彼渡少年与妖怪契约》	23.80
《美人千千泪西楼》	23.80	《神典·末夜公主》	23.80
《郡主驾到·壹》	24.00	《御灵骑士团·诺茵与彩狸》	23.80
《郡主驾到·贰》	24.00	《逆世界之瞳》	23.80
《木兰帝（上）》	23.80	《玫瑰帝国·荆棘鸟之冠》	25.80
《木兰帝（下）》	23.80	《玫瑰帝国·黑羽蝶之翼》	25.00
《俏娇小仙闹皇宫》	23.80	《玫瑰帝国·白蔷薇之祭》	26.80
《连城赋（上）》	23.80	**暗影迷踪系列**	
《连城赋（下）》	23.80	《终极推理事件簿》	22.80
《千凰令（一）凤鸣倾城》	20.80	《超级学园探案密码》	22.00
《千凰令（二）情牵一线》	20.80	**新炫武侠系列**	
《千凰令（三）君心不负》	20.80	《邻家武圣》	23.80
《千凰令（四）万兽听封》	20.80	**星光璀璨系列**	
恋之水晶系列		《轻星球·仙女星云号》	19.80
《致淡玫瑰色的你》	22.80	**灵气少女系列**	
《宁负流年不负君》	22.80	《星有灵犀遇见你》	20.80
《世界第一的假面殿下》	25.00	《萌熊改造计划》	20.80
《脱线萌星易容记》	25.00	《守护极速甜心》	20.80
《脱线萌星易容记Ⅱ》	25.00	《元气星女倾城记》	20.80
《指尖花凉忆成殇》	22.00	《公主病》	20.80
《欢歌犹在意微醺》	22.00	**轻舞飞扬系列**	
《欢歌犹在意微醺Ⅱ》	22.00	《毛毛熊的浪漫樱花雨》	19.80
《绯色樱花圆梦纪Ⅰ》	23.80	《发梢轻绾茉莉香》	19.80
《见习保镖呆呆兽》	25.00	《迷迭香在青春里绽放》	19.80
《可可少女梦想纪》	25.00	**私人定制少女馆**	
《后天男神Ⅰ》	25.00	《恋恋星煌十二宫》	25.00
《后天男神Ⅱ》	25.00	《守护十二生辰石》	25.00
《后天男神Ⅲ》	26.80	**暖爱青春馆系列**	
《世界第一的公主殿下Ⅰ》	23.80	《少年北顾，唯愿君安（上）》	25.00
《世界第一的公主殿下Ⅱ》	23.80	《少年北顾，唯愿君安（下）》	25.00
《世界第一的公主殿下Ⅲ》	26.80	《若你离去，后会无期》	22.80
《挥手告别小时光》	23.80	《想你的时候，抬头微笑》	22.80
《少年住在云之彼岸》	23.80	**美少年系列**	
《我的青春，以你为名①偶像来了！》	23.80	《辰荒学院的美少年①奇异校规》	22.80

《意林·小文学》品牌书系　　阳光阅读·快乐写作

成长物语系列		《鬼马女神捕①：绝密卧底（下）》	14.80
《艾丽鲨半成年》	19.90	《鬼马女神捕②：绝命预言（上）》	14.80
《换双翅膀飞翔》	19.90	《鬼马女神捕②：绝命预言（下）》	14.80
《琥珀青春》	19.80	《天神学院·魔女见习生》	19.90
魅力悦读系列		**动物奇缘系列**	
《程家兄妹·永不毕业的少年》	19.90	《萌兽报到，请多关照》	19.90
《逃之"妖妖"》	20.90	**五周年主题书**	
幻之星球系列		《青春，是与七个自己相遇》	26.80
《地球假日①：寻找洛神》	19.90	**独家策划系列**	
爆笑学园系列		《长大，是不期而遇的温暖》	26.80
《鬼马女神捕①：绝密卧底（上）》	14.80	《谢谢你，出现在我的青春里》	26.80